有疑
對話當代文學心靈

楊宗翰——著

五南圖書出版公司 印行

自序

以提問，持續未完的對話

本書是我第七部專著，也是自淡江中文系轉赴北教大語創系任教後首部研究專書。與前作《破格：臺灣現代詩評論集》相較，雖已間隔三年卻仍口罩不離身，思之感慨極深。所幸新冠疫情已告終，世界與個人至此都應該也必須重新安頓。這本《有疑：對話當代文學心靈》繼《台灣新詩史》之後出版，當可視為我對文學閱讀、思考與研究的重新安頓，即終於放下文學史撰寫者的顧慮乃至焦慮，回到一個理想的「文學讀者」位置。[1]寫詩史，需要海量閱讀及博採眾說；寫《有疑》卻可寬宥自己的偏食與挑書，也不用太在意或偽裝成何等客觀中立。所謂「有疑」並非尖刻批判或挑剔滋事，而是理想的文學讀者應具備之基本態度——帶著疑惑之心反覆閱讀，享受思考帶來的喜悅及困頓，繼而能向文本與作者有效提問，持續一場又一場未完的對話。

我本好發議論，唯皆因愛而生。這次能夠藉著書寫契機，跟深愛過的眾多當代文學心靈對話，實屬幸運。依此態度將全書分為三輯，第一輯「文心和詩魂」論楊牧、洛夫、蔡文甫、陳芳明、龔鵬程、劉梓潔，其人其詩其文其編，無一不是我所鍾愛。本輯中七篇「精品細讀共解詩」，原為替二〇二〇年起陸續出版之《理

1 楊宗翰：《破格：台灣現代詩評論集》（台北：五南，二〇二〇）；孟樊、楊宗翰：《台灣新詩史》（新北：聯經，二〇二二）。

想的讀本：國文》系列而寫，略經修改與調整體例後收入本書。[2]第二輯「從文學長河到島嶼內外」，涉及年表、年鑑、詩刊、編輯、菲華等文學議題，共同交集則始終都是吾島台灣。第三輯「書與人的對話」，從品評作品到提問作家——瘂弦、羅智成、陳黎、陳義芝、鴻鴻、蘇紹連、羅任玲、封德屏，無論今日距離是遠是近，他們每一位都是我長期追蹤與持續關注之對象。感謝那些豐美繽紛文學心靈的存在，讓我這樣一個喜好提問的讀者，總是不缺閱讀動力與對話目標。

楊宗翰

2 《理想的讀本：國文》系列由一爐香文化出版，邀請多位對文學教育具有熱情與使命感的學者專家執筆合著。由我撰寫的部分，紀弦〈狼之獨步〉與詹冰〈水牛圖〉見第二冊第二五〇—二六九頁；里爾克〈豹〉見第三冊第二五四—二六七頁；林亨泰〈風景〉見第四冊第二七二—二八三頁；陳千武〈信鴿〉見第五冊第二六二—二七三頁；周夢蝶〈還魂草〉與白萩〈雁〉見第六冊第二五八—二八三頁。

目次

自序　以提問，持續未完的對話……(3)

輯一　文心和詩魂……1

一人即成學——博大精深的楊牧……2

【附：楊牧的文學遺產】……8

因爲洛夫的緣故……12

像他這樣一個副刊編輯——蔡文甫與《中華日報》……16

像他這樣一個學者——試說陳芳明……21

吾師經世有奇哀——再說龔鵬程……25

【附：像他這樣一個老師——試說龔鵬程】……28

像她這樣一個同代人——閱讀劉梓潔……31

精品細讀共解詩㈠——論陳千武與〈信鴿〉……35

精品細讀共解詩㈡——論林亨泰與〈風景〉……43

精品細讀共解詩㈢——論詹冰與〈水牛圖〉……52

精品細讀共解詩(四)——論紀弦與〈狼之獨步〉 59
精品細讀共解詩(五)——論周夢蝶與〈還魂草〉 65
精品細讀共解詩(六)——論白萩與〈雁〉 74
精品細讀共解詩(七)——論里爾克與〈豹〉 83

輯二　從文學長河到島嶼內外 93
台灣新詩一百年：編年記事 94
台灣新興詩刊的在野特質 134
詩，是縱橫的凝結——不能遺忘的《縱橫詩刊》 138
批判現實、對話大眾與轉向本土——《陽光小集》的時代意義 141
走向文學編輯之道 145
文學年鑑，所爲何事？——以台灣爲例 152
菲華文學中的台灣因子 155
故事如何開始——菲華新詩與台灣現代文學 161

輯三　書與人的對話 165
他們在副刊寫作——瘂弦編《聯副三十年文學大系》 166

十年磨劍，教皇歸來——羅智成詩集《透明鳥》……172
文字魔術師的驕傲／焦慮——陳黎詩集《我／城》……178
抒情與敘事最美好的結合——陳義芝詩集《掩映》……181
凝視現實的街頭詩學——鴻鴻詩集《暴民之歌》……185
開挖詩路的人——蘇紹連詩集《非現實之城》……189
不要害怕安靜——羅任玲詩集《一整座海洋的靜寂》……193
《文訊》的保母，文學的女兒——封德屛文集《荊棘裡的亮光》……196

代後記　評論作爲一種創作：與《幼獅文藝》談「何謂書評」……201

引用書目……208

本書作者編著書目……217

輯一

文心和詩魂

一人即成學——博大精深的楊牧

受國際漢學界高度重視

在〈周作人論〉中，楊牧寫道：「周作人是近代中國散文藝術最偉大的塑造者之一，他繼承古典傳統的精華，吸收外國文化的精髓，兼容並包，體驗現實，以文言的雅約以及外語的新奇，和白話語體相結合」、「五十年來景從服膺其藝術者最眾，而就格調之成長和拓寬言，同時的散文作家似無有出其右者。周作人之為新文學一代大師，殆無可疑」。這篇文章是身為編輯的楊牧，特別為《周作人文選》所寫的緒言。文末所言，尤當留意：「周作人是一個相當完整的新時代的知識分子，一個博大精深的『文藝復興人』（Renaissance Man）」[1]，不難看出編者既表達對這位新文學前輩的推崇，也彷彿寄寓了對同為作家的自己之期許。

〈周作人論〉寫於一九八三年，彼時四十三歲的中年楊牧一邊擔任台大外文系客座教授，一邊投入詩、散文、評論、翻譯的經營，替讀者擘造一座又一座文學之眞與美的殿堂。二十部詩集、十六部散文、十部論述與六部翻譯，他一生以文字形塑出的豐碩成果，於國內堪稱「景從服膺其藝術者最眾」，視楊牧「之為新文學一代大師，殆無可疑」。他在各類文體創作上的成績，被譯為英文、德文、法文、日文、瑞典文、捷克文、荷蘭文、義大利文等不同語文出版，並曾榮獲詩宗社詩創作獎、吳魯芹散文獎、時報文學獎推薦獎、中山文藝獎、

1 楊牧編：《周作人文選I》（台北：洪範，一九八三），頁五。

吳三連文藝獎、國家文藝獎、花蹤世界華文文學獎、紐曼華語文學獎、瑞典蟬獎等國內外殊榮，是少數受到國際漢學界高度重視的台灣作家。接受西方文學，融會中國經典，根植台灣本土，楊牧無疑正是完整的新時代知識分子，一個博大精深的「文藝復興人」，其作品持續給予各地讀者無窮的啓發與暗示。

古詩詞的神韻和新章法的抒情

本名王靖獻的楊牧，一九四〇年九月六日出生於東台灣的花蓮，自幼徜徉在奇萊山、木瓜溪、花東縱谷與太平洋的懷抱。十五歲尚在花蓮中學高級部就讀時，他便開始以早期筆名「葉珊」於《現代詩》、《藍星》、《創世紀》、《野風》等刊物發表新詩。一九五九年九月楊牧先考上東海大學歷史系，次年九月再轉入外文系，期間印行了首部個人詩集《水之湄》。雖掛名由藍星詩社出版，實際上是他自己編選，請妹妹楊璞幫忙校對、雕塑家楊英風設計封面，最後交給父親經營的印刷廠，在家鄉花蓮印製成書。一九六一年，年方廿一的青年詩人以八首作品入選由瘂弦與張默主編的《六十年代詩選》。編者寫道：「無疑的，葉珊是我們最有才華和最令人喜愛的詩人……每一個少年人對於神、自然、生命和愛情所作的驚奇的詢問，所得到的便是像葉珊的詩那樣的答覆。」[2]古詩詞的神韻和新章法的抒情，年少易感的詩人，筆下已流露出不爲「婉約」二字所拘牽之特質。

東海外文系畢業後，他赴美留學，先後取得愛荷華大學藝術碩士與柏克萊加州大學比較文學博士。柏克萊時期的「葉珊」著作頗豐，共出版了文集《葉珊散文集》（一九六六）、譯作《西班牙浪人吟》

2 瘂弦、張默主編：《六十年代詩選》（高雄：大業書店，一九六一），頁一四四。

（一九六六）、詩選集《非渡集》（一九六九）、第三部個人詩集《燈船》（一九六六）與充滿費解隱喻的第四部個人詩集《傳說》（一九七一）。

從苦悶憂愁步向凝練含蓄

一九七二是十分重要的一年——一來詩人結束了自一九六六年起在柏克萊的求學生活，展開全新的西雅圖華盛頓大學教授生涯。二來他捨棄了舊筆名「葉珊」，首度啓用新筆名「楊牧」於《純文學》雜誌第六十二期發表〈年輪〉。此作後又結集爲揉合散文與詩篇的創作集《年輪》（一九七六），獲得首屆詩宗獎的〈十二星象練習曲〉亦溶入其中。創作於一九七〇年的〈十二星象練習曲〉長達百行，以戰爭、死亡、性愛交織出一座龐大的象徵體系。彼時他尚在柏克萊加大攻讀學位，該校正是反戰運動的重要陣地，抗議美國政府介入越戰甚力。詩人卻礙於是外籍學生，自忖「無論我於情如何介入，於法我不得申訴」，遂有借助參戰男子口吻訴說之〈十二星象練習曲〉。此作援十二天干的時辰連綴與十二星象的空間挪移爲線索，以詩記錄了令青年們充滿困惑的年代，卻也留下多處難以通達解釋的罅隙。《年輪》一書可謂總結了詩人在柏克萊與西雅圖兩地間的顧盼、覃思與猶疑，在形式與文體上之實驗堪稱前衛。就內容而言，《年輪》迄今仍充滿許多值得深掘的細節，如學者紀大偉就從其中〈一九七二〉這章，注意到當代所認知的「同性戀」概念是如何在七〇年代台灣作家筆下顯影。[3]

到了西雅圖時期的「楊牧」詩風不變，從苦悶憂愁步向凝練含蓄，並更多地欲以文字介入現實、叩問社

3 紀大偉：《同志文學史：台灣的發明》（台北：聯經，二〇一七），頁二二四—二三一。

會、寄託期待。以詩而觀，這個階段他共繳出《瓶中稿》（一九七五）、《北斗行》（一九七八）、《禁忌的遊戲》（一九八〇）、《海岸七疊》（一九八〇）四部詩集與一部現代詩劇《吳鳳》（一九七九）。譬如〈讓風朗誦〉，便很能代表他如何將前期之停滯及困頓，翻轉爲流動與溫暖：「那時你便讓我寫一首／春天的詩，寫在胸口／心跳的節奏，血的韻律／乳的形象，痣的隱喻／我把你平放在溫暖的湖面／讓風朗誦」。[4]愛情不能口說無憑，在胸口寫詩乃成最好見證。「心跳的節奏，血的韻律／乳的形象，痣的隱喻」二句當是想像詩歌與身體結合，讓抽象的愛高度形象化起來。楊牧向來嫻熟以聲響及節奏控制來推進詩篇，並藉此將中、長篇作品加入敘事及戲劇因子。如《傳說》一書中〈延陵季子掛劍〉，詩人首度嘗試以「戲劇獨白」（dramatic monologue）作詩；至《瓶中稿》所錄〈林沖夜奔〉寫悲劇英雄林沖落草爲寇，內容取材自《水滸傳》，形式援引元雜劇，並依關目結構分爲四折。以混聲交響、觀點替換來逐步推進的〈林沖夜奔〉，可謂一新當代中文抒情詩之面貌。

以理性冷靜抗拒咆哮激情

一九七八年楊牧在回台期間偶然認識夏盈盈，隔年十月便在台灣舉行婚禮，一九八〇年相偕赴美生活。新婚與迎接長子出生，讓楊牧的抒情詩面貌完全改變，全本幾乎皆屬情詩的《海岸七疊》最是明顯。那些生命中無法排遣的苦悶，終因這位「你是我們家鄉最美麗／最有美麗的新娘」（詩作〈花蓮〉）[5]獲得緩解。此時楊牧的詩文中，洋溢著前所未見的堅定自信與溫潤可親。但詩人身分之於楊牧就是廣義的知識分子，應當以理性

4 楊牧：《楊牧詩集I：一九五六—一九七四》（台北：洪範，一九七八），頁四九四—四九五。

5 楊牧：《楊牧詩集II：一九七四—一九八五》（台北：洪範，一九九五），頁二八〇—二八一。

冷靜抗拒咆哮激情。八〇年代之後，楊牧長期來回台、美與香港三地，對社會乃至於政治的關懷雖愈發明顯，卻幾乎不曾以直白語言書寫詩篇，而將其全數留給專欄文字（如《交流道》即是藉隨筆寄語抒懷）。他恆常保持理解同情，心向永恆純淨之地，散文集《搜索者》（一九八二）承續了《柏克萊精神》（一九七七）的入世情懷，並延展出對人情事理的通透洞悉。

楊牧嘗提倡「寫一篇很長很長的散文」，並欲打破散文的體式限制及文類界線。《搜索者》及其後的自傳體散文《奇萊前書》（二〇〇三，合《山風海雨》、《方向歸零》和《昔我往矣》三部為一）與《奇萊後書》（二〇〇九）俱為他的信念實踐與創作高峰。至於楊牧之晚期風格，最可見於四本詩集《時光命題》（一九九七）、《涉事》（二〇〇一）、《介殼蟲》（二〇〇六）與《長短歌行》（二〇一三）。其中呈現了對時間的焦慮、對遺忘的憂懼，以及盼望尙友古人（陶潛、韓愈），並將「心之鷹」與「獨鶴」皆化為抒情自我的象徵。晚期的楊牧詩篇，有著對風騷傳統的繼承與對希臘精神的嚮往，思想與技巧皆上達另一高度，也等同帶給讀者最多的挑戰。

作為一名文學教育家，楊牧著有寫給青年的十八篇書信體散文《一首詩的完成》（一九八九）。《傳統的與現代的》（一九七四）、《文學知識》（一九七九）、《文學的源流》（一九八四）、《隱喻與實現》（二〇〇一）等書，則多集自他的文學研究與評論文字，其中可見讀書治學之態度，亦有「為文學辯護」的豪情。學者楊牧的研究著作不以量取勝，而是面向甚廣，所談橫跨古今到東西、台灣與中國，筆鋒所帶之識見與感情，今日學院內盛行的「學報體」遠不能及其十分之一。總的來說，楊牧在各類文體創作、評論與翻譯上的成績，絕對足以稱為「一人即成學」——前一位「一人即成學」的代表作家是余光中，可惜晚近「余學」研究在域外似乎比本地還要興盛，不禁令人感嘆。

台灣的，也是世界的

但我以為「楊牧學」若要求其完備，尚有兩個區塊仍待補上：一是楊牧的辦學擘畫，二是楊牧的編輯事功。前者關乎一名當代作家兼人文學者，如何全力參與香港科技大學與台灣東華大學的院系籌設，目標規劃、師資延聘、課程設計……在在皆有可觀；後者涉及楊牧罕為人知的「編輯家」身分，其實他從一開始便自編每部作品集，後來更多次把著作修訂重編，以成定本。赴美留學時楊牧與林衡哲合編二十四部志文版「新潮叢書」，目的是要造就「一套完全由國人動手著述的好書，而不是亦步亦趨的翻譯品」。一九七六年他與友人創辦洪範出版社，凡屬洪範文學叢書或譯叢，摺口處之作者介紹及內容說明，幾乎都由楊牧親撰。他又好以編者身分，替洪範之五四新文學名家選集寫長篇導論，往往可收一錘定音，確認歷史地位之效。今日讀者一眼可辨的「洪範體例」，也是出自楊牧之規範與編輯葉步榮之執行，才會誕生並維持長久。他曾擔任東海大學校刊《東風》與《現代文學》第四十六期「現代詩回顧專號」主編，並替《聯合報》副刊審閱過現代詩投稿。這位「編輯家」的編輯行為、守門人角色及對文學典律的影響，還留有太多值得探索之處。

楊牧是台灣的，也是世界的。楊牧學應該是最本土的，卻也可以是最跨區域、跨文化的。楊牧奉獻一生心力，終能達到「一人即成學」；吾輩當以不斷細讀，反覆詮解，盼能更多地認識到楊牧之博大精深。

【附：楊牧的文學遺產】

在新冠肺炎疫情全球爆發的三月，西方文化中代表著不吉利的十三號星期五，傍晚傳來詩人楊牧辭世消息。我一向不喜歡稱人「大師」，因爲這稱呼顯得太輕易、廉價且經常貶值；不過楊牧確實是台灣文學史上一號人物，某些部分甚至堪稱是頭號人物。近幾年我們損失了太多文學史上的一號人物：從二〇一七年一月的羅門、九月的李永平、十一月的鄭清文、十二月的余光中，到二〇一八年三月的李敖與洛夫，二〇一九年一月的林清玄、十二月的林良……每一位人生謝幕時都喚起了讀者多少喟嘆與無盡回憶。但我總以爲斯人離世，感傷難免，要緊的是能否理解作家留下的文學遺產（Literary Heritage），辨識出其欲引領之方向，與嘗試澆灌於世之養分。

楊牧生前出版了二十部詩集、十六部散文、十部論述與六部翻譯，作品曾被譯爲英文、德文、法文、日文、瑞典文、捷克文、荷蘭文、義大利文等不同語文出版，確實是極少數受到國際漢學界高度重視的台灣作家，甚至被媒體報導爲「台灣最有機會獲得諾貝爾文學獎的詩人」（後者未免太過了些，顯然既不了解諾獎提名/得獎差距與文化政治角力，也不認識心懷永恆聖殿、持守恭謹虔敬的作家楊牧）。但我所說的文學遺產，已超過這些可見之出版品與榮耀，而比較接近一種示之於眾的人格典型。楊牧逝世次日的《聯合報》副刊上，我撰文主張楊牧允爲當代台灣的文藝復興人（Renaissance Man），其地位堪稱「一人即成學」，並對「楊牧學」之臻於完備，提出幾點個人建議。該篇言猶未盡，此處我還想說：與近年間辭世的幾位台灣文學史上一號人物相較，論讀者數，他不是最多；論難懂處，他恐怕居冠。楊牧從來就不是好讀的首選、可親的名家；但就算是一九七二年以前的舊筆名「葉珊」時期，他都不曾因讀者調整自己的步伐。

唯這並非說詩人刻意擺出一副書寫者的忸怩作態，而是我以爲楊牧跟讀者間的「隔」，也是其人格典型的部分呈現。生於日本統治台灣末期的東海岸花蓮，幼時見證國民政府倉皇東渡，及長於大度山完成大學學業，隨後長期離台赴美，從碩博士生至擔任大學教席。美國校園反越戰時，他一介外國學生自知「於情如何介入，於法我不得申訴」；一九八〇年二月二十八日台灣島內發生林宅血案，他在激憤下罕見地迅速完成〈悲歌爲林義雄作〉，寄回台灣後「報社版都排好了，可是登不出來，我就在香港登」。[6]此詩能再次「返鄉登台」，得要等到一九九三年《聯合文學》慶祝發行第一百期，由總編輯初安民特別選刊並寫道：「這首編輯含蓄著淚發排的詩作，我們推薦，並且一起思考。」此作後來也沒有收入八〇年代任一部個人詩集中，一九九五年詩人自編《楊牧詩集II：一九七四—一九八五》，方將其歸入「有人」一卷。

對美麗島事件及林家被滅門的反應，讓〈悲歌爲林義雄作〉成爲楊牧此生難得的，出自於憤懣當下以詩回應。長年身居學院的他，書齋顯然比街頭更適合其馳騁，甘爲一名守望者而不當行動家。作家楊牧刻意持守的「隔」，不僅是對於讀者，而且及於事件——這讓他比別人多出覃思默想的「空間」，沉浸東西方傳統文學則讓習於尚友古人的他拉出了「時間」。或許就是這寶貴的時空距離，讓楊牧作品裡的隱藏作者普遍呈現「不在場的在場」，散發出罕見於其他當代台灣作家的文學魅力與閱讀體會。

他的人格典型當然不僅止於此。繁如星斗的文字、孤獨深邃的心靈、堅持對眞與美及希臘古典的探索、化「心之鷹」和「獨鶴」爲自我象徵……這些無疑都是楊牧的一部分，卻也只是一部分的楊牧。因爲他不是只會以文學創作者身分鼓勵他人應該涉世，自己更長期以文學教育家跟文學編輯家身分領銜涉事。後兩種身分是迄今「楊牧學」研究最欠缺的區塊，亟待有識者塡補。楊牧曾投入十餘年光陰積極辦學，一九九一年他參與香港科技大學的創建，一九九六年又受邀回到故鄉新成立的國立東華大學，擔任人文社會科學院院長一職。二〇〇

6　蔡逸君：〈搜索者夢的方向——楊牧 vs.陳芳明對談〉，《聯合文學》第一九二期（二〇〇〇年十月），頁三十二—四〇。

二年七月中央研究院正式通過成立中國文哲研究所，首任所長也是楊牧，一直到二〇〇四年十二月才卸任。位於花蓮壽豐的東華大學佔地逾兩百公頃，也因為他提倡「追求自由」學風，成為台灣第一所上下課沒有鐘聲的大學（令人思及他年少時向老師請假，理由就是「苦悶」兩字）。這樣的人格典型成功吸引了不同世代的師生奔赴洄瀾，他還引進歐美的駐校作家制度，並禮聘到李永平、李勤岸、須文蔚等才具殊異的師資。自草萊初闢到開啓盛世，楊牧正是台灣創作人才流派中「東華幫」的首任掌門。第三代如宋尚緯、曹馭博等人的文學養成及詩歌創作，依然可見師公楊牧的影響印跡。

出版編輯比起設校辦學，絕對花費楊牧更多時間與精力。因為從第一本書開始，楊牧就是自己著作的編輯，連廣西師大出版社簡體版《楊牧詩選》都是由他自選自編。沒有楊牧的擘畫與堅持，就不會誕生志文出版社「新潮叢書」跟洪範出版品之「洪範體例」。他還曾耗十五年磨一劍，把過往以中原為中心的唐詩選，帶入現代的、台灣的、受過英美文學訓練而成的編輯視野，遂能催生出一部有著閩南味、椰樹與木棉的《唐詩選集》。辦學與編輯雖各據一端，卻也都是楊牧人格典型的一部分顯影——既是絕對浪漫，亦不或忘現實。

他對中國大陸的態度也該一提。楊牧自己寫過，早年曾受中國作家協會之邀赴陸，旅途所見跟心中期待落差甚大，從此斷了再訪念頭。其實二〇一三年他為了文學紀錄片《朝向一首詩的完成》，還是應邀去了北京並舉辦公開活動，只是不知他對此行、對中國有何新想法？與另兩位同在仙界的詩人余光中、洛夫相較，作品在陸只有零星出版的楊牧，當地讀者實在說不上有全面性認識。他們熟悉的「楊牧」，是曾任《星星》詩刊主編的四川詩人，兩人除了筆名外並無一處相同。但在台灣的社會運動或街頭抗爭現場，參與者可能會自發朗誦一二九行〈有人問我公理和正義的問題〉，卻始終聽不到一句洛夫或余光中。倘若這是青年一代的選擇，沒有理由不該尊重。新世代對楊牧人格典型的景仰，恐亦與他曾堅定抵抗「台灣文學為中國文學的附庸、邊緣或延續」之說有關。在〈台灣詩源流再探〉一文中，楊牧寫道：「這將近四百年的源流，孕育出我們獨異於其他文化領域的新詩，生命因爲變化的環境而常新，活水不絕。它保有不可磨滅的現代感（modernity），拒絕在固定的刺激反應模式裡盤旋；它有一種肯定人性，超越國族的世界感（cosmopolitanism），擁抱自然，嚮往抽象美的極致」、「我們使用漢文字，精確地，創作台灣文學。」[7]誠可謂是一錘定音，足令惶惑之人警醒。楊牧以一生完整示範，如何汲取漢語傳統，接受西方文學，植根本土經驗，創製出一部部屬於台灣，也屬於世界的作品。他留下的文學遺產固然甚多，以上啓示，必在其中。

7　楊牧：《人文蹤跡》（台北：洪範，二〇〇五），頁一七九－一八〇。

因為洛夫的緣故

三月可以無比溫暖，也可以極度殘酷，才隔一年就讓吾輩愛詩人嘗盡兩種迴異滋味。二〇一七年三月三日，洛夫出席我主編之《淡江詩派的誕生》新書發表會，走路步伐略緩但是致詞中氣十足；二〇一八年三月三日，換成他自己的動物詩集《昨日之蛇》發表會，雖有攜帶氧氣罩備用，氣色、精神還算不錯。所以當三月十九日十一點中國大陸的媒體朋友來訊，問我知不知道洛夫逝世的消息時，我其實毫無心理準備，楞了不只一下。看到「詩刊社」微信號發布「『詩魔』洛夫去世：洛夫代表作選」，才知道憾事已在對岸文學界及讀者間傳開。

從二〇一七年一月十八日的羅門、十二月十四日的余光中，到二〇一八年三月十九日的洛夫紛紛離開人世，代表整個時代正無情地迅速翻頁中。記得聽詩人孟樊不止一次提及，上個世紀九〇年代初期，他跟杜國清、林燿德、簡政珍受邀同遊廈門。就在鼓浪嶼菽莊花園，林燿德與簡政珍兩人爭辯起「當今詩人誰居第一」。林燿德支持羅門，簡政珍票投洛夫，兩人辯到面紅耳赤，何等快意！結果最年輕的林燿德一九九六年一月八日猝逝，反倒成了最早告別的人。除了羅門跟洛夫，似乎應再加上於一般民眾間，更具有廣泛知名度的余光中。要論「誰居第一」，羅門囿於晚年身心狀況不佳，作品委實不多；至於余、洛兩人之間的詩藝高下，則是評論者跟文學史家必須處理的問題。二〇〇五年三月我曾在《創世紀》第一四二期發表〈與余光中拔河〉，從「形象」、「評價」、「經典」三者切入，或可視爲「重新議題化」余光中其人其詩的一點努力。[1]文中我反對黃維樑在《璀璨的五采筆》中，稱余光中「在新詩上的貢獻，有如杜甫之確立律詩」[2]，因爲余氏固然在全盤西化與守舊僵化間走出了一條自己的詩路，但除了熊秉明所論之「三聯句」外，余光中對現代詩稱不上有何「創體」或「確立」之功——將黃維樑此評價移至余光中所撰之現代散文，應該更爲合適。坊間媒體喜歡以鋼筆字原稿刊登余光中詩作，殊不知讀者讚嘆的是字跡工整美觀，甚至比詩作本身還具有話題性。與之相較，洛夫卻持續挑戰自我，就算是小詩戲筆也能玩出隱題新體，跨越二十一世紀猶能一次繳出三千行長詩。晚近他將詩歌與書法結合，更跳脫了「詩句抄錄」層次而臻「雙藝跨界」，殊爲不易。無論是嚴肅反思的《石室之死亡》、技法多端的《魔歌》、偏向戲謔的《隱題詩》、詩寫離散的《漂木》、精神超脫的《背向大海》、古詩新鑄的《唐詩解構》……，洛夫無不想嘗試駕馭，彷彿有詩便不覺老之將之。所以對洛夫跟余光中兩位台灣代表性詩人，究竟誰「老得更漂亮」，我認爲不應該沒有答案。

另一個證明，來自孟樊與我策劃籌辦的「台灣當代十大詩人」票選。二〇〇五年這項活動於結果出爐後，於北教大召開一場學術研討會，並企劃爲《當代詩學年刊》特輯。在「詩人評詩人」、「全記名投票」、「需選滿十人」的規則下，統計結果最終洛夫以一票之差勝過余光中，於是這就有了洛夫被「評選爲台灣當代十大詩人之一，名列首位」的說法（洛夫著作中的作者簡介卻一直寫成：「二〇〇一年三千行長詩《漂木》出版，震驚華語詩壇。同年評選爲台灣當代十大詩人之一，名列首位。」年代顯爲誤植[3]）。我相信並確知「十

1 楊宗翰：〈與余光中拔河〉，《創世紀詩雜誌》第一四二期（二〇〇五年三月），頁一三七—一五一。
2 黃維樑編：《璀璨的五采筆：余光中作品評論集（一九七九—一九九三）》（台北：九歌，一九九四），頁四。
3 見洛夫：《如此歲月：洛夫詩選（一九八八—二〇一二）》（台北：九歌，二〇一三）、《漂木》（台北：聯合文學，

大詩人」票選結果不一定能成爲何種「定論」，但畢竟是由學術單位（國立台北教育大學台文所）跟學術刊物（《當代詩學年刊》）主辦，就應被視爲一項學術的（而非可供消費或炒議題式的）票選，帶有一定文學史意義。

雖以一票之差「險勝」，但無論在中國大陸或台灣本地，洛夫在一般民眾間的知名度似乎還是遜於余光中。關鍵無他，當在課本。以被收入中小學課本的詩作數量來看，余光中顯然遠多於洛夫。這點固然可以解釋兩人知名度的差距，但我們是否也該反思：能夠進入課本的詩，就一定代表「好」嗎？我以爲頗可商榷。獲選課本之作，可能只是符合編選者的某種標準，譬如思想尺度、保守技巧、安全內容等等。可是現代詩畢竟屬於前衛藝術之一環，只求原地踏步，能有多大成就？洛夫的突破處，正在於不甘待在保守安全的舒適圈內，轉而積極挑戰自我，才能成就每部詩集間驚人的跨度。這類詩人與詩作，當然不是海峽兩岸中小學生語文課本的最好選擇——至少不會是最「安全」的選擇。

閱讀洛夫，似乎也不該選擇太過「安全」的讀法。譬如早期中國大陸讀者對他的認識，很大一部分來自一九八三年流沙河編著的《台灣詩人十二家》。此書由流沙河替每位台灣詩人撰寫各三千字介紹，加上篇數不等的選詩，很長一段時間都是對岸讀者「看見台灣」的首選。[4] 流沙河在書中稱洛夫是「舉螯的蟹」，評論《石室之死亡》時並摘引「我已鉗死我自己，潮來潮去／在心之險灘，醒與醉構成的浪峰上／浪峰躍起抓住落日遂成另一種悲哀／落日如鞭，在被抽的背甲上／我是一隻舉螯而怒的蟹」，隨後評論道：「這只舉螯的怒蟹

二〇一四，二版）、《唐詩解構：洛夫的唐韻新鑄藝術》（台北：遠景，二〇一四）三書之作者介紹。雖由三家不同出版社印行，但三本的資訊顯然都是錯的，「提早」了四年發生。

4 流沙河編著：《台灣詩人十二家》（重慶：重慶出版社，一九八三）。

大可不必『鉗死』『自己』，因爲『落日』去了還有朝日要來的，只是他得充實充實自己的靈魂才行」。如此正向積極的「安全」讀法，實未能穿透洛夫詩歌藝術的核心（雖然以彼時的條件來看已難能可貴，流沙河功不唐捐）。

凡欲談論洛夫，就先定位他是「戰爭詩人」（我比較偏向採用「軍旅詩人」一詞，曾隨國民黨軍隊赴台的商禽、管管、瘂弦、辛鬱、周夢蝶皆在其列）或「超現實主義詩人」，在我看來也是選擇了「安全」的讀法。面對如此重要的詩人，可以只用這兩點來侷限其書寫成果嗎？我以爲叩問存在、超現實、戰爭或軍旅，都只是詩人洛夫的特殊面向；要眞正談論他的詩歌根源，當不可捨棄濃厚的古典意識與離散之情。

二〇一一年我自菲返回台後，便以編輯身分向洛夫邀約一部禪詩與超現實詩精選集。蒙他慷慨同意並賜名《禪魔共舞》，我也因此留下了詩人手寫的預編目錄規劃跟一些往來書信。同年十月此書上市後，創作力旺盛的洛夫又接續出版了《如此歲月》（二〇一三）、《唐詩解構》（二〇一四）、《昨日之蛇》（二〇一八），並且分別在二〇一四與二〇一六年再版重印《漂木》與《石室之死亡》。洛夫就像是一個逆反肉體衰老、有詩萬事足的頑強老人，用作品雄辯地向華文讀者與年輕世代持續發聲。在我與孟樊合著的《台灣新詩史》（聯經，二〇二二）中，洛夫是全書唯一一位從一九五〇年代到二十一世紀，每一詩史時期都不能不談論的名字。因爲洛夫的緣故，評論家跟文學史家都不敢有一絲鬆懈——其詩可挖掘處仍多，故詩人雖已仙逝，我們的新工作才要開始。

像他這樣一個副刊編輯——蔡文甫與《中華日報》

一九四六年中國國民黨在台南創辦《中華日報》，初期採中、日文並刊模式，龍瑛宗即曾擔任日文版「文藝欄」編輯。該版面曾發表葉石濤、王育德、吳濁流、吳瀛濤及龍瑛宗本人的作品，堪稱戰後初期重要的文學媒體。現在若要追尋這段歷史軌跡，得藉由李瑞騰教授與該報合作、二〇一八年台灣文學館出版的一套四冊《一九四六年『中華日報』日文版文藝副刊作品集》。[1]這套書分日文「原文校注」與「中文譯注」二卷，每卷各二冊，收錄一九四六年二月二十四日至十月二十四日《中華日報》日文版文藝、文化、家庭三專欄和少部分非專欄的相關詩文。

因政府推行國語文政策，《中華日報》自一九四六年十月二十五日起改為只出中文版。一九四八年在台北設立總社，並且增出北部版。這個模式雖持續甚久，但後來日感艱困，重心終究移回台南總社，原台北總社則改為辦事處。此乃因在台南印報再送至台北，要近中午才能到訂戶家中，缺乏市場競爭力。《中華日報》北部版主要還是提供給機關團體跟少量家庭訂戶，不像大台南早年幾乎都是該報天下——台南之於《中華日報》，頗似花蓮之於《更生日報》，都是四〇年代創立後挺立迄今的地方報。

《中華日報》社方對文藝十分重視，歷任主編如徐蔚忱、林適存、蔡文甫、應平書、吳涵碧、羊憶玫皆

1　黃意雯主編：《一九四六年『中華日報』日文版文藝副刊作品集》（台南：國立台灣文學館，二〇一八）。

認眞經營，頗有成績。「華副」一向風格素雅，拒絕浮誇，儼然成爲南台灣文壇重鎭。各地讀者今亦可從「中華新聞雲」（https://www.cdns.com.tw），便利取得及閱讀「華副」內容。而蔡文甫本爲汐止中學教師，會從一九七一年七月起擔任《中華日報》副刊主編，乃是受到當時的社長楚崧秋賞識。直到一九九二年七月退休前，蔡文甫總共編了二十一年一個月的「華副」。

雖然在稿費等條件上，皆不如「聯副」、「人間」、「中副」等全國性大報，但他仍讓「華副」成爲不可忽視的文藝園地，也曾經於一九八六年跟一九八八年，兩度榮獲行政院新聞局的副刊編輯金鼎獎。很難想像在執編「華副」之前，蔡文甫僅有因爲編過軍報《戰鋒月刊》而略懂字體跟字號，副刊實務編輯經驗可謂相當薄弱。他只是一名熱愛寫作的教師，跟《中華日報》最長遠的關係就是自一九五九年三月起兼任汐止特約記者而已。

楚崧秋社長聘他接林適存的位置時，副刊只有一名晚間才來報社的助理，負責處理初審及退稿事宜。彼時尚沒有電傳可用，蔡文甫在台北要自己發稿、算字數、畫版樣，再藉由飛機運至台南排印，打好紙型分成南北兩地印刷。他從「華副」的作者變成編者，身分有了巨大轉換；但仍在學校教書到一九八〇年九月退休，所幸編務跟教務兩者不曾相互干擾。從學校退休後，「皇冠」跟「時報」都曾有意延攬，只是都被蔡文甫婉拒，專心經營自己一九七八年創辦的「九歌」出版社。二十一年一個月的「華副」主編生涯，若說有什麼遺憾，應該是自身創作產量，從原本每年可以寫出一部短篇小說集，變成二十一年間只有在馬各主編「聯副」時發表過一篇一萬字的短篇，無怪乎他曾說：「自己深切感覺到的，副刊編輯確是謀殺作者最恰當的職業。」[2]

蔡文甫的「華副」主編歷程，留下了不少輝煌事功，舉其要者如下：

2 蔡文甫：《天生的凡夫俗子——從0到9的九歌傳奇》（台北：九歌，二〇〇五，增訂二版），頁三七四。

一、廣邀名家，新闢專欄

「華副」原以刊載小說跟散文爲主，蔡文甫任內新闢不少專欄，譬如「我的生活」、「書與我」、「生死邊緣」、「我的另一半」、「我最難忘的人」、「藝文短笛」及紀念《中華日報》創刊三十週年設計之「三十年後的世界」等。出刊後反應良好，再如邀得梁實秋撰「四宜軒雜記」、王鼎鈞撰「人生金丹」（後結集爲《開放的人生》）等例，讓「華副」在大報副刊夾擊下，仍然廣受各方矚目，也證明了蔡文甫的約稿功力。

二、副刊專欄，輯印成書

因「我的生活」等專欄反應良好，但報社並無將副刊作品結集出版之先例，故蔡文甫先商請「黎明」印行兩集。等到《我的另一半》由報社直接出版後，連連再版，於是《中華日報》才新成立了出版部，開始將「華副」精彩專欄結集，總數量逾四十種。特別值得一提的是，他創辦的「九歌」從來沒有出版過「華副」專欄結集，可見蔡文甫律己之嚴。

三、廣邀名家，提拔新人

「華副」作者群以名作家及學者爲主，但亦樂於拔擢新秀。凡遇來稿，能用即刊，不能用即退回。如果兩週內未收到退稿，大約都會在一至二個月間，以二或三天的頭題發表，並且配上名家插畫，讓作者充滿成就感。此舉特別可以激發新人作家的創作欲望，建立了起他們繼續寫作的信心。《中華日報》雖無海外版，但蔡文甫仍想方設法，在稿費遠不如其他大報的情況下，邀得國外作家及學人賜稿。

四、策劃梁實秋文學獎

梁實秋晚年稿件大多交給「華副」發表，一九八七年他仙逝後，蔡文甫便與余光中研議，成立全台第一個以作家爲名的單獨獎項「梁實秋文學獎」。一九八八年由《中華日報》社方出資三十萬，配合文建會補助款，以這個獎項紀念文學大師對散文及翻譯的成就，也爲台灣文壇積極培育散文創作及翻譯研究的人才。前二十屆由《中華日報》舉辦（第十三屆因公開招標，由台灣文學協會得標），第二十一至二十五屆由九歌文教基金會承辦，二〇一三年起改由台灣師範大學接手。

五、串連南北各地作家，開闢文藝討論空間

「華副」常邀台北文學名家南下開講，兩度舉辦南北作家大會師，適當兼顧在地性跟全國性，讓自己從南台灣文壇重鎮，提升到全台文藝愛好者鎖定園地。「華副」風格固然一向以溫厚著稱，但蔡文甫接編初期，也曾讓副刊成爲「論戰園地」。那是一九七二年六月十日到十一日，趙友培發表〈我國大學文學教育的前途〉一文，隨後引發三十八位持各種不同觀點者，在「華副」討論大學體制內的教學，是否該呼應現代文學的蓬勃發展。之後教育部准許大學設立文藝系並公布了「文學院文藝系必修科目表」，報社更於一九七三年出版專書《大學文學教育論戰集：中文系和文藝系的問題》。「華副」是在歷史的關鍵時刻，主導了大學文學教育論戰，有功於現代文學的向下扎根。

蔡文甫跟大多數台灣的副刊編輯一樣，並未出版專書談自己足以啓發後人的編輯心法。只能從他的自傳《天生的凡夫俗子——從0到9的九歌傳奇》中，摘錄一些內容，權充線索：第一，謹遵「稿不離手」原則，蔡文甫副刊編輯工作二十一年來，從來沒有掉過一篇稿子。第二，副刊編輯不宜介入論戰太深，在正、反兩面

意見平衡陳述後，宜適可而止，不要用有限篇幅，作沒有是非對錯的無限辯論。第三，編者是作者跟讀者間的橋梁，時時要尋找有趣的、有意義的好文章，介紹給廣大讀者。副刊不是訓導處，時時教訓別人；副刊也不是教室講堂，爲特定的人授課，而是讓各階層的讀者，都能看到自己喜歡的各類型文章。第四，副刊編者不能只憑自己喜好，專刊一些深奧或譁眾取寵的文章，更不能站在台前發號施令。編輯最好在幕後默默地邀請名家，發掘新人，使他們樂意表現才華。由上可見：蔡文甫在編輯《中華日報》副刊時，持守的是平易、平實與平衡之心法，正可謂「見其編法，如見其人」。

像他這樣一個學者——試說陳芳明

近來行文嗜用「晚秋」一語的陳芳明教授，原來今年要七十歲了。像他這樣一個恆常活在戰鬥與批判中的學者，竟然也要七十歲了嗎？陳芳明本可跟許多讀書人一樣，輕易成爲「來來來，去台大；去去去，去美國」的人生勝利組代表。但就像他熟悉的Robert Frost名詩〈The Road Not Taken〉末句，他終究選擇了人跡罕至之路，人生遂因此完全不同（I took the one less traveled by, /And that has made all the difference.）。放棄學位、流亡異國、解禁返台、參與政黨，直至二十世紀九〇年代中期赴靜宜大學中文系專任教職，他才眞正開展「政治台北、學術台中」的兩地生活。從沙鹿靜宜、埔里暨南、中市中興三校，最後北遷至任教時間最長的木柵政大，陳芳明寫出了一本接一本的研究專著、培養了一批又一批的陳門弟子、開設了各式台灣文學與比較視野相關課程，凡此種種在在說明：他或許曾是文史研究的遲歸人，卻不曾眞正離開過學術圈。連被列入政治犯黑名單、護照註銷不得返台的一九八三年，他都發表長文〈現階段台灣文學本土化的問題〉參與台灣意識論戰，盼以文字在場彌補肉身缺席之憾。[1]藉由比較葉石濤和陳映眞兩位「左派」歷史觀、文學觀的差異，陳芳明嘗試梳理出台灣意識之發生脈絡，並暗示日後的文學研究將步向左翼思考與結構分析之途。

1 陳芳明先是以筆名「溫萬華」，於一九八三年十月《美麗島週報》，分上、下兩篇刊登〈現階段台灣文學本土化的問題〉。後又以筆名「宋冬陽」，發表此文於《台灣文藝》第八十六期（一九八四年一月），頁一〇—四〇。

但他從來就不是刻板印象裡的僵化老左派或時髦新左派，上街抗議或修辭嬉戲並非其所長。學者陳芳明的「左」更強調以文學淑世及介入，論述聚焦於女性、同志、原住民、被殖民者或新移民等弱勢群體的正名和正義，行文則力求結合宏觀歷史建構與微觀文本細讀。像他這樣一個學者，論文書寫是勞作、指導學生是日常、報端評論是抒發，而無論在哪一個位置上立論發言，陳芳明骨子裡的鬱結含憂詩情及理想主義性格，始終未曾完全消逝。幸好有此般質地護身，讓他不管在返台初期擔任反對黨文宣要職，全身浸泡在政治汙水中，抑或後來赴大學任教並掌理政大台灣文學研究所繁重所務，都能不畏前為荒地、後乏奧援之艱難處境，擇是而行，為所當為。像他這樣一個學者，既選擇援銳利的批判精神及溫暖的憶往思昔為書寫雙翼，遂注定不可能成為真正的基進（radical）——其影響從散文創作溢出至文學評論，故多年後他會跟過去的筆戰對象洛夫、偽〈狼來了〉余光中一一「和解」，實不足為奇。

臥床十年後病逝北京的陳映眞，則是他中壯年後最重要的文學論敵與可敬對手。從一九八二年「第三世界文學論」說、一九八七年「二二八」歷史觀爭議、一九九一年周明談謝雪紅之書，兩人間的論爭到二〇〇一年《聯合文學》上（我稱之為）「雙陳論戰」達到高峰。這場論戰涉及對馬克思主義的理解援用與眞假左翼之面目辯論，可惜後來一方受病魔所苦難再繼續。但一部分左統派文人或自認是「陳映眞們」，對陳芳明自此憤恨積怨更深，迄今難平。對於選擇在《聯合文學》上連載發表《台灣新文學史》一事，也被部分獨派人士斥為前後立場不一的「背叛」。再加上他對陳水扁總統綠色執政後的直言批評，譏諷他猶如一隻政治變色龍的聲音，自此便沒有少過。能讓台灣的左統派恨之入骨，右獨派視之如刺，恐怕也只有像他這樣一個學者能夠辦到。

扣除以各種筆名發表的數百萬字政論時評，以及人物傳記類的《謝雪紅評傳》，陳芳明的評論書寫應可分為四個系列：新詩評論、夜讀細品、台灣學研究與文學史寫作。首先是一九七四年編入志文版「新潮叢書」

的《鏡子和影子——現代詩評論》。[2]這不但是他個人第一本文學論集，也是彼時台灣文壇極重要的一部新世代詩評著作，此後方有從《詩與現實》到《美與殉美》的系列出版品。夜讀細品包括《危樓夜讀》、《深山夜讀》、《孤夜獨書》、《楓香夜讀》、《星遲夜讀》，皆屬文學批評的具體實踐，而非文學理論的思辨推演。台灣學研究則以《左翼台灣：殖民地文學運動史論》為濫觴，繼之以《後殖民台灣：文學史論及其周邊》、《殖民地摩登：現代性與台灣史觀》，皆屬符合學院體制規範的學術研究成果。《台灣新文學史》則是陳芳明寫作時間最長、總計字數最多的一本書，引起的討論與漣漪亦是最大。[3]從這四個評論書寫系列來看：像他這樣一個學者，批評實踐能力勝過文學理論創發，尤長於作品解讀與歷史書寫。

二〇一七年六月九日由政治大學台文所與該校圖書館主辦的「陳芳明學術與文學創作研討會」，本意應為恭賀這位講座教授七十歲圓滿榮退，焦點則在彰顯其學術傳承、對藝文界與出版界的深遠影響，以及介紹新設之陳芳明人文講座。不料活動海報竟以「英雄往前走」為主標題，雖不知陳門弟子以為然否，至少我個人十分詫異不解。陳芳明教授的人生際遇、創作成果、學術歷程，都難以與「英雄往前走」做出連結——如此張揚的姿態，似也不符合他在學界或學生之間的印象。在傳奇人生上，一九四七年出生的陳芳明宛如「二二八」與台灣歷史的未亡人，總在深情凝望著這座受傷的島嶼；在文學創作上，陳芳明無論詩文皆染有鬱悒傷感色彩，這種基調讓他的作品享有極高辨識度；在學術研究上，陳芳明長篇短論無不融會文采及史識，對台灣文學中「左翼」與「後殖民」的在地闡發尤具貢獻，讓長期被打壓抑制、貶低驅逐的沉默他者能夠喘息療傷。但再怎麼

2 陳芳明：《鏡子和影子——現代詩評論》（台北：志文，一九七四）。

3 自一九九九年首度發表文學史部分篇章，陳芳明歷時十二載，終於二〇一一年完成《台灣新文學史》（台北：聯經）。二〇二二年又推出「十週年紀念新版」，增補修訂原始內文，並加入台灣文學大事年表。

說，我們都很難將「英雄」與他畫上等號；反而是「傷」這個關鍵字，更爲接近陳芳明其人其文之脾性。

六、七年級的青壯輩台灣文學研究者，學生時代大抵都曾受陳芳明文章感動，或甚至因此立志將台灣文學研究當作一生志業。我也曾是其中一員：在碩士班修課、赴大學部旁聽，保留每一份由老師提供，固定一頁A4且綱舉目張的授課講義。那時的靜宜大學中文系，只有內部自行區分爲中國文學組與台灣文學組，後者相關課程師資相當堅強。專任老師有向陽、林茂賢、陳玉玲、陳明柔、陳芳明、陳俊啓、陳建忠、游勝冠、黃美娥、柳書琴、趙天儀、鄭邦鎮，日文系的邱若山，還有前來兼課的邱貴芬、胡萬川、陳萬益、楊翠，再加上較早離開的楊照，應是不遜於今日任何學校台文系所的黃金陣容。陳芳明一九九二年自美返台接任民進黨文宣部主任，一九九四年初次到靜宜大學開設「台灣新文學運動史」與「台灣當代文學思潮」課程，一九九九年夏天從靜宜離職轉赴暨南國際大學中文系。我們這些前後屆碩士班同學都有幸見證，他在沙鹿那間小研究室裡如何努力備課、勤奮指導，並開始著手《台灣新文學史》第一章「台灣新文學史的建構與分期」。像他這樣一個學者，從靜宜時期便習慣將每頁A4大小的授課講義，以驚人紀律及無比毅力，一一改寫成文學史章節或長篇論文。我相信圍繞陳芳明而生的種種爭議，不會因爲他從政大榮退而稍歇。因爲有靜宜經驗在前，我更相信陳芳明不會選擇沉默——持續累積的書寫，就是他最堅實有力的回答。

吾師經世有奇哀——再說龔鵬程

個人學習歷程裡，曾被我敬稱「老師」者爲數甚夥；就算自己當了大學老師，還是習慣稱呼同事爲「某某老師」，以示尊重與敬意。喚一聲「老師」容易，唯眞正入學修課、開啓視野、從聆其句到法其人，並能驅使我去細讀其每本著作者，恐怕僅有陳芳明與龔鵬程兩位老師了。兩位師長從治學取徑、生命經驗、文化情懷到意識形態，可以說是光譜上最爲遙遠的兩端，應該從來都不曾被放在同一平台討論。但我對兩位老師的寫作持續追蹤及閱讀逾廿載，每每怨恨自己腳步過緩、無法企及，甚至曾於恍惚間夢見兩人同台辯詰論學，命我主持的不可思議怪奇畫面。實則我根本不知道這兩位老師交情如何，抑或將會怎麼評價對方？只知道兩人同樣著作等身，懷抱在教育工作及書寫崗位上經世之志，卻也從來不被「文學」或「學院」二字拘牽，讀書講學、針砭時政、遊歷八方、謗譽由人皆屬平凡日常，也都是我心目中「知識分子」的理想模範。可惜我年輕時劣性難馴，找碩、博士論文指導教授時也屢出怪招，改向外文系出身以及古典文學研究背景的另兩位教授拜師去了。所以我始終不敢以陳門或龔門弟子自居，二十年來更像是一名嗜讀兩人新書舊作，反覆琢磨其間蘊藏深意的愛書人。

既然上篇是〈像他這樣一個學者——試說陳芳明〉，這次換成談自己心目中的龔鵬程老師，或者該說是此時此刻的龔老師。時光匆匆，距離上次那篇〈像他這樣一個老師——試說龔鵬程〉見報，一晃眼竟已十四年。[1]猶記得那篇短文是以此開篇：「未滿三十取得博士學位、未滿三十五升等正教授、最年輕的文學院長與大學校長……像他這樣一個老師，竟然也要五十歲了。昔日中文學界的傳奇、為了眞情實義離開政界的官員、烤小羊烤上大報頭版的名人，終於也要五十歲了嗎？」而今日他「竟然」已屆六十三歲，還會是那個在《四十自述》裡形容自己「集古怪、促狹、激切、峭冷於一身。既欲度人金針，又彷彿崖岸自高，或故示歧途。既鼓舞向道之熱情，又大潑冷水。既矜恤愚瞽，又頗斥鄙其愚妄」的龔鵬程嗎？[2]就我近幾年間有限的接觸經驗，應該可以這麼說：從前他對學生而言無疑是個「年輕的老怪物」，現在他雖仍會拒絕成為你好我好大家好的彌勒佛或慈眉善目的大宗師，但至少不再當面鄙薄時賢、堅持激切峭冷。這點恐怕並非出於妥協，而是不願浪費精力與時間。我認為對他來說，寫完貌似六十自述，卻實為以個人生命史來顯影當代學術史的《龔鵬程述學》後，根本源於經學、不自限於書齋、志在澄清天下的這位抗世者，接下來得繼續啓微茫、振墜緒，兼及博大與專精，以一身活學問澈底實踐「以文章華國」。[3]哪怕頭銜再多，擁戴者眾，這應該才是他眞正在意的吧？《龔鵬程述學》內有〈未來〉一章，他已意識到：「少年時，雄心萬丈，欲一口喝盡西江水，劉顯叔兄嘗笑我是學術帝國主義。現在才知心力固可無窮，時間體力卻很有限，我眞能做的，只有兩方面，一叫『文王既沒，文不在茲乎』，一叫『煥乎其有文章』」。[4]話雖如此，有識者便知光是補齊斷層、恢復斯文便要花上多少氣力？欲藉傳統學術來治此末世，便不容許有絲毫浪費，習慣行走於政、商、學、民之間的他，應如何分配時間

1 楊宗翰：〈像他這樣一個老師——試說龔鵬程〉，《中央日報・中央副刊》，二〇〇五年九月十一日。
2 龔鵬程：《龔鵬程四十自述》（北縣：印刻，二〇〇二），頁二一八。
3 龔鵬程：《龔鵬程述學》（新北：印刻，二〇一八），頁四五九—四六七。
4 同上書，頁四六一。

與精神？近年來他屢次受邀登上電視跟獲頒殊榮，配合節目細節與典禮流程，會不會也等於在磨耗他的冠世才情？

或許上述這些都是我多慮了，根本沒什麼好擔心的，畢竟這麼多年來無論順逆，他還不是一樣笑笑走過——就像江湖謠傳龔鵬程稟性善飲好酒、晝夜笙歌不絕，卻沒人在意他思緒之敏、讀書之勤及下筆之快，還有次日一大早用高達一千五百度的近視眼緊貼著書看的認眞功夫。什麼叫做假新聞，眞汙衊？學界文壇從上個世紀九〇年代到現在還在精準示範著，而他正是最合適的受害者代言人。近年間我也聽過別人說他瘋了，一個大學教授跑去辦公司、當CEO，弄什麼都虎頭蛇尾、好大喜功，還敢自稱「當代孔孟」……見多了一副眾人皆曰可殺，吾輩何不跟進的可鄙臉孔，也磨光了我對終生死守書齋，酷嗜讀書給人看的這類書生教授，最後的一點耐心。現代人講求按照規矩、專業分工，嚴格說來不算壞事；可是請別忘了，世上還是有創造規矩、俱要通貫的能人。把什麼都割裂成雞零狗碎，遇事習慣了以管窺天，如何能夠治學論道？沒有眞正讀通或戴著有色眼鏡誤讀龔老師其人其書者甚多，但我以爲最大的曲解，就是諸如「龔某人怎麼可能什麼都懂！」、「龔某人外文不好，憑什麼論西學？」、「人文學者談什麼經營管理？」這類。雖然他大概只會哈哈大笑兩聲，根本懶得回應吧。

至於「當代孔孟」，大抵也屬弟子或傳媒贈他的美稱。就像很多人喜歡稱他爲龔夫子或龔子，自有比附孔子、孟子之意，乃敬重其爲學界不可多得的傳奇。其實稱謂徒爲皮相，何須執著？擁戴者再多，他終究還是習慣獨行，自感哀樂，不期知音。就像他自己文中所述，《龔鵬程述學》一書「重點在學問而不在我」、「非宣傳、非獵名、非討罵，亦不求知音」。至於我個人，一向只稱呼他爲「龔老師」，印象中竟連龔校長一詞都沒講過。校長只是一時職位，隨時可卸任；老師才是終生職業，無所謂退休。是龔老師教導了我，濁世中仍有人文書院、聚義論學的可能，並讓吾輩執拗地相信：學院就是我們的居所，經世乃知識人的使命。

【附：像他這樣一個老師——試說龔鵬程】

未滿三十取得博士學位、未滿三十五升等正教授、最年輕的文學院長與大學校長……像他這樣一個老師，竟然也要五十歲了。昔日中文學界的傳奇、為了真情實義離開政界的官員、烤小羊烤上大報頭版的名人，終於也要五十歲了嗎？

學生們大概都會同意，龔鵬程是個嚴肅中帶點邪氣、酒量和學問一樣驚人、談學論道之餘不忘烹貓煮狗的老師。在《四十自述》裡他更形容自己「集古怪、促狹、激切、峭冷於一身。既欲度人金針，又彷佛崖岸自高，或故示歧途。既鼓舞向道之熱情，又大潑冷水。既矜恤愚瞽，又頗斥鄙其愚妄」，對學生來說十足是個「年輕的老怪物」。碩士班念淡江的黃錦樹，在散文〈聊述師生之誼〉中便毫不保留地呈現出當年這位怪物的「惡形惡狀」，還順道批評了龔先生和章太炎、張大春這些「文化遺老」在認識論上的共同盲點與侷限。黃老師自學生時代就對晚清以降「寓開新於復古」一脈常表關懷，持論亦不乏洞見；惟我對其中關於文化民族主義式的排外、視域難以眞正向西方敞開諸點還有保留。以龔先生對西學的認識與態度，還有對西方當代文化的把握，上述論斷顯然不太具有說服力（他對伊斯蘭世界的研究亦是一例）。至於部分人士批評龔先生外文欠佳，根本不符搞西學的基本條件，恐怕也是患了本末倒置、輕重不辨之病。這種工具至上論或語言拜物教在台灣學界流傳日久，貽患無窮。今日偶見外文系學者在中文系開文學理論的課，卻不知有何中文系學者能在外文系幹同一檔事，其理由自不難想像——有趣的是，據聞許多年前曾有某校外文系系主任看過龔老師論著，還希望他能去開堂「文學理論」呢。

我很晚才開始接觸龔老師的著作，更遲至三年前博士班考試才首次見到作者本尊。高二升高三時參加國文資優保送甄試，主辦單位不知何故竟把《文學散步》當作禮物，贈送給現場百餘位「六年級中段班」文藝青少年。記得當年讀此書時似懂非懂，只知其中觀點頗為新穎，談文學的方式更完全不同於之前唸過的楊牧《一首詩的完成》或張春榮《一把文學的梯子》。那是一九九三年，龔鵬程早已成為學界與政壇爭議人物，我卻只是個傻呼呼的高中生。自幼喜歡寫作的我，後來順理成章選擇進入文化中文系文藝創作組，沒想到進了「創作組」卻開了自己對現當代文學研究的興趣，評論寫得比創作還勤、還多。這個組雖然志在培養中文創作人才，彼時古典文學的課程倒也多列必修，與今日情況很不相同。龔老師是中文學界少數兼治古典與現代文學者，四年課程內卻沒有哪位老師提過他的名字或著作。這當然是很奇怪的事，現在想來大概跟他之前發表的那篇〈中華民國國家文學博士論文內容與方法的評析〉不無關係。此文對方法意識的強調與師生倫理的反省，在一九八〇年代的中文學界投下了一顆超級炸彈。其中部分的激切言詞與媒體的大幅報導，更觸怒了該文論及之一百四十九位國家文學博士。雖然這篇文章對學界後來一系列的改革深具貢獻，可惜難消部分資深學者及其門生對作者的負面印象。文化中文系老師們多為可敬儒者，在事情過了那麼久後尚且不免受到此一偏見影響；加上龔先生後來寫的〈貓狗論〉、〈縱欲以證菩提？〉這類文章在宗教界與文化圈引起連番批判，在在都使得其人其文不為保守人士所喜，簡直要將之打入魔道，對他自然頗為不屑。

然而，比起這些沒有讀通或戴著有色眼鏡誤讀他著作的人，龔先生表示不屑的方式卻是先澈底的檢視對象，再直指既有研究模式的困境與病灶。譬如他一直對台灣的台灣文學研究很有意見，對部分「本土派」學者的論點與研究方法更時表不滿，遂乾脆寫出一本《台灣文學在台灣》，逼研究者反省文學史中慣用的單線敘述法及其造成的簡化歷史問題。[5]我後來碩士班改攻台灣文學，深知囿於文化認同上的差異，許多「本土派」學者都非常討厭龔先生，但卻又沒辦法跳過或忽視這位「論敵」所提出的諸多尖銳質疑。再譬如龔先生自己談舊

5 龔鵬程：《台灣文學在台灣》（北縣：駱駝，一九九七）。

詩也寫舊詩，但謙稱不懂新詩（也確實不喜歡新詩）的他，卻能從整體文化歷史的角度來檢討新詩的成績，並在兩岸新詩學術研討會上發表精彩的講演。其實撇開情感上的厭惡，所謂「論敵」何嘗不是促使自己進步的動力及反省的明鏡？台灣文學與新詩都是我的學術興趣之一，「恰好」也是龔老師所不屑的兩項領域，但聽他對兩者的犀利觀察及嚴格批判卻是一大樂事。當然他關於中國文學與舊詩研究的方法意識，亦提供了我反思台灣文學與新詩問題的參考框架。這樣奇特的「對位」學習經驗，應該也是我在博士班階段很值得一提的回憶。

因爲接觸時間與年紀上的差距，我對龔老師的感覺和黃錦樹頗有出入。聽說龔老師以前開研討會時總是一副殺氣騰騰、磨刀霍霍的模樣，上課則對學生頗爲不耐，以及毫不保留的蔑視與冷漠……這三年來我「不幸」都沒看到。一個可能是我跟龔老師本來就不親（受個性所限，我跟每個老師都不算親近），自然對他認識不深。另一個可能是他變了，變得願意降格忍受學生的駑鈍，不再是《四十自述》中那個「年輕的老怪物」了。但至少他對教育、對文化、對世局的關心並未改變。黃錦樹批評他這幾年來辦學有如「學術商業之拓展，開店或建廟似的，但每每虎頭蛇尾，始亂終棄，類乎到處留情」，我覺得這判斷下得太快，也太過嚴厲了。十年一覺佛光夢，難道眞只贏得薄倖名？對龔先生來說：究竟是往事如煙，又或者往事並不如煙？

像他這樣一個老師，之前耗費了太多精神教學與辦學，是該休息一下寫本大書了。雖然有人批評他近幾年出版的書很多都是舊作重編，但面對這些舊作時，能夠提出強力回應者畢竟有限。像他這樣一個老師，當然不會以此自滿。下一本「大書」何時面世呢？我們等待著。

像她這樣一個同代人——閱讀劉梓潔

劉梓潔是我的同代人，是跟「我們」一起成長的同代作家——閱讀她最新小說〈自由遊戲：起點〉後，這種感覺愈發強烈且確切。固然在生理年齡上，六十五年次的我虛長她四歲，同屬以民國紀年的「六年級生」；不過在其他領域，我跟她幾乎沒有一點交集。愛詩寫評從不運動的男子，跟兼擅小說散文編劇作瑜珈的女子，倘若在別無第三人的電梯相遇，到底能夠聊什麼話題？其實除了一二評審會議機緣，我跟梓潔談不上有何私誼，連交談次數都屈指可數。但我當她的讀者時間不算短，至少比在被陳芳明教授譽為「為台灣散文書寫創造新氣象」的〈父後七日〉還早些。這篇二〇〇六年林榮三文學獎散文類首獎作品，改編成電影後大受歡迎，導致許多人會說：「劉梓潔？啊，就是『父後七日』裡面那個人啦！」成功形象跟刻板印象往往是一體兩面，就像虛構與眞實的分野、小說和散文的界線一樣，有時就是那麼難以辨別。

但我也不知道哪來的信心，總覺得梓潔應當不會、也不願停留在《父後七日》的成功喜悅中。因為我早就讀過她在《誠品好讀》、《中國時報・開卷周報》上發表的評述或報導文字，其間透露出作者「能說動人故事」的本領。更早一些，是她在歷史悠久的耕莘寫作班（二〇〇一）、聯合文學新人獎（二〇〇三）上獲獎，而且皆是以小說創作得到殊榮。後者前後屆得獎名單中，尚有甘耀明、伊格言、許正平、廖偉棠等，也算是六年級小說家的另類集會了。梓潔當然沒有參加彼時赫赫有名的「小說家讀者」8P，也不太有人會把「小說家」身分，套在勤於旅行、懶於出書的她身上。一直要到接續《父後七日》（二〇一〇）的散文集《此時此地》（二〇一二）上市約莫半年前，眾人在《短篇小說》創刊號上看到〈親愛的小孩〉，文壇彷彿才撿回一個六年級小說家。焦慮於「再不生就來不及」的第一人稱敘述者，之前經歷過一連串刮刮樂般的性生活，卻「什麼獎都沒中」、「無法再拿去換下一張」。小說裡寫道：「不愛何其殘酷。但你會對一部吃光你錢的吃角子老虎機哭天搶地，搖著他肩膀跪求他腳下哀嚎昨天不是還好好的你為什麼要這樣對我嗎？不會嘛，對不對。說到底，都是自選的。」語多殘酷，卻是實情。之後女主角便在瑜珈跟唱頌中領悟，最終選擇原諒了經過自己生命的男子們，也原諒了自己。小說結尾充滿暗示，不禁讓吾人思及：愛情不可強求，生育亦復如此。就算不能愛他人，至少還能愛自己；就算一時找不到親愛的伴侶，至少還在繼續接近親愛的小孩。

其他如〈日曆〉中看不見未來的排版小姐林宜家、〈馬修與克萊兒〉中以優雅自衛的第三者克萊兒、〈禮物〉中被騙去洛杉磯懷孕生子的李君娟……，這些收錄於短篇小說集《親愛的小孩》（二〇一三）內的作品，主角皆陷入索愛不得而生的悲傷（及其莫可奈何）。[1]在劉梓潔擅長的笑謔性文字與戲劇化情境相結合下，讓她成為台灣六年級女性小說家中，最能書寫「同代人困境」的一位。婚與不婚、生與不生、愛與不愛……，她寫出了「我們」的艱難抉擇（或者只能被抉擇）。那些吾輩再熟悉不過的消逝地景、電影金句、惡趣味梗，在在印證了梓潔是跟「我們」一起成長的同代作家，能懂我們的痛，能療我們的傷，能寫出我們的欲求及恐懼。

學生時代誰不信仰愛的必然、心靈相通跟命中注定？這讓每個「我們」都像梓潔筆下的相遇故事：曾期待說出「如果在冬夜……」時，伴侶能對上「一個旅人」；當提及「生命中……」，對方會迅速接話「不能承

1 《親愛的小孩》收錄劉梓潔十年間的十則短篇小說創作。從二〇〇三年獲得聯合文學小說新人獎的〈失明〉，到二〇一二年應《短篇小說》雜誌創刊之邀交稿的〈親愛的小孩〉。

受之輕」。又或者把《新橋戀人》對白當作通關密語，凡一說出「天空是白色的」，愛人就知道要講：「但雲是黑色的。」但也唯有經歷愛恨傷痛跟時間磨損，才會懂得小說家給出的答案雖然冷冽，卻無比中肯：「也許所有的遇見，都只是一廂情願。」既然做不成新橋或永福橋戀人，女主角遂改以wechat的語音留言，在網際雲端以代號隔空尋愛（見短篇小說集《遇見》，二〇一四）。從這本書開始，小說家嘗試讓筆下人物在各篇作品間穿梭，如〈馬修與克萊兒〉和〈遇見〉裡的馬修，兩者幾乎貼合；但也有罅隙存在以創造閱讀趣味的例子，如〈禮物〉中「政商名流之間口耳相傳的熱門坐月子媽媽」茉莉，不知跟新作〈脫線〉（見《皇冠》七八八期，二〇一八年十二月）裡搭上丈夫同事而離婚的茉莉有何關係？隨著兩部長篇小說《真的》（二〇一六）、《外面的世界》（二〇一八）竣工問世，加上更臻圓熟的編劇經驗，劉梓潔越來越能沉穩把握篇章結構的設計之妙。她一貫擅寫的愛之痛與慟，竟也有了「兩人終於抬頭望著彼此，雅雅的眼淚滿到眼眶，嘴角是笑的」這樣溫馨圓滿的結局（見《外面的世界》）。隨著吾輩年齡往四奔去，或許是作家對愛情一物，又生出時代新詮或賜予一線生機？若說有變，亦有不變：梓潔畢竟是文學底子相通的同代人，吾輩就讀文學系所得啃的《一切堅固的東西都煙消雲散：現代性體驗》（*All That Is Solid Melts into Air: Experience of Modernity*），竟被她巧妙挪爲《外面的世界》書末代跋。而〈脫線〉結尾處茉莉在火鍋店用餐後拿到的卡片，外面寫道「沒有什麼事是火鍋解決不了的」，一打開卻是「從明天起，當個幸福的人」——這句典出海子詩篇〈面朝大海，春暖花開〉，昨日當我文青時，敢問誰不識此句？

梓潔確實是我的同代人，是跟「我們」一起成長的同代作家。在她作品裡看到太多我個人的記憶，字裡行間滿是吾輩成長的轍痕。〈自由遊戲：起點〉裡設定在「千禧年還有三年，大學生沒人有手機」，我也是那時的無機一族，跟傑夫登山社學長一樣只能打公共電話。而茉莉領著傑夫在新北投站旁商務旅館泡溫泉、開房間，那裡正是我高中三年的生活區域，確實也有幾家「乾淨但不昂貴的」小旅社供青年男女燃燒愛意。就連小說女主角用的假名「森茉莉」，都跟我酷愛的日本耽美作家相同。文豪森鷗外之女森茉莉，前半輩子集父親萬千寵愛於一身，後半輩子卻只能在侷促小屋勉強棲身，生平經歷跟創作主題都一樣奇特。森茉莉開啓了女性作家描寫男同性戀的時代，筆下對父親或兒子不尋常的迷戀亦頗受討論。梓潔挑選其爲小說人物名，或許旨在借其不爲世俗眼光所羈絆之形象，又或者將在續作中衍生性別/倫理想像？其間發展，令人期待。

凡讀過以人名串連成一式七份，彷彿小說角色接龍的《遇見》，大概都很難擺脫作者對「遇見」一詞的新詮。在將近一萬字的〈自由遊戲：起點〉也有兩回重要的「遇見」：一是傑夫在跟茉莉做愛時，聽到後者提到登山社社長陳宇綸（輪子），臉色一沉。茉莉遂騎到他身上說道：「好啦，會來登山社可能是爲了遇見你吧。」二是文末說茉莉回到台灣，許久未通音訊的傑夫不知道該怎麼開口，只好在電話裡說：「啊，妳還活著，眞好！」茉莉則以甜美清晰的聲音回答：「我活下來，是爲了遇見你啊。」這兩回「遇見」都由女方開口，無論情境與態度，皆跟五年前的短篇小說集《遇見》中各篇大不相同。更値得深思的是：若說《遇見》是七篇小說的人物接龍，茉莉跟傑夫這對昔日愛侶已經出現在〈自由遊戲：起點〉、〈脫線〉跟〈驛路〉（見《印刻文學生活誌》第一六九期，二〇一七年九月）三篇之中，準備已久、滿是故事的梓潔，究竟要帶給同代人一部何等樣貌與結構的新小說？

精品細讀共解詩㈠——論陳千武與〈信鴿〉

陳千武（一九二二年－二〇一二年），本名陳武雄，生於南投縣名間鄉。父親為名間庄役所農業技士，母親曾以《三字經》引導襁褓中的嬰兒接觸漢學，日後陳千武遂有詩句記載：「掙扎於斷臍的痛苦／我底歷史早已開始蠕動／哦，在母親的腹中」。十四歲進入台中一中（五年制）就讀，開始大量閱讀文學作品，一九三九年發表第一篇日文詩作〈夏の夜の一刻〉（〈夏深夜之一刻〉）於黃得時主編的《台灣新民報・學藝欄》。台中一中五年級時因反對日本皇民化運動改姓名政策，被校方處罰以「隔離監禁、操行丁、軍訓丙」，導致無法繼續升學。一九四一年自台中一中畢業後擔任機械工，次年即被徵調為「台灣特別志願兵」遠赴南洋，前後歷時四年，並在太平洋戰爭中成為戰俘。戰爭結束後等待返台期間，陳千武於雅加達集中營發起「明台會」、主編一共五期的《明台報》，成為戰後初期記載特別志願兵在南洋所思所聞的珍貴史料。這次戰爭在他的左手臂留下了永久傷痕，殖民地人民的痛苦更始終烙印在其心中。

一九四六年返台後考入農委會林務局擔任人事工作，任職達二十六年之久。從熟悉的日文轉換到陌生的中文，被稱為「跨越語言的一代」重要代表人物陳千武，經歷了近十年的學習及煎熬，一九五八年終於開始用中文發表詩作於《公論報》的「藍星週刊」，此年他亦開始使用另一個筆名「桓夫」。但詩人認為自己第一首中文詩創作，應屬一九六一年的〈雨中行〉。該詩登載於杜國清主編之《台大青年》上，與陳千武同一世代的詩人詹冰，曾準確指出〈雨中行〉不只是他「高度精神的結晶」，同時實現了「意圖拯救善良的意志與美」。

正如該詩所寫：「一條蜘蛛絲　直下／二條蜘蛛絲　直下／三條蜘蛛絲　直下／千萬條蜘蛛絲　直下／包圍我於／——蜘蛛絲的檻中」，以雨絲跟蜘蛛絲兩相連結，寫活了囚禁檻中生活之無比難受；卻也有「被摔於地上的無數的蜘蛛／都來一個翻筋斗，表示一次反抗的姿勢」這種句子，暗示了無力者仍應積極反抗，不要認命屈服。這類從現實生活出發，轉化醜惡爲美善的詩，此後便一直都是陳千武作品裡最動人的特質。

一九六四年吳濁流創刊《台灣文藝》後約兩個月，陳千武鑑於台灣新詩發表園地的匱乏，便與詹冰、林亨泰、趙天儀、錦連等人合力創設「笠詩社」，發行《笠詩刊》。他曾指出台灣新詩發展有「兩個球根」：一個球根是紀弦從中國大陸帶來戴望舒、李金髮所提倡之「現代派」，一個球根是日治時期受日本文壇影響下矢野峰人等所實踐的近代新詩精神。兩相融合，方形成台灣現代詩的主流。陳千武此說，可謂率先釐清台灣現代詩的發展脈絡，饒富時代深意。除了寫詩、寫評論、寫小說，陳千武還致力於推展兒童文學及從事翻譯工作，有系統的介紹、整理日本近代詩發展，與再現日治時期台灣新詩傳統。在文藝行政方面，一九七六年「台中市立文化中心」在陳千武建議與努力下終於啓用，成爲台灣各地文化中心的濫觴。他榮膺文化中心主任，在該中心改稱「文英館」後仍擔任館長，至一九八七年退休。在文學傳播部分，他自一九六三年起陸續擔任《民聲日報．文藝雙周刊》、台中縣《中堅》青年雜誌、《笠詩刊》、《小學生詩集》、《亞洲現代詩集》等主編。陳千武曾獲吳濁流文學獎、台灣榮後詩人獎、洪醒夫小說獎、國家文藝獎等多項殊榮。他長期推動台日韓三地現代詩互動，並多次策劃亞洲詩人會議，對文學跨國越境交流深具貢獻。

〈信鴿〉原刊於一九六四年七月出版的《新象》第五期，後收入次年由笠詩社出版之個人詩集《不眠的眼》。[1] 原詩如下：

1 陳千武：《不眠的眼》（台北：笠詩刊社，一九六五）。

埋設在南洋
我底死，我忘記帶回來
那裡有椰子樹繁茂的島嶼
蜿蜒的海濱，以及
海上，土人操櫓的獨木舟……
我瞞過土人的懷疑
穿過並列的椰子樹
深入蒼鬱的密林
終於把我底死隱藏在密林的一隅
於是
在第二次激烈的世界大戰中
我悠然地活著
雖然我任過重機槍手
從這個島嶼轉戰到那個島嶼
沐浴過敵機十五厘的散彈
擔當過敵軍射擊的目標
聽過強敵動態的聲勢
但我仍未曾死去
因我底死早先隱藏在密林的一隅

一直到不義的軍閥投降
我回到了，祖國
我才想起
我底死，我忘記帶了回來
埋設在南洋島嶼的那唯一的我底死啊
我想總有一天，一定會像信鴿那樣
帶回一些南方的消息飛來——

一九四二年四月，二十一歲的陳千武被日本殖民政府徵選爲「陸軍特別志願兵」。訓練結束後，先是返鄉擔任豐原街青年團教官，第二年便搭上運輸艦，從高雄港出發送至南洋前線部隊，正式投入殘酷戰爭之中。他參與了印尼的海上戰鬥，也在帝汶島濠北地區進行防衛戰，後又登陸瓜哇島直到日本宣布無條件投降。他曾因戰事負傷，被關進了雅加達跟新加坡的集中營；即便在艱困的集中營裡還是設法籌組「明台會」，藉主編《明台報》來抒發情感與表達理念。戰爭留下的肉體與心靈之雙重創傷，是許多殖民地下台灣人的共同經驗。曾經參戰的他，離開戰場多年後終於提筆，記錄了瀕死之驚悸與倖存之啓示，以詩文轉化個人痛楚爲時代證言。他從一九六七年起以南洋經驗陸續創作系列短篇小說，其中尤以一九七六年的〈獵女犯〉最具自傳性質。日軍爲滿足赴南洋征戰的軍官及士兵之性慾望，強逼印尼當地女子爲（美其名的）「慰安婦」，即受到非人道對待、鄙視及凌虐的戰時妓女。在部隊裡，性是日人所獨享之特權；像小說主角林逸平這樣的殖民地下台灣人，當了（美其名的）「志願兵」，竟還被任命爲押送女俘虜的隊長，「獵女犯」之名即由此而得。故事背景爲台籍士兵林逸平在帝汶島（Timor，處於南回歸線下的島嶼）解送印尼慰安婦賴莎琳，其中既可見戰場的殘酷，也反映了殖民地人民身爲俘虜之悲劇。男主角從這群女俘虜身上，看到了身爲慰安婦的悲哀與日軍的殘暴，字裡行間透露出身爲殖民地下士兵的種種無奈。日軍原以「大東亞共榮區」爲號召，宣稱要解放被西方殖民的南洋各族，實際上卻化身爲新的殖民者，不僅掠奪當地資源，還將魔爪伸向被俘虜的「慰安婦」。在盟軍掌握制空權下，帝汶島上的日軍無法眞正遷移或收到補給，其實也類似一群被俘虜的囚犯。換言之，小說中每個人物都成爲大歷史下的被囚禁者，面對著生命的無常、階級的壓迫與性的禁制，在在都成爲人生中不堪回首的恐怖陰影。

以〈獵女犯〉爲首的短篇小說，一九八四年集結爲一冊小說集《獵女犯：台灣特別志願兵的回憶》。一九九九年改版時，改題爲《活著回來：日治時期台灣特別志願兵的回憶》，允爲陳千武一生重要代表作。一九六七年發表的短篇小說〈輸送船〉中，陳千武將早兩年創作的〈信鴿〉，援引爲這部小說的序詩。〈輸送船〉寫第二次世界大戰後期日本的輸送船遭受美國潛水艇及飛機攻擊，同樣是基於作者在南洋的特別志願兵經驗，後亦收入小說集《活著回來》中。

這首〈信鴿〉完成於陳千武離開戰場廿多年後，可以說是槍砲口下歷劫餘生、「活著回來」的詩人，有所本而生之作。詩中所述「椰子樹繁茂的島嶼」、「土人操櫓的獨木舟」、「蒼鬱的密林」，皆爲彼時南洋常見景象。陳千武在軍中亦確實「任過重機槍手」、「從這個島嶼轉戰到那個島嶼」，並且「擔當過敵軍射擊的目標／聽過強敵動態的聲勢」，更加說明都出自他親身經歷。但〈信鴿〉並未停留在以文字如實記載往事上，而是從「終於把我底死隱藏在密林的一隅」拉高層次，將不可見、不忍見、更不願見之「我底死」，鋪展蔓延爲全作核心。詩中寫道：「但我仍未曾死去／因我底死早先隱藏在密林的一隅」，這是預先埋藏，遂能不死？抑或其實心死，假託未亡？詩人戰後返鄉才發現「我底死」並未同行，因爲「我忘記帶了回來」，讓它仍然「埋設在南洋島嶼」。虛實交錯，詩境遂顯，並將個人生命創傷，化爲同時代台灣「特別志願兵」的集體記憶——

就算人歷劫平安歸台，「死」卻還埋在南洋。詩末呼喚與期盼「那唯一的我底死啊」，終能像信鴿般，帶著南方消息飛回自己身邊。擇用「唯一」以彰顯其珍貴、不可取代，但來自南方的消息，對並非眞心「志願」的台人「特別志願兵」，將是美夢成眞，抑或惡夢連連？答案恐怕也像詩云「隱藏在密林的一隅」，不宜也不堪考掘。無論是小說〈獵女犯〉、〈輸送船〉還是詩作〈信鴿〉，皆可從中看出戰場倖存者對死亡的恐懼以及對戰爭的記憶。

當代評論者對〈信鴿〉中「我底死」，各有不同詮釋：李魁賢指出詩人「在南洋把死隱藏在密林的一隅，顯然摒棄了『死』的召喚，反抗了爲異國戰死的盲從」；趙天儀認爲這首詩「意味著昨日之我已死的象徵，而同時宣告了今日之我的復活」；杜國清表示：「『我』的存在，總有一天會獲得自由意志」、「詩人對人性的信心，對個人終將獲得自由意志的信心，以『信鴿』象徵，而牠帶來的消息，將是南方的密林戰後恢復的自由風光吧」；陳千武的公子陳明台則說：「死的意志，已經宿命地成爲強烈支撐著生的意志而永遠存在」；日本學者秋吉久紀夫，更找出〈信鴿〉裡「我底死」與日本「荒地」集團（二戰後日本現代詩發展重要的起點，以現代爲荒地，追求新生，代表作家有田村隆一、鮎川信夫等）作品間的相通處。以上皆可說明，陳千武此詩充滿了無窮暗示與眾多啓發。

一九四七年當他終於從南洋被遣送回基隆港，乘著火車返回豐原後，一下車便赴鎮公所詢問老家狀況。値班職員看到他時甚感驚訝，差一點說不出話來——原來是公所曾爲殉難台人辦過公祭，連家人都誤以爲他早已在南洋陣亡。對一個曾經被宣告過死亡的「特別志願兵」而言，以詩寫戰爭恐怕正是面對死亡迫近、陰影縈繞的最好手段。從這個角度來看，〈信鴿〉可謂是一首鎭魂之詩。

陳千武能編能譯，兼擅文藝行政跟國際交流，在文壇普遍被認爲最能適當扮演各種不同重要角色。但他個人最珍視的，應該還是寫作者中的詩人身分。就像他在〈鼓手〉中以「打鼓」作爲「寫詩」之隱喻，如此說道：「時間。遴選我作一個鼓手／鼓面是用我的皮張的。／鼓的聲音很響亮／超越各種樂器的音響」、「鼓是我痛愛的生命／我是寂寞的鼓手」。身爲一名時代的鼓手，他以寫作燭照現實，彰顯理想，雖然寂寞卻未曾懈怠，昂揚投入詩中，堅持不悔。他親歷被殖民統治下的苦悶，體驗二次世界大戰下的戰火，並克服由日文轉換成中文的書寫工具艱辛轉換，從各種意義上來看都是一名「倖存者」。這樣的身分背景，讓詩人筆下出現了不少剖視自我及省察生死的佳構，譬如〈指甲〉此詩先說：「我底指甲替我死過好幾次／每次剪指甲／我就追憶一次死……」原來作戰前士兵會把剪下的指甲裝入信封，繳給上級。倘若戰死找不到屍體，這份指甲就能充當骨灰之用。

指甲好像是我底生命之外的
生物
長了就要我剪
每次剪下來的指甲
都活著　然後　慢慢地
替我死去

〈指甲〉以此段終篇，傳達了慘痛戰火下，生長與滅亡的無奈交替。指甲於詩中成爲生命的象徵，日常反覆修剪指甲，即代表著不斷死而復生，生又逢死，在在都是痛苦的折磨。但剪了又長，豈止是指甲？還有敘述者的生存意志。〈指甲〉與〈信鴿〉一樣潛藏著詩人的精神密碼，處處充滿詮釋空間。

他還大力批判生活周遭的權力壓迫及封建思想，譬如曾寫了十多首以「媽祖」爲題的詩，讓被敕封爲

「天后」、「天上聖母」、「天后娘娘」的媽祖，從民間的保護神位置移了開來。〈媽祖生〉在寫蒼蠅如何「停泊在媽祖的鼻子上／非常詫異地搓揉著手／睥睨神桌」，將卑微與尊貴的位置對換，開頭便頗具諷刺意味。詩題「媽祖生」是台語俗稱，指農曆三月二十三日媽祖誕辰，此時各地都會舉辦隆重祭典，遶境遊行，好不熱鬧。詩人卻批判這些活動僅是在「意圖吵醒神／獲得神的保佑」，並以「天這麼熱！／蒼蠅一匹／逃避在媽祖的鼻子上」作結，既揶揄了高高在上的媽祖，也嘲諷眾人不應耽溺於宗教迷信。詩長逾百行的〈媽祖祭典〉，寫上自縣官、下至百姓，都希冀「被薰香燻黑了臉的媽祖」保佑平安。詩人卻說這樣的儀式祭典「讓孩子們察覺恐怖的遊魂世界」，應該要破除迷信守舊的習慣。

更具代表性的是〈恕我冒昧〉，開篇直接呼籲：「媽祖喲／坐了那麼久　你的腳／在歷史的檀木座上／早已麻木了吧」，要神明讓位外還指定接棒者：「這是非常冒昧的話／可是　你應該把你的神殿／那個位置／讓給年輕的姑娘吧／比起／人造衛星混飛的宇宙戰／你那個位置是……」要求讓位給年輕女性，除了因應世代交替所需，也明白表示今日面臨「人造衛星混飛的宇宙戰」，太空世界何其遼闊，封建習俗與宗教迷信，終將被科技進步與科學文明擊敗。陳千武藉由詩寫媽祖，既批判民間信仰陋習，亦劍指權力交替與社會現實。試想在彼時戒嚴體制下，要冒著多大風險，才敢開口要求握有權力的偶像「讓位」？

精品細讀共解詩㈡——論林亨泰與〈風景〉

林亨泰，一九二四年出生於彰化縣北斗鎮，幼時隨父母遷居各地，七歲才遷回故鄉，就讀北斗公學校。他自小學便喜歡音樂及歌詞，中學高年級開始接觸刊載新文學作品及理論的雜誌《詩與詩論》，遂能透過西脇順三郎、春山行夫等人的文章，認識西方新興的文學潮流。隨後林亨泰閱讀橫光利一、川端康成等人作品，對日本「新感覺派」的表現手法跟思想內涵有所理解，並開始嘗試創作日文短詩。一九四六年考上台灣省立師範學院（今台灣師範大學），受到政府禁用日文的影響，只能改為學習及使用中文的他，成為所謂「跨越語言的一代」代表性詩人。

一九四七年經友人朱實介紹進入「銀鈴會」，在該會顧問楊逵鼓舞下，他開始積極於《潮流》、《新生報・橋》副刊發表作品。此時作品有著顯著的現實主義風格，如〈圍牆〉、〈按摩者〉、〈群眾〉、〈鳳凰木〉等，皆顯露出濃厚的社會關懷。銀鈴會是一九四二年由張彥勳、朱實、許世清三人發起的組織，曾發行日文詩刊《邊緣草》，是日治末期難得一見的藝文刊物；但國民政府禁用日文後，《邊緣草》被迫停刊，直至一九四八年才以《潮流》復刊。當時以「亨人」爲筆名的林亨泰，可謂是自《潮流》開始踏入文壇。可惜「銀鈴會」因多位成員捲入「四六事件」，被迫中止運作。[1] 林亨泰就在台中火車站目睹楊逵被捕，自己也曾被審

1 四六事件指政府於一九四九年四月六日，派軍警赴台灣大學與師範學院宿舍大規模逮捕學生，被視為台灣「白色恐怖」之濫觴。

訊，幾乎斷絕了寫作之路。

一九五〇年，林亨泰自師院教育系畢業，回彰化縣北斗中學任教。一九五三年轉任省立彰化工業學校（今彰化師大附設高工）教師。同年，紀弦創立《現代詩》季刊，並與開始恢復寫作的林亨泰通信。一九五六年紀弦創設「現代派」，林亨泰便是九位籌備委員之一。參加「現代詩社」的林亨泰此後密集發表作品，包含了詩創作與詩評論，尤以推翻傳統的詩形式與概念的「符號詩」受到矚目。在與另一詩社「藍星」的論戰中，林亨泰允爲「現代詩社」最重要的一枝筆，曾提出五篇迥異於傳統詩觀念的前衛詩論：〈關於現代派〉、〈中國詩的傳統〉、〈談主知與抒情〉、〈鹹味的詩〉、〈孤獨的位置〉。他藉此一面替現代派的理念辯護，一面展現出對現代主義詩學的理解，對台灣現代主義詩創作奠定了理論基礎。

一九六四年他又和陳千武、詹冰、錦連等人創設「笠詩社」，命名取自台灣本地常見的斗笠，詩社成員之創作多偏向現實主義風格。作爲首任主編，他初步確立了《笠》詩刊編輯方向，也在刊物上發表多篇對現代詩本質的探討文章。從林亨泰身上可以看到現代主義詩精神，如何落實在以現實爲題材的書寫實踐中。他也證明具前衛感、富實驗性的創作，不必然得跟「鄉土」或「本土」對立起來。就像他曾說道：「『現代』」與『鄉土』兩種觀念並不衝突，『現代化』只是世界所有國家共同一致的目標，然而其成果務必讓他落實在自己的『鄉土』上。」從日文跨向中文創作、走過現代又定位鄉土、參加過「現代詩社」與「笠詩社」、同時寫作詩與詩論……，林亨泰具備眾多雙重身分，不變的是他筆下一貫的冷靜知性與關注現實。著有詩集《靈魂の產聲》（靈魂的啼聲）、《長的咽喉》、《林亨泰詩集》、《跨不過的歷史》等，以及評論集《現代詩的基本精神——論真摯性》，並有十冊《林亨泰全集》。[2]

2 呂興昌教授允為林亨泰其人其作的最佳詮釋者。他所編的《林亨泰全集》（彰化：彰化縣立文化中心，一九九八）與《台

〈風景No.1〉與〈風景No.2〉原刊於一九五九年十月《創世紀》第十二期，全詩如下：

風景No.1

農作物　的
旁邊　還有
農作物　的
旁邊　還有
農作物　的
旁邊　還有
陽光陽光曬長了耳朵
陽光陽光曬長了脖子

風景No.2

防風林　的

灣現當代作家研究資料彙編22：林亨泰》（台南：國立台灣文學館，二〇一一）皆深具參考價值。

外邊　還有
防風林　的
外邊　還有
防風林　的
外邊　還有
然而海　以及波的羅列
然而海　以及波的羅列

〈風景No.1〉與〈風景No.2〉是林亨泰同一系列之作，可以兩篇併而觀之，亦能各自獨立閱讀。在形式上，兩篇從句法、長短到排列都極爲接近，第一段也同樣有重複語詞：「農作物」與「防風林」；「旁邊」和「外邊」：「還有」跟「的」。尤其在「農作物」與「防風林」一句句排列之下，當可帶給讀者強烈的視覺印象與心理衝擊。兩篇的第二段則從詩行句式上之相近，延伸爲鏡頭角度之推移。

作者曾經說過，〈風景No.2〉這首詩是他從溪湖坐車到二林時，沿途看到一排排的防風林。過了二林以後就是海，可以看到一波波海浪，他坐在急駛的車上，將所看到的情景寫了下來。但讀者在完全不知道此一創作背景下，仍然可以從視覺與聽覺出發，感受到全詩的意境與旨趣。〈風景No.2〉雖然與〈風景No.1〉同樣富有韻律感、適合用朗誦去體會，但〈風景No.2〉更多了一種行動中的速度感與連續性。末兩句「然而」之後別無他物，只有「海」與「波的羅列」，讓視野拉到極廣至闊之處，詩境頓顯大開。兩篇作品都採用極簡的語言與奇特的句構，既像是同一組旋律的多重變奏，也像是同一類物象的迴旋連接。「風景」在詩中不再只是可欣賞的具象事物，反而更接近饒富視覺美感的圖象符號。

此作堪稱是台灣一九五〇年代末期最具前衛實驗精神的詩篇之一，靈感與意象卻都來自台灣本地的自然界。詩中提到的農作物、防風林、海等確實存在，但過往它們都只是被當作「物體」或「客體」，羅列、擺置在風景之中。林亨泰的兩首〈風景〉卻像後期印象派畫家塞尚（Paul Cézanne，一八三九—一九〇六）的繪畫，不是要表現或創作什麼「主題」，而是讓重心從「主題」轉移到「物體」本身。

職是之故，〈風景〉並非對大自然景色的單純模仿或複製，詩人毋寧是想透過農作物、耳朵、脖子、防風林、海等物體本身，來營構出全新的「詩之風景」。爲了讓這些物體脫離日常生活下習以爲常的樣貌，詩人巧妙利用了字句之間的停頓，希望製造出讓每一物體各自獨立、反慣性認知的效果。譬如〈風景No.2〉首句「防風林　的」，在「防風林」與「的」之間刻意留下空格，宛如樂譜上的休止符，強迫讀者在此停歇。再換一行（也是一種休息）之後，詩人接著寫道：「外邊　還有」，讀者至此又被強迫休息。這些都是詩人有意識的設計，除了利用停頓或休息來創造特殊的語言節奏，更是要讓「農作物」、「防風林」、「海」等物體脫離日常軌道與慣性認知。連詩中「的」、「還有」、「然而」跟「以及」，都用前或後的強迫停歇，讓它們從原來的連接作用，演變爲可以獨立存在的語詞。詩人可以說是用大量的空格停歇，在兩篇〈風景〉上創造出比外在自然，更爲新鮮、奇特的想像風景。除了前述詞語之間的停歇，還可注意到觀看視點的移動。詩人林亨泰的兩篇〈風景〉，觀看物體的視點也像透過車窗看出去，總是在移動之中——從農作物、防風林、海到波浪，一個接著一個出現，再接連消失。

漢字的形體是方塊字，詹冰、林亨泰與白萩，皆爲擅長藉此點來從事圖象詩創作的台灣詩人。其中林亨泰源於對立體主義等新興藝術風潮的理解，具有高度的知性探索及實驗精神，且能注意到文字之視覺與聽覺傳達效果，讓他成爲最早從事符號詩與圖象詩創作的重要詩人。像是這首〈房屋〉：

笑了
齒齒
齒齒
齒齒
齒齒

哭了
窗窗
窗窗
窗窗
窗窗

紀弦在〈談林亨泰的詩〉中如此評述〈房屋〉：「這是『看』的，不是『聽』的。這是訴諸『視覺』的，不是訴諸『聽覺』的……八個『齒』字的排列，可說是關上了百葉窗時的房屋，八個『窗』字的排列，可說是打開了百葉窗的房屋，至於『齒』所象徵的『笑了』和『窗』所象徵的『哭了』，豈不是除了他們本來的意味之外，還可以看作是房屋的煙囪嗎？總之，作爲一首符號詩的〈房屋〉就是房屋，用眼睛去理解吧！」或者換一個角度，「笑了」是露齒而笑，「哭了」是闔窗而泣。倘若依此解釋，詩人所寫的就不僅是物，而是人與人之間的互動相處，乃至溝通狀況。這樣的〈房屋〉當然具有生命力及現實感，是藉物在寫人。

林亨泰另一首常被討論的符號詩是〈車禍〉，原載《現代詩》第十五期（一九五六年十月）：

車・車・車●
來了
快
把我把　我把我
速●●
我澈底地Kiiiii
心
死了

詩人首先利用「車」與「●」兩者由小至大的變化，創造出一台車從遠而近、急速奔馳的視覺感。接下來的「快」與「速」以線條分隔呈現，一方面暗示了速度之快難以捕捉；另一方面，也顯現出在這個車速撞擊下，「我」的昏眩模糊。末段表現遭逢車禍後，放大字級的「心」朝四方噴出，當然是「徹底」被「Kiiii」（「Kill」的特意變造或指煞車聲）致死，呈四分五裂之狀。不過相較於前述各句的動態、撞擊與分裂，最後一句「死了」二字，反倒刻意出以平淡語調。這難道不是敘述者「我」明白既蒙此劫，也只能接受造化作弄，安於上天安排嗎？

林亨泰是敏銳思辨，以知性見長的詩人。他歷經日本統治台灣、「銀鈴會」事件、白色恐怖氛圍等不同時期，面對歷史中一再重複的立場對峙，兩方陣營間的彼此仇恨，當然深有所感。一九六二年他完成《非情之

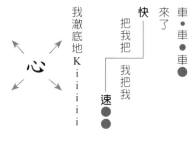

歌》系列作[3]，其中〈作品第三十四〉是這麼寫的：

為的什麼啊？
白的你
恨

為的什麼啊？
黑的你
恨

在可愛的清晨裡
你們對立著
在莊嚴的黃昏裡
你們對立著

清晨流出的淚滴

3 林亨泰於一九六二年五月至六月間，完成重要詩作《非情之歌》組詩五十一首。一九六四年他將這組詩作發表於《創世紀》第十九期，後亦收入一九八四年出版的《林亨泰詩集》中。

溼遍了山河
黃昏流出的血液
染紅了海空

所謂「非情」來自日文，意指冷酷無情或麻木不仁，詩人特意選用「白」與「黑」的對立來觀看世界，目的卻是要借這兩種顏色的互相憎恨及無休止對抗，來質疑這樣的對立之必要性何在？林亨泰採冷語批判，看似句句無情，卻是更見用情。但詩人還是保留了相當的想像空間，供不同背景、世代、經驗的讀者，各自塡入對「黑」或「白」的想像與指涉。

林亨泰第一本詩集命名爲《靈魂の產聲》，因爲其中收錄了詩人青春時的詩與夢，宛如是他靈魂的初啼聲。一九九二年他曾發表一篇〈「詩永不滅」論〉，其中寫道：「只要有一個詩人不放棄寫詩，詩永遠是不會滅亡的。」林亨泰確實以詩創作和詩評論，雙軌實踐著自己的「詩永不滅」之說。從戰前的「銀鈴會」到戰後的「現代詩社」，再到共同創辦「笠詩社」，誠如學者呂興昌所言：林亨泰的詩路歷程可謂是「始於批判、走過現代、定位本土」。[4]

4　此說為呂興昌借用林亨泰一篇自述文學歷程文章之標題「走過現代，定位鄉土」，原刊於《首都早報》一九八九年十一月三日。呂興昌一九九二年據此做〈林亨泰四〇年代新詩研究〉，收入呂興昌編：《林亨泰研究資料彙編》（彰化：彰化縣立文化中心，一九九四），頁三七九。

精品細讀共解詩(三)——論詹冰與〈水牛圖〉

詹冰（一九二一年—二〇〇四年）是台灣「跨越語言一代」的詩人。他自小接受日文教育，能以日文熟練寫作。但政權轉移、時局之變讓他失去發表園地，遂痛感有學習中文的必要。歷經十年的煎熬，他才開始直接以中文創作。這位值得珍視敬重的「藥學詩人」，曾從詩的視覺性出發，利用漢字的特質創作了多首「圖象詩」。〈水牛圖〉便是其中具有啓發性與創造力的代表作。

本名詹益川的他，是苗栗縣卓蘭鎮人。自幼便試作日文俳句，這種具有高度濃縮性的詩歌體，成爲形塑日後詹冰詩創作風貌的重要面向。一九四二年台中一中畢業後，詹冰至日本求學，在父親的堅持下忍痛放棄文科，改爲報考明治藥專。雖然如此，他仍終生堅持對文學的熱愛，故常被稱爲「藥學詩人」。藥專二年級的他曾以一首新詩〈五月〉，獲著名詩人堀口大學推薦於日本刊物公開發表。一九四四年九月第二次世界大戰末期，詹冰結束了日本學業，冒著烽火乘船回台。原本只需四天的船期，卻在美軍砲火與魚雷的攻擊下足足走了四十天才抵達基隆。這段死裡逃生的經歷，後來被詹冰寫入小說作品〈死亡航程〉。一九四五年詹冰與從小暗戀的女孩結婚，先是在老家開設藥局，後又因具備藥學專業，一九五八年受聘至中學教授理化。

詹冰加入過一九四二年創立的「銀鈴會」，這是由林亨泰、張彥勳、錦連等多位作家都是這個文學團體的成員。詹冰在上個世紀四〇年代，是以中部詩人爲主的「銀鈴會」裡創作力最旺盛者。可惜一九四九年發生「四六事件」後，「銀鈴會」的精神領袖楊逵被捕入獄，導致該會不得不解散。至此詹冰的文學活動幾乎完全停止，直到過了將近十年、他擔任中學教師後，才逐漸恢復詩創作。一九六四年他和林亨泰、錦連等台中文友，同樣成爲《笠》詩刊的創刊發起人。這份台灣文學史上的重要詩刊《笠》，就是在詹冰位於卓蘭的家中商定創立。詹冰在《笠》創刊號上寫道：「現代的詩人應將情緒予以解體分析後，再以新的秩序和型態構成詩，創造獨特的世界。」、「詩人該習得現代各部門的學識和教養，傾注其所有的知性來寫詩。」在在顯示他作爲一個知性詩人的自覺與期許。隔年，詹冰出版了第一本個人詩集《綠血球》，被譽爲「把光復前的前衛詩精神，帶入光復後開花的第一位詩人」。

詹冰另一個身分，是作爲「跨越語言一代詩人」的代表。他自幼接受日文教育，能以日文熟練寫作；返台後卻因政權改易必須告別日文，重新學習中文。正因失去了日文發表的園地，他痛感學習中文之必要，故雖已近中年仍跟著就讀小學一年級的孩子，從ㄅㄆㄇㄈ開始一步步學習中文。對他而言，這樣的語言轉換既陌生，又困難。歷經十年煎熬，詹冰終於戰勝語言的箝制，能夠直接以中文創作及發表。作爲一位詩人，早年詹冰從詩的視覺性特色發展出「圖象詩」；晚年則因爲對日本俳句深感興趣，遂提倡起「十字詩」創作，並完成數百首作品。喜愛美術的他還將十字詩與工筆結合，繪出一幅幅詩句簡潔、畫意動人的十字詩畫。[1]〈水牛圖〉是詹冰利用漢字特性所創造的詩篇，一九六六年十月發表於《笠》詩刊第十五期，堪稱台灣最具代表性的一首圖象詩：

角　角
黑
擺動黑字型的臉
同心圓的波紋就繼續地擴開
等波長的橫波上
夏天的太陽樹葉在跳扭扭舞
水牛浸在水中但
不懂阿幾米得原理
角質的小括號之間
一直吹過思想的風
水牛以沉在淚中的
眼球看上天空白雲
以複胃反芻寂寞
傾聽歌聲蟬聲以及無聲之聲
水牛忘卻炎熱與
時間與自己而默然等待也許
永遠不來的東西
只
　等待等待再等待！

1 詹冰詩作俱見《詹冰詩全集》（苗栗：苗栗縣文化局，二〇〇一）。

詹冰的詩充滿知性之美且深受日本俳句的影響，作品中不時閃現詩人的巧智。詩人、詩評家林亨泰曾經指出：詹冰的「主知」詩觀，不同於賣弄或炫耀知識爲目的「主知」，所以不會形成艱深難懂的情形；但是讀者若不具備相對等的知識，將會無法充分了解詹冰的作品。他的詩建立在知性的基礎上，對這類作品無論創作或閱讀，都必須要有「攝涵豐富知識的能力」。所謂「主知」，可以理解爲「主情」的對立面，即欲透過詩歌藝術來達到對情緒的控制與壓抑，並以探索知性與秩序的表現作爲目標。對於詩創作，詹冰曾經這麼說：「現代的詩人應將情緒予以解體分析後，再以新的秩序和型態構成詩，創造獨特的世界」、「我的詩法是『計算』。我計算心象的鮮度，計算語言的重量，計算詩感的濃度，計算造型的效率，以及計算秩序的完美。」總的來說，詹冰的詩流露出想像的新鮮與知性的節制，是台灣現代主義詩創作的先驅之一。但詹冰從來不曾因爲追求「現代」而棄守「現實」，這讓他成爲現代主義和現實主義在台灣妥切融合的最佳範例。

詹冰是台灣圖象詩創作的實踐者，〈水牛圖〉乃其早期名作。這首詩將漢字當成拼圖，嘗試拼湊出具體的「牛」圖象。要以方塊字建構圖象不難，但要進一步讓圖象中的文字有意義，卻並不容易。從外型可看出，這是一隻站立著向右回首的水牛：頭上有「角」，臉部大大的「黑」，第五跟七行爲前腳、第十五跟十七行爲後腳，肚腹在第八至十四行。最末行「等待等待再等待！」是一條牛尾巴，驚嘆號的巧妙使用，讓這首詩增添了動態感。臉部的「黑」字加重，除了意指色澤（黑皮膚的牛），「黑」這個字亦可視爲水牛臉部特寫——兩點像牛眼，一豎如牛鼻，兩橫彷佛牛嘴，四點意指鬍鬚。搭配牛頭上兩個「角」字，一頭水牛的面部特徵，便如此巧妙地以文字呈現。

在視覺性的圖象外，這首詩的內容在說：夏日有一條水牛浸在樹蔭下的池塘休息，或許是爲了驅逐騷擾的蒼蠅而不停搖頭，水面上遂出現「同心圓的波紋」向四周擴開。水牛浸在水中卻「不懂阿幾米得原理」，這一句讓全詩增添了幾分趣味。阿幾米得原理即浮力定律：物體在液體中所獲得的浮力，等於物體所排出液體的重量。這個原理來自阿幾米得一跳進澡盆，看到水往外溢而突然開悟[2]；詩人在此引導讀者想像，倘若池塘就是澡盆，一頭水牛跳進去會是什麼模樣？水牛也會像阿幾米得一樣，得到何種啓示嗎？下句「角質的小括號之間」指涉一對牛角間的腦部，「一直吹過思想的風」堪稱是把水牛當作哲學家看待。這個思想者以沉在淚中的「眼球看上天空白雲」，又「以複胃反芻寂寞」，水牛的四個胃應該反芻草或飼料，詩人將之換成了「寂寞」，顯然都是將牠人格化處理。寂寞中牠爲何仍在傾聽蟬聲、歌聲與無聲之聲？因爲水牛在等待，在水池或田脈等待也許「永遠不來的東西」——即是永遠不會來，但牠始終沒有放棄。水牛究竟在等待什麼呢？詩中沒有明顯暗示或解答，等於把答案留給讀者思考。這讓人聯想到一九六九年諾貝爾文學獎得主山繆·貝克特（Samuel Beckett）的代表作《等待果陀》，敘述有兩名流浪漢，在傍晚時刻來到一棵樹旁等待果陀。到底是什麼？劇中沒有答案——可能是救贖、是死亡、是神明，也可能是自我。讀者只知道劇中人已經等待了好久，而且不知道他們還需要等待多久，也不知道果陀是否眞的會出現。

等待再等待，貝克特劇中的果陀依然沒有出現；詹冰詩裡的水牛也只能「等待等待再等待！」牠期待的東西可能永遠都無法達到，或者明知道要落空，還是繼續等待著。〈水牛圖〉這首詩具有存在主義色彩，乍看下是在描述牛的悲哀，其實更是在透露人的悲哀，以及體悟到生存於世的無奈。詩人除了藉著水牛此一意象跟圖象，表達出對於時間、等待、寂寞與悲哀的看法；另一層意涵，則是藉一九六〇年代台灣鄉間常見的水牛，來

2 阿幾米得原理（Archimedes' principle）：指物體在液體中所獲得的浮力，等於物體所排出液體的重量。相傳阿幾米得被國王要求，檢驗金匠所做之王冠是否為純金。就在苦於無計可施時，準備洗澡的他一跳進澡盆，便看到水往外溢，遂悟出可以用測定固體在水中排水量的辦法，來確定金冠的比重。阿幾米得趕赴王宮，把王冠和同等重量的純金放在兩個水盆裡，來比較兩盆溢出來的水。他發現放王冠的盆中，溢出來的水比另一盆多，這就說明王冠的體積，比相同重量的純金體積更大，亦即兩者密度並不相同。阿幾米得成功證明了，這頂王冠並非純金。

描寫台灣農民及其生活。詩人彷彿想要告訴讀者：這頭水牛的命運就像台灣農民的命運。水牛，可以視爲六〇年代台灣的縮影。

即便是「圖象詩」創作，詹冰都不只想追求視覺效果，背後還有對台灣這塊土地上現實生活的指涉。他寫〈水牛圖〉時，台灣還是以農耕爲主的社會型態；水牛，也因此宛如台灣生活的縮影。另一首圖象詩〈山路上的螞蟻〉，則能看到成群結隊的螞蟻，合力扛著食物前行：

螞蟻螞蟻螞蟻螞蟻螞蟻螞蟻
蝗蟲的大腿
螞蟻螞蟻螞蟻螞蟻螞蟻螞蟻
螞蟻螞蟻螞蟻螞蟻螞蟻螞蟻
蜻蜓的眼睛
螞蟻螞蟻螞蟻螞蟻螞蟻螞蟻
螞蟻螞蟻螞蟻螞蟻螞蟻螞蟻
蝴蝶的翅膀
螞蟻螞蟻螞蟻螞蟻螞蟻螞蟻

「螞蟻」兩字筆畫本來就多，本詩第一、三、四、六、七、九行皆連用六個「螞蟻」，小螞蟻遂彷彿千軍萬馬、成群排列而過，氣勢驚人。「螞」、「蟻」皆屬形聲字，兩者連外形跟筆劃都極其相似，故聚合在一起密密麻麻的景象，很像一群螞蟻匯集出征。況且排列乃螞蟻天性之一，不斷重複、前後踵繼的「螞蟻」兩字，讓詩作純粹剩下這個名詞，省略了所有動詞、形容詞或副詞。這點頗能符合詹冰在〈圖象詩與我〉一文中所說：「不會用的動詞、形容詞、副詞等一切不用，只用名詞來寫詩」之理念。沒有動詞，不代表沒有動作。全詩三段，每段有兩行成串的螞蟻分別夾著「蝗蟲的大腿」、「蜻蜓的眼睛」、「蝴蝶的翅膀」，彷彿一群螞蟻齊心協力抬著食物前進，動態感十足。〈山路上的螞蟻〉如果僅以文字形容螞蟻搬運食物，寫成「螞蟻／搬蝗蟲的大腿」便落於無力乏味。詹冰藉由圖象來強化語言，使本詩更顯生動，可說是一次成功的實驗。

水田是鏡子
照映著藍天
照映著白雲
照映著青山
照映著綠樹

農夫在插秧
插在綠樹上
插在青山上
插在白雲上
插在藍天上

若說〈水牛圖〉是以文字呈現一頭水牛的外型；上面這首〈插秧〉便是在塑造台灣鄉間隨處可見的水田

形狀。詩分兩段，每段五行，每行五字，工整如劃分好的水田。整首詩中，藍天、白雲、青山、綠樹都出現了兩次，且分別在第一段與第二段（各一）。詩忌重複，同樣的語詞重複便顯得累贅。但在這首詩中，詹冰卻刻意大量使用重複字詞來堆積意象。雖然藍天、白雲、青山、綠樹，兩段間皆有重複出現，但是詩人慧眼指出「水田是鏡子」，透過「鏡子」這個媒介，讓第一段的藍天、白雲、青山、綠樹這些實體，到了第二段由實轉虛——它們形體的顯現，必須透過「水田」這面「鏡子」的反射，才能眞正顯影。第一段表現出景色之實，搭配第二段照映之虛，以詩句對稱的方式更能彰顯出虛實相濟之美。而從第一段的淡入，到第二段的淡出，從本作中可以看見詩筆如何結合攝影手法的運用。詹冰將這首詩排列成宛如兩畝水田，農夫原該把秧苗插種在水田之上，詩中意念一轉，秧苗便改爲插在綠樹、青山、白雲及藍天了。進一步說：農夫在田地付出了自己的一生，插秧處可不可以解釋爲就在農夫的「心田」？寫作若可視爲一種文字耕種，詩人是不是也像提筆在稿紙上農耕？詹冰〈插秧〉全詩本可簡化成兩個句子：水田是鏡子，農夫在插秧。但他先是透過句子的層遞手法，營造出靜謐氛圍；又以藍、白、青、綠四種顏色，賦予自然恬靜感受。他讓兩句話變成兩畝田，在圖象情趣及重複句型中，傳達出一個寫作者對生活的體會與土地的況味。

精品細讀共解詩㈣——論紀弦與〈狼之獨步〉

戰後台灣現代詩運動的點火者紀弦（一九一三年—二〇一三年），本名路逾，字越公，也曾使用路易士、青空律等筆名。祖籍陝西，生於河北，長於江蘇揚州。一九三三年自蘇州美專畢業。一九四八年十一月，紀弦因時局之變離滬赴台，在台北的成功中學任教；晚年移居美國並於加州辭世，享壽一〇一歲。作爲早期由中國大陸東渡來台的詩人，覃子豪（一九一二年生）、鍾鼎文（一九一四年生）與紀弦三位各有所長，用詩筆寫下了屬於自己的傳奇。「藍星詩社」創辦人覃子豪被推崇爲詩的播種者，可惜五十二歲便不幸逝世；另一位藍星創辦人鍾鼎文，二〇一二年七月以百歲高齡離開人間。紀弦是三大老中最後一位在世者，終究也難敵天使的殷切召喚，回歸主懷。他們的陸續殞落，象徵戰後初期台灣文學一個奮進時代的消逝。

紀弦以從上海帶給台灣「中國新詩復興運動的火種」自豪。他年輕時在上海接觸到後期印象派、野獸派、未來派、立體派、超現實等新興畫派後，一九三三畢業那年舉辦了首次畫展，並出版首部個人作品集《易士詩集》。來台後他以一人之力，一九五三年創刊《現代詩》、五六年組織「現代派」及提倡現代主義運動，對一九五〇、六〇年代的台灣文學發展造成了深遠影響。「現代派」成立時，紀弦發表「六大信條」作爲文藝綱領，其中主張「新詩是横的移植，而非縱的繼承」，固然引起文壇廣泛討論甚至激烈批判，卻也對台灣詩壇乃至整個文學界造成強大刺激，確立了現代主義文學的趨勢與地位。紀弦曾出版《宇宙詩抄》等十一部自選詩集，另有散文集《小園小品》、《終南山下》、《園丁之歌》、《千金之旅——紀弦半島文存》，論著《紀弦詩論》、《新詩論集》與《紀弦論現代詩》。二〇〇二年他推出一套三冊、總共五十萬字的《紀弦回憶錄》，第一部「二分明月下」寫大陸時期（一九一三到一九四八）在揚州求學之生活，與如何涉入文壇與發表創作。第二部「在頂點與高潮」寫台灣時期（一九四九到一九七六），論及他創辦詩刊經過及與覃子豪之間的現代詩論戰，並進一步闡發自己的詩學觀念。第三部「半島春秋」寫詩人移居美國，進入美西時期（一九七七到二〇〇〇）之恬靜生活卻仍然保持創作，堪稱是一生寫詩、終生詩人。[1]其詩作風格，在大陸時期受到各種西方新興詩派影響，帶著感傷頹廢色彩；台灣時期從原來主張「情緒之放逐」，逐漸修正為「主知與抒情並重」，且展現出詼諧嘲諷的特色；美西時期則多回歸寫實手法，處理各式現實題材。

〈狼之獨步〉寫於一九六四年，後收入《檳榔樹丁集》。身形修長的紀弦有詩名為〈檳榔樹：我的同類〉，又多次宣稱「我愛檳榔樹，我像檳榔樹，我寫檳榔樹」。他曾將詩作結集為《檳榔樹甲集》、《檳榔樹乙集》、《檳榔樹丙集》、《檳榔樹丁集》、《檳榔樹戊集》五部，當有效法其挺直高聳、迎風不屈之意。紀弦描述自我情志之作，喜歡援引動植物為喻，譬如檳榔樹、魚、蜥蜴。但其中最著名的，應該還是「狼」以及這首〈狼之獨步〉：

我乃曠野裡獨來獨往的一匹狼。
不是先知，沒有半個字的嘆息。
而恆以數聲淒厲已極之長嗥
搖撼彼空無一物之天地，

1 紀弦：《紀弦回憶錄》（台北：聯合文學，二〇〇一）。

使天地戰慄如同發了瘧疾；
並颳起涼風颯颯的，颯颯颯颯的：
這就是一種過癮。

嘷，指野獸吼叫；颯颯，在形容風聲。詩中第一人稱的敘述者，以脫離群居習性的一匹孤狼自喻，孤而不怨，獨而不傷，反成規，撼天地。這匹狼像是英雄般降臨世間，以長嘷代替嘆息，睥睨一切並使天地爲自己的到來而戰慄。「使天地戰慄」接著是「如同發了瘧疾」，除了可令讀者印象深刻，更加彰顯出詩人這匹孤狼的威力及魅力。全詩七行，至第六行用了六個「颯」字，有助於音響之凸顯及情緒之延長。最末收束於「這就是一種過癮」，則是紀弦詩作中常見的戲謔口吻及反差手法。他作詩一向樂於自嘲，從不避諱現身說法，並擅長靈活運用日常俚俗口語。譬如這首詩〈我之出現〉：「十足的MAN。／十足的MAN。／十足的MAN。／哦！一組磁性的音響。／／修長的箇子，／可驕傲的修長的箇子／穿著最男性的黑色的大衣，／拿著最男性的黑色的手杖，／黑帽，／黑鞋，／黑領帶：／純男性的調子。」詩人以豪氣及諧趣，包裹起內心深處的孤獨憂煩——紀弦這位現代主義運動的點火者，骨子裡畢竟「十足的MAN」，浸透著浪漫的風騷。

紀弦最好的詩作往往奇妙地結合了「述志」與「自嘲」兩者，〈7與6〉即爲一例。這兩個數字不但在形象上類似手杖及煙斗，後兩者又恰爲紀弦生活中之最愛，不妨視作詩人之象徵——手杖接地，直觸人間；煙斗朝天，上達繆思。「手杖7」及「煙斗6」相加後等於「13之我」，而「13」是：「一個最最不幸的數字！／唔，一個悲劇。／悲劇悲劇我來了。／於是你們鼓掌，你們喝采。」既知「不幸」卻又無懼向前直行，顯示「我」（詩人）不僅敢於嘲弄命運，也隱含有高出「你們」（世人）一大截的自信及孤高。在紀弦筆下，象徵不幸的「13之我」與生性兇暴的「狼」，於〈7與6〉跟〈狼之獨步〉中被翻轉出不同的意涵。這類翻轉同樣可見於詩人帶著高度幽默感，「以醜為美」的一批蒼蠅詩作。譬如〈人類與蒼蠅〉說人類並不比蒼蠅高貴，不能否認蒼蠅也是上帝的傑作之一：「而世界乃一奇臭的垃圾堆，／我亦具有蒼蠅之一切癖性的。」在人蠅並列與自我嘲諷外，也隱含對現實世界（奇臭垃圾堆）的批判深意。

〈狼之獨步〉亦可被解讀為詩人具有「狼」的野性及奔馳山野之不羈特質，尤以狼的掠食本性，頗能代表紀弦在彼時文壇顯露出的霸氣。這種「孤狼情結」跟「檳榔樹情結」都是一種可能的解讀方式，畢竟詩人對兩者皆深表認同。就像他在〈檳榔樹：我的同類〉中寫道：「颯颯，蕭蕭。／蕭蕭，颯颯。／我掩卷傾聽你的獨語，／而淚是徐徐地落下。」強調詩人應該「忠實地表現你自己」的紀弦，欲藉「孤狼」跟「檳榔樹」描述自我情志，自是允當妥貼。

卅二開本的《現代詩》是現代詩社的出版品，創刊於一九五三年二月，起初每月出版一期，但因時常脫期，後遂改為季刊。發行人兼社長是路逾，編輯人兼經理是紀弦，實則都是紀弦一個人。社址設在台北市濟南路成功中學的教職員宿舍內，也就是紀弦的住處。早期《現代詩》封面上除了刊名與期數，還印有一棵檳榔樹，因為檳榔樹就是紀弦的標誌。至一九五六年二月一日《現代詩》第十三期出版，雖然只是朱紅色封面的卅四頁單薄小冊子，卻正式宣告台灣成立了「現代派」。封面上的檳榔樹取消了，放大「紀弦主編」四個字，並加上一行橫排字「現代派詩人群共同雜誌」。除此之外，第十三期還加印了一則六條〈現代派的信條〉。其中前四條尤其重要，引用如下：

第一條：我們是有所揚棄並發揚光大地包容了自波特萊爾以降一切新興詩派之精神與要素的現代派之一群。

第二條：我們認為新詩乃是橫的移植，而非縱的繼承。這是一個總的看法，一個基本的出發點，無論是理論的建立或創作的實踐。

第三條：詩的新大陸之探險，詩的處女地之開拓。新的內容之表現，新的形式之創作，新的工具之發見，新的手法之發明。

第四條：知性之強調。

紀弦曾對這些信條的內容提出解釋：「正如新興繪畫之以塞尙爲鼻祖，世界新詩之出發點乃是法國的波特萊爾。象徵派導源於波氏。其後一切新興詩派無不直接間接蒙受象徵派的影響。這些新興詩派，包括十九世紀的象徵派、二十世紀的後期象徵派、立體派、達達派、超現實派、新感覺派、美國的意象派、以及今日歐美各國的純粹詩運動。總稱爲『現代主義』」。除了表示新詩應該走現代主義之路，他還指出：「新詩，總之是『移植之花』。我們的新詩，決非唐詩、宋詞之類的『國粹』」，堅持詩創作該向外取經、走「橫的移植」之路。第三條的唯「新」是尙、第四條的強調「知性」，都是要詩人切斷跟「舊」與「感性」的連結，讓新詩全面走向現代化之途。

有趣的是，紀弦其人其詩固可見反叛與逆俗之處，但更多時候也不盡然多麼「現代」。一九三〇年代主編《現代》雜誌的作家施蟄存，曾經說自己最欣賞路易士（紀弦上海時期筆名）一首題爲〈脫襪吟〉的詩，其中寫道：「何其臭的襪子／何其臭的腳／這是流浪人的襪子／流浪人的腳」，此作一方面書寫了底層的形象，另一方面也叛離了傳統的優雅美學。二十歲的詩人，曾在《易士詩集》裡收錄了一篇〈八行小唱〉：「從前我眞傻，／沒得玩耍。／在暗夜裡，／期待著火把。／／如今我明白，／不再期待，／說一聲幹，／劃幾根火柴。」篇幅短小，語言直白，卻透露出「我」終於體會行動才能成長，等待外界施予不如主動出擊，方能眞正感知世界的全貌。紀弦的少作，大抵皆帶有如此濃厚的浪漫情懷及感傷色彩。之後他深受前輩作家戴望舒、李金髮等人影響，詩風與詩觀爲之一變，不再寫作整齊押韻的格律詩。從上海的路易士，到台北的紀弦，這位詩人雖然不斷聲稱要追求「現代」，但他最令人懷念、記誦的，終究還是那一首首精彩的述志詩作：「在地球上散步，／獨自踽踽地，／我揚起了我的黑手杖，／並把它沉重地點在／堅而冷了的地殼上，／讓那邊棲息著的人們／可以聽見一聲微響，／因而感知了我的存在。」（〈在地球上散步〉）。表面上在寫詩人的孤獨感，以及自我與人群的疏離；其實骨子裡還是無比狂傲自負，不肯隨俗從眾。從〈在地球上散步〉、〈7與6〉、〈我之出現〉到〈狼之獨步〉，都可看到現代詩人「我」的形象如此生動飽滿，敢於與眾不同。

精品細讀共解詩㈤——論周夢蝶與〈還魂草〉

周夢蝶（一九二一年—二〇一四年），河南省淅川縣人，一九四八年渡海來台。祖父爲晚清秀才，因父親早逝，由母親養大。他的家境貧困，自幼即沉默內向，寡言少語。本名周啓述，乃私塾老師所取，意思是期待他承繼先人遺業並發揚光大；筆名周夢蝶，是因十五歲時讀《莊子・齊物論》：「昔者莊周夢爲胡蝶，栩栩然胡蝶也，自喻適志與！不知周也。俄然覺，則蘧蘧然周也。不知周之夢爲胡蝶與，胡蝶之夢爲周與？周與胡蝶，則必有分矣。此之謂物化。」可釋義爲：莊周夢見自己是一隻蝴蝶，飄飄然，十分輕鬆愜意。這時全然不知道自己是莊周。一會兒醒來，對自己是莊周感到十分驚奇疑惑。不知道是莊周做夢以爲是蝴蝶，還是蝴蝶做夢以爲是莊周？莊周和蝴蝶雖然形體不同，但本質相同，可見萬物可以流轉。他對其中寓意甚感歡喜，援此爲自己取了「夢蝶」之名，連「蝶」也成爲詩中偶現之意象。

周夢蝶在私塾培養了古文基礎，初中畢，即輟學，做過各一年的圖書管理員與小學教師。一九四七年進宛西鄉村師範，後參加青年軍，次年便隨軍來台。一九五六年退伍，一九五九年起在台北市武昌街「明星咖啡館」騎樓擺書攤維生，專賣詩集和文哲類書籍，直至一九八〇年才因胃疾而結束營業。當時有不少自費出版圖書和小眾雜誌，都十分樂意交給周夢蝶代銷，也吸引了許多愛好文學的青年男女佇足在書攤前。書攤上的周夢蝶禮佛習禪，默坐繁華街頭，被公認爲台北十大文化風景之一，儼然台灣文壇一則傳奇。

在創作文類上以新詩爲主，一九五三年於《青年戰士報》發表第一首詩作〈皈依〉，一九五六年加入由覃子豪、余光中等人組成的「藍星詩社」。五九年由該社出版首部詩集《孤獨國》，從此奠定了周夢蝶的詩壇地位。一九六二年開始禮佛習禪，一九六五年出版第二本詩集《還魂草》。[1]這些早期作品共同特徵爲悲苦難遣、矛盾語法與頻繁用典，並可以見到佛經與國學對詩人的深刻影響。一九八〇年大病一場後，詩人對生命產生新的體悟，作品更趨從容圓滿，不時展露諧趣。他的詩從思想內容到藝術形式，皆體現出東方文化的精髓與中國美學的風貌，人格與風格高度合一，形塑完整之心靈世界。無論外在世界如何變化，周夢蝶一貫淡泊自持，甘於清貧，有「詩壇苦行僧」之稱。[2]

創作超過半世紀的他，詩作接近四百首，著有《周夢蝶・世紀詩選》、《約會》、《十三朵白菊花》、《周夢蝶詩文集》與《不負如來不負卿——〈石頭記〉百二十回初探》等書。一九九七年獲得國家文化藝術基金會舉辦之第一屆「國家文藝獎」文學類獎章，一九九九年《孤獨國》獲選爲三十部「台灣文學經典」之一。二〇一一年由目宿媒體拍攝「他們在島嶼寫作」系列紀錄片，周夢蝶部分題名爲《化城再來人》。導演陳傳興借用佛教《法華經》「化城喻品」典故，即導師帶領眾生前往成佛之地，每當人們因道途險惡、疲倦退卻之刻，導師會變出一幻化城郭以供休息。而一旦眾生生養休憩，導師便又將城郭幻化，令眾生了解一切均爲夢幻泡影。「再來人」則是可成佛卻不成佛，選擇重回人世來渡化眾生。這部片以周夢蝶的一天隱喻其一生中的風景，從日常中穿插映射其思維、修行與寫作。武昌街頭書齋，是否一如「化城」？潛心佛經的他，或許就是那「再來人」？

〈還魂草〉發表於一九六一年，收錄於同名詩集《還魂草》，爲周夢蝶書寫孤絕心境之代表作：

---

1 周夢蝶：《孤獨國》（台北：藍星詩社，一九五九）、《還魂草》（台北：文星書店，一九六五）。

2 國家文化藝術基金會替第一屆「國家文藝獎」五位得主出版傳記，其中即有一部劉永毅《周夢蝶——詩壇苦行僧》（台北：時報，一九九八）。

「凡踏著我腳印來的
我便以我，和我底腳印，與他！」
你說。

這是一首古老的，雪寫的故事
寫在你底腳下
而又亮在你眼裡心裡的，
你說。雖然那時你還很小
（還不到春天一半裙幅大）
你已倦於以夢幻釀蜜
倦於在鬢邊襟邊簪帶憂愁了。

穿過我與非我
穿過十二月與十二月
在八千八百八十之上
你向絕處斟酌自己
斟酌和你一般浩瀚的翠色。

南極與北極底距離短了，

有笑聲嘩嘩然
從積雪深深的覆蓋下竄起，
面對第一線金陽
面對枯葉般匍匐在你腳下的死亡與死亡
在八千八百八十之上
你以青眼向塵凡宣示：
「凡踏著我腳印來的
我便以我，和我底腳印，與他！」

註：
傳世界最高山聖母峰頂有還魂草一株，經冬不凋，取其葉浸酒飲之可卻百病，駐顏色。按聖母峰高海拔八千八百八十二公尺。

首部詩集《孤獨國》扉頁上，周夢蝶曾引奈都夫人所言：「以詩的悲哀征服生命的悲哀」，當可藉此語來理解其創作之主題與心境。詩人自幼飽嚐困頓，一生宛如苦行僧，安於清貧，甘耐寂寞，其中必有文學持續賜予之力量及援助。他深受佛經影響，常引禪意入詩，寫人、描景、思物時總能不落俗套，故既有「雪中取火，鑄火為雪」之奇，也可見化身街角一片落葉，「帶我的生生世世來為你遮雨」之妙。香港評論家李英豪曾經指出：「周夢蝶的『孤絕』，在流露自我中，其意象的構成和心靈的狀貌，顯然是一種『禪』，一種『佛』，達到『無有』、『見性』、『淨化』的境界。他在這種近乎『禪』、『佛』中，發現了無所囿繫的自我。詩人雖非『入聖』，但已『超凡』。他的感性已跟這物質社會解體。他在形上世界中追尋『我』，君臨萬象，待『我』如待『佛』。」〈還魂草〉就是從禪與佛的境界，寫出了詩人至高的孤絕感受。

相傳聖母峰頂有一株還魂草，歷經寒冬未曾凋零，取葉片浸酒飲用，就有治病養顏之功效。「凡踏著我腳印來的／我便以我，和我底腳印，與他！」全詩頭尾出現兩次的這段話，既是還魂草的自我宣示，亦是詩人追尋自我之暗示。詩裡呈現遺世獨立、至高之處的冷冽蒼涼，與宛如站上世界之巔聖母峰的孤絕心境。評論家龍彼得曾以「孤、高、絕、寒」四點探討此詩；筆者則欲在這四點外，再加上第五點「滅」。在此篇〈還魂草〉中，「孤」指的是此草僅有一株，「高」是指世界最高山聖母峰，「絕」是指處於時間、空間的絕處（「古老的，雪寫的故事」、「在八千八百八十之上」），「寒」指的是感受到「積雪深深的覆蓋下」，「滅」則可見於「枯葉般匍匐在你腳下的死亡與死亡」。孤、高、絕、寒、滅五者共同營構了意象之美與心靈之境，也讓這株君臨萬物的還魂草，自身成爲禪、佛結合的化身。

周夢蝶的詩，多依禪境化爲詩境，時見朦朧不可盡解，卻又圓融足以感悟。他曾說過：「一個讀者面對文學作品時，第一要去體會他整體的意思，更重要的是要體會作品文字背面的意思。」有時文字背面的意思，可能比一首詩整體的意思更能誘引人思考。譬如本詩以〈還魂草〉爲題，欲藉之彰顯何謂至高的孤絕；然而在此之外，亦可解釋爲旨在說明生命之奧義。譬如詩中有云：「穿過我與非我／穿過十二月與十二月／在八千八百八十之上」，如此「穿過」並非眞實可辨或肉眼可見之行爲，而是生命積極追尋的姿態。「你向絕處斟酌自己／斟酌和你一般浩瀚的翠色」，於絕處能不絕，面死亡而無懼，「斟酌」二字背後是不服命運安排的勇氣。末段「從積雪深深的覆蓋下竄起，／面對第一線金陽／面對枯葉般匍匐在你腳下的死亡與死亡」，金陽融積雪，死亡踩腳下，一股不屈的鬥志自此昂揚。詩末再度說道：「凡踏著我腳印來的／我便以我，和我底腳印，與他！」，這與第一段完全重複的呼籲，彷彿在暗示起點即爲終結，終點也是開端。倘若如此，〈還魂草〉欲訴說的就是一則絕處不絕、永不放棄的故事：生命中必有跌跤、受挫或重傷之刻，唯有積極面對，不懈追尋，終將迎來一片金陽，映照在層層積雪的山巔之上。

周夢蝶詩作量少質精，爲了便於理解，在此粗分爲三個階段：一爲五〇年代《孤獨國》時期；二爲六〇年代《還魂草》時期；三爲《約會》、《十三朵白菊花》內的詩作時期，尤其他因胃疾大病一場，自八〇年代起心境明顯轉折。

《孤獨國》是周夢蝶的第一本詩集，同名作品〈孤獨國〉呈現了詩人心中的理想世界形貌。摘錄如下：「昨夜，我又夢見我／赤裸裸地趺坐在負雪的山峰上。／這裏的氣候黏在冬天與春天的介面處／（這裏的雪是溫柔如天鵝絨的）」，而且「這裏白晝幽闃窈窕如夜／夜比白晝更綺麗、豐實、光燦／而這裏的寒冷如酒，封藏著詩和美／甚至虛空也懂手談，邀來滿天忘言的繁星……」。詩人統治著這個孤獨國，因爲在這個國家裡，只有自己一人。由自己統治自己，詩人自身就是一個完整的世界。白晝如夜，黑夜光燦，也都在說明孤獨國裡不循世俗，自有秩序。而「這裏的寒冷如酒，封藏著詩和美」是將寒冷譬喻爲酒，亦即表面上的冷，卻能讓飲者體內發熱。所以孤獨國裡的寒冷，不是令人無助的寒冷；孤獨國裡的孤獨，也不至於是使人絕望的孤獨吧？「虛空也懂手談，邀來滿天忘言的繁星」，可見孤獨國雖只有一人，卻不是拒絕外界來訪的——儘管跟繁星間只是手談，雖無言卻仍有意。全詩收束在「過去佇足不去，未來不來／我是『現在』的臣僕，也是帝皇」二句，意指「我」在這時空中停留，享受、肯定純粹的「現在」，既可能被其主宰（作臣僕），也試著掌握其存在（當帝皇）。這樣的雙面性，也呈現在詩人是夢到自己赤裸趺坐於負雪山峰，以如此決絕之姿統治著一個理想卻孤獨的世界。

六〇年代的《還魂草》時期，周夢蝶援引更多佛禪典故及繁複意象，以表現內心隱微及玄祕哲思。葉嘉瑩教授爲《還魂草》作序時便指出，周夢蝶是「一位以哲思凝鑄悲苦的詩人，因之周先生的詩，凡其言禪理哲思之處，不但不爲超曠，而且因其汲取自一悲苦之心靈而彌見其用情之深，而其用情之處，則又因其有一份哲理之光照，而使其有著一份遠離人間煙火的明淨與堅凝」，對詩人特色有精準之掌握。詩人洛夫也說過，周夢蝶的悲劇情感，是「一種內心深處的孤絕無告」，他讓「一個現代詩人透過內心的孤絕感，以暗示與象徵手法把個人的（小我）悲劇經驗加以普遍化（大我），並對那種悲苦情境提出嚴肅的批評。」《還魂草》時期可以〈菩提樹下〉爲代表，直接引佛典爲題，詩前引言即爲：「佛於菩提樹下，夜觀流星，成無上正覺」。內文摘錄如下：「誰是心裡藏著鏡子的人呢？／誰肯赤腳踏過他底一生呢？／所有的眼都給眼蒙住了／誰能於雪中取火，且鑄火爲雪？」詩人用詰問法，叩問誰是先知先覺、誰能見人所未見，且能將雪與火這兩種截然對立物加以轉換。〈菩提樹下〉的雪與火，宛如冷跟熱的極端，彷彿在藉此誘使讀者，破除色與空、有與無的執念。同篇後段部分：「坐斷幾個春天？／又坐熟幾個夏日？／當你來時，雪是雪，你是你／一宿之後，雪既非雪，你亦非你」，在「雪」與「你」之間的變與不變，亦可如此理解。雖然他的詩也引用過《莊子》、《紅樓夢》、《可蘭經》與《聖經》，但仍以佛、禪之典故居絕對多數，亦成爲周夢蝶創作的鮮明特徵。

最末則是《約會》、《十三朵白菊花》內的詩作，不同於以往的孤冷苦吟，因胃疾大病一場後，他的心境有所轉折。周夢蝶曾經自述：「我以前觀念錯誤，以爲我生我老病我死，全是我自己的事，與世界無關。經過這番折騰，纔幡然悔悟：人是人，也是人人。……原來活著，並不如我所以爲的那麼簡單，草率，孤絕與慘切。」他開始採平淡語言，描寫平凡日常風景，卻總能帶出不凡境界，益發能夠引人深思。一九九一年作品〈約會〉便是一例，詩前有段引言寫道：「謹以此詩持贈／每日傍晚／與我促膝密談的／橋墩」。從詩人約會的對象是「橋墩」，即可推知這和世人所謂的約會大爲不同。全詩如下：

總是先我一步

到達
約會的地點
總是我的思念尚未成熟為語言
他已及時將我的語言
還原為他的思念

總是從「泉從幾時冷起」聊起
總是從錦葵的徐徐轉向
一直聊到落日啣半規
稻香與蟲鳴齊耳
對面山腰叢樹間
嫋嫋
升起如篆的寒炊

約會的地點
到達
總是遲他一步——
以話尾為話頭
或此答或彼答或一時答

轉到會心不遠處
竟浩然忘卻眼前的這一切
是租來的：
一粒松子粗於十滴楓血！

高山流水欲聞此生能得幾回？
明日
我將重來；明日
不及待的明日
我將拈著話頭拈著我的未磨圓的詩句
重來。且飆願：至少至少也要先他一步
到達
約會的地點

人人皆知橋的位置必然固定不動，周夢蝶則改稱爲橋永遠比人先到，已收出人意表之奇效。約會時的談話，竟是「泉從幾時冷起」聊起，這是用了《春在堂隨筆》的故事，指清人俞樾攜妻女同遊杭州靈隱寺，見冷泉亭有董其昌撰聯，俞樾隨口念道：「泉自幾時冷起？」其後延伸出一段饒富禪機的對話。詩人亦在此想像自己如何跟橋墩對話，所以有「高山流水欲聞此生能得幾回？」，此句亦是用典，「高山流水」爲伯牙與鍾子期的故事，也就是把橋墩當成詩人的知己看待了。這裡可見詩人以物爲友的情懷，願待橋墩如同平生知己，無怪乎詩人會許願，期盼某天能夠「至少至少先他一步／到達／約會的地點」。

精品細讀共解詩(六)——論白萩與〈雁〉

白萩，本名何錦榮，一九三七年生於台中。自幼敏感的他，童年並不快樂：一方面是父親經商失敗，導致全家經濟陷入危機，生活十分困頓；另一方面，成長時遇到日本戰敗大舉撤離，國民政府又因內戰轉進來台，動盪的時代氛圍及語言的全盤轉換，讓他內心充滿疑惑不安，也形成勤於思考的習慣。性格內斂卻亟思反抗的他，把要說的話與想做的事都置入文學之中。白萩最初接觸的是傳統詩，一九五二年起開始閱讀新詩後受其吸引，嘗試將習作投稿報刊。十八歲那一年，他以一首〈羅盤〉獲得中國文藝協會第一屆新詩獎，並因此被冠上「天才詩人」稱譽。三年後白萩出版處女作《蛾之死》，這是一本從四百多首詩作中精選出的個人詩集，足以證明他當時充沛的創作能量。在那個語言劇烈轉換的年代，罕有本省籍作者能像白萩一般，靈巧流暢地運用白話文來作詩。作家張秀亞便曾稱讚：「乍讀白萩先生的作品時，我即爲其中蘊蓄的豐富，句法的獨創，意象之新奇而敬佩不止。」

因爲在詩壇出道甚早，又與外省籍詩人常有交往，白萩早期曾加入紀弦倡議成立的「現代派」，也參加過「藍星」詩社，並擔任過「創世紀」詩社的《創世紀》編委。後來他又成爲「笠」詩社發起人之一，主編過《笠》詩刊，至此可謂是唯一能夠跨越台灣一九五〇、六〇年代四大詩社（現代詩、藍星、創世紀、笠）的詩人。無怪乎作家林燿德曾說：「白萩是一個集大成者，也是一個開拓者」、「在五〇年代崛起的詩人之中，白萩的血緣最爲複雜」。

一九七二年後白萩作品產量銳減，但一九七七年與一九八二年的兩次台灣「十大詩人」選拔他都同樣列名其中，當可說明其人其詩仍然深受敬重與肯定。白萩著有詩集《蛾之死》、《風的薔薇》、《天空象徵》、《白萩詩選》、《香頌》、《詩廣場》、《風吹才感到樹的存在》、《自愛》、《觀測意象》與詩論集《現代詩散論》。自一九六二年起，他的作品陸續被翻譯爲法文、英文、日文、德文、韓文等不同版本，其中德文版詩集更是台灣文學的德文首譯。這首〈雁〉原刊於一九六六年一月出版的《創世紀》第二十三期，後收入一九六九年印行之個人詩集《天空象徵》。1

我們仍然活著。仍然要飛行
在無邊際的天空
地平線長久在遠處退縮地引逗著我們
活著。不斷地追逐
感覺它已接近而抬眼還是那麼遠離

天空還是我們祖先飛過的天空。
廣大虛無如一句不變的叮嚀
我們還是如祖先的翅膀。鼓在風上
繼續著一個意志陷入一個不完的魘夢

1 白萩：《天空象徵》（台北：田園，一九六九）。

在黑色的大地與
奥藍而沒有底部的天空之間
前途祇是一條地平線
逗引著我們
我們將緩緩地在追逐中死去，死去如
夕陽不知不覺的冷去。仍然要飛行
繼續懸空在無際涯的中間孤獨如風中的一葉

而冷冷的雲翳
冷冷地注視著我們。

白萩的詩創作歷程可以劃分爲四個階段：第一階段以詩集《蛾之死》爲代表，展現出現代主義手法與前衛實驗性格，也收錄了多首圖象詩創作的嘗試。第二階段以《風的薔薇》爲代表，思考與探索個人的存在處境，反映自身無從解脫的孤獨感受。第三階段則相當不同，詩人體認到詩不該只重視形式方面的變化革新，而應追求如何表現現實生活的感觸，在詩語言運用上也開始盡量以淺顯的口語入詩，企圖以此逼近事實眞相，《天空象徵》、《香頌》、《詩廣場》等詩集皆可劃入此一時期。第四階段因工作繁忙導致創作量大減，《觀測意象》只選錄了二十年的二十首詩作。整體看來，白萩受益於多元的語言背景與各方的文藝思潮，影響並造就了他多變的詩風。作爲一名詩人，他致力於對自我存在、生命價值與生活感受之探討，雖帶有悲劇意識卻並不陷溺於其中。白萩可謂兼具現代主義和寫實主義兩者之長，卻又能走出自己獨特的道路。論前衛性與實驗性，他在台灣同世代詩人中必屬先鋒；論走向現實及直面生活，他的日常感與批判性同樣在當代詩壇別具一格，無可替代。可惜能詩也能畫的詩人，後來爲疾病所困，行動不便，只能黯然停止文學創作。

詩集《天空象徵》共收錄白萩三十四首詩作，並分爲三輯：「以白晝死去」、「阿火世界」和「天空與鳥」。這階段創作跟之前有著巨大的轉變，詩人開始改用平易而不艱澀的語言，取材則多源自日常生活經驗。〈雁〉一詩既旨在探索人類存在情境，又承載了詩人對現實的批判之意，堪稱是連結詩人創作歷程之第二階段（《風的薔薇》）與第三階段（自《天空象徵》起）的代表作。此作顯示出詩人深切體會到生存與生命的悲苦，卻始終不願接受命運的支配擺弄，積極反抗並追求超越，遂成爲〈雁〉亟欲傳達給所有讀者的訊息。

此詩以「我們仍然活著。仍然要飛行」開篇，敘述者用「我們」而不用「我」，暗示自己代表著某一群體或族類。無論是自身狀況、環境變遷或改朝換代，我們都得繼續「活著」與「飛行」，因爲那是宿命、更是使命。活著與飛行並非任性或隨意，而是有一個目標「地平線」在前，儘管它總是「在遠處退縮地引逗著我們」、「感覺它已接近而抬眼還是那麼遠離」。廣大無垠的天空跟不斷退縮的地平線，再加上群雁飛行的畫面，成就了強烈的空間對比；從第二段「天空還是我們祖先飛過的天空」可知，在時間上是不斷的重複再重複，擁有和祖先一樣翅膀的「我們」就是得延續此一傳統，不容半途中輟。對此敘述者並非沒有絲毫意見，「廣大虛無如一句不變的叮嚀」與「意志陷入一個不完的魘夢」都代表有所質疑，但是祖先的託付與群體的期待，豈可因爲個人的意志而調整修改？還是只能繼續追逐那個可望卻似永不可及的地平線。

同樣的天空、同樣的翅膀，祖先對「我們」的影響恐怕不僅限於生理上的遺傳，更多的是心理上的遺願。如詩中第三段所述，敘述者深知在抵達目標「地平線」之前，我們都將「緩緩地在追逐中死去，死去如／夕陽不知不覺的冷去」。命運既然已經寫好了最終章，歷來群雁爲何都要接受這個目標「地平線」的逗弄？詩中沒有明確說出理由，但夕陽變冷是日復一日出現之事實，可見群雁在追逐中死去，必然也是一代復一代的宿命。詩中明白寫出的是「仍然要飛行」，猶如預知死亡紀事一般，身而爲雁，就飛下去。在黑色大地與深藍天空之間，複數的「我們」終究只能是「孤獨如風中的一葉」，回到單數的「我」。就算飛到精神疲乏，力氣用盡，群雁或一雁都堅持「仍然要飛行」，在追逐到目標以前都得繼續下去。面對宛如以死明志的上述聲明，最末段詩人卻寫道：「而冷冷的雲翳／冷冷地注視著我們。」四個冷字，好像是在澆熄「我們」燃起的烈火；但轉念一想，冷眼旁觀的雲可能是因爲看過太多前例，才會對這一次發出「又來了」的冷漠反應。但知道這點又何妨？雁此一族類，多年來還差誰的冷眼或白眼嗎？世人或許都跟雲翳一樣，只會冷眼看著「我們」如何「緩緩地在追逐中死去」。但既然身爲群體或族類一員，「我們」就該具有歷史意識與懷抱使命，寧可因爲長年追逐崇高理想而身疲倒地，也不要因爲祖先達不到而讓自己老想著投降。儘管孤獨如風中的一葉，反抗也是必須的——讀者至此終於知道，全詩首句「我們仍然活著。仍然要飛行」原來就是一種反抗的姿態，儼然成爲雁此一群體間世代相傳的口訣心法。

從十七到二十一歲，白萩在四年間寫出四百多首詩，並於一九五八年由藍星詩社出版第一部詩集《蛾之死》。此書前半充滿浪漫主義的激情筆調，後半則是現代主義的前衛實驗，在在可見青年白萩勃興與爆發的詩才。浪漫之作最著名的，當爲曾獲中國文藝協會第一屆新詩獎的〈羅盤〉。此詩結合了海洋的壯闊神秘及青年的昂揚鬥志，聲稱要「握一個宇宙，握一顆星」的自信與氣勢相當驚人，無怪乎發表後廣受稱讚。

但《蛾之死》最重要的突破性創作，還是白萩受惠於現代主義啓發與自身學畫的經驗，所展開的新詩形式實驗。這種實驗乃是從「造形」下手，以「圖象」爲手段來完成，嘗試在詩中加入視覺的感應。詩人認爲，圖象的魅力在於它不僅給你「讀」，並且給你「看」，圖象宛如一種「以非言辭開始的言辭」，可以讓詩人在詩藝上進一步把握「簡練」的本質。這種被稱爲「圖象詩」（或「具象詩」、「具體詩」）的創作，部分源頭可上溯中國古典文學裡別具一格的「雜體詩」。它是利用漢字之圖象特性加以排列，強調詩的視覺性質，重視詩的外觀形象，俾能達到圖形寫貌的作用。白萩圖象詩的代表作，應屬〈蛾之死〉和〈流浪者〉。〈蛾之死〉的圖象部分，集中於全詩第二十一到三十二行：

光光光光光光光光光光光。啊
光光光光光光光光
光　　　　　　光
光　飛飛飛飛　光
光　飛飛飛飛　光
光　飛飛飛飛　光
光　飛飛飛飛　光
光　　　　　　光
光光光光光光光光
光
光
光

「飛」本身是象形字，字的右側正是兩隻鼓動之翅。被光包圍的十六個左轉右旋的「飛」字，表現了「蛾」突獲光明後的激動與沐浴於光明中的喜悅。詩人用圖示之法來傳達「蛾」對自由的奮力追求，手法新鮮而前衛。不同於〈蛾之死〉的牛刀小試，另一首〈流浪者〉已是台灣圖象詩發展史上的階段性典範。此作以「一株絲杉」作為流浪者的隱喻：

望著遠方的雲的一株絲杉
望著雲的一株絲杉
一株絲杉
絲杉
在地平線上
一株絲杉
在地平線上
他的影子，細小。他的影子，細小

他已忘卻了他的名字。忘卻了他的名字。祇
站著。　　祇站著。孤獨
　地站著。站著。站著
　　　站著
　　向東方。
　　　孤單的一株絲杉。

詩中「一株絲杉」與題目「流浪者」之間，其實存在著「立於定點」和「居無定所」的反諷。因爲詩人用「望」字而讓「絲杉」被擬人化，但後者終究只是根埋大地的植物，無法移動下僅能「孤獨地站著」。「絲杉」想要移動的渴望，與「地平線」所代表的環境必然會起衝突，兩相拉鋸下「絲杉」注定成爲失敗者。但或許也跟前述的〈雁〉一樣，既知前有理想與目標，這樣的失敗就是一種反抗的姿態，絕不願意接受命運的擺弄。倘若回到〈流浪者〉這首詩創作的時代背景，「絲杉」亦可解讀爲戒嚴時期台灣知識分子的象徵，他們在表面的安定生活下，潛藏著無可排解的巨大苦悶。政治環境與社會氛圍，讓他們只能選擇自我放逐（self-exile），並以此作爲對任何霸權形式的消極抵抗，一種沉默卻非無聲的「詩之抵抗」。

中年以後的白萩，曾經繳出書寫婚姻與家庭生活的《香頌》，以及開啓政治諷刺詩先河的《詩廣場》。兩部詩集都不再以前衛實驗爲追求目標，《香頌》以詩坦露一名台灣男子對婚姻的複雜感受，放膽於書寫性愛及狂想，甚至觸及婚姻的背叛與求和，筆下卻總是冷調而疏離。《詩廣場》部分作品對現實之批判甚爲強烈，但絕非是吶喊、口號或吼叫，譬如〈廣場〉用高度的對比及反差，驅使讀者反思失格政治人物是何等可悲復可笑。在冰冷的銅像與「有體香的女人」之間，在一座廣場過往的滿座與今日的空蕩之間，在曾經的人潮跟消逝的足跡之間，種種對比下都成了偌大的諷刺。所有政治人物都是在群眾簇擁下，才得以一度佔據時代或歷史的舞台。當群眾一哄而散，退出舞台自成定局，甚至連紀念用的銅像都顯得那麼不合時宜。放不下的手，肯定很酸，但「堅持」振臂高呼，要給誰看呢？風踢著葉子嘻嘻哈哈，既談不上嚴肅也不怎麼莊重，恰與正經的各式「主義」或理念形成鮮明對照。廣場上已經空無一人，可以推測風踢樹葉所欲擦拭者，不是過去那些群眾，而是主義跟口號造成的汙染。〈廣場〉在寄意批判中不忘保持適度幽默，是白萩對失格政治人物敲下的一記喪鐘。

精品細讀共解詩(七)——論里爾克與〈豹〉

德語詩人里爾克（Rainer Maria Rilke）對現代中文作家影響深遠。他曾經跟隨過雕塑家羅丹，在後者啓發下，他習得如何長時間的「觀物」，並在與「物」相處及精細考察下完成詩的創作。里爾克曾經寫道：「我喜歡傾聽事物歌唱」，他對「物」的獨特感受及移情對話能力，讓這位詩人的作品在世界文學史上獨具風采，享有盛名。全名萊納·馬利亞·里爾克的詩人，一八七五年生於奧匈帝國（今捷克首都）布拉格一個德語裔家庭。因爲姐姐不幸早夭，使得母親在他六歲之前一直將孩子當做女兒撫養，這也成爲詩人日後創作的一個要素。九歲時富家女出身的母親，便與曾是小軍官跟鐵路員，一生鬱鬱不得志的父親仳離。此後大部分時間，母親把里爾克交給一個女傭照顧，讓他幾乎沒有享受過父母之愛，童年生活黯淡寡歡。他從小就體弱多病，缺乏家庭溫暖外還得忍受病痛，十一歲起卻被送至奧匈帝國軍校上學，一待就是五年，身心備受折磨。他從七歲時開始抄詩，九歲嘗試寫詩，至十六歲始發表第一篇詩作。雖然他很早就寫下了豐富作品並出版詩集，但是這些並沒有爲他帶來財富跟生活上的轉變，依然過得十分艱辛，長期依賴叔叔的照顧及庇蔭。

詩人於一九〇一年與雕刻家克拉拉·韋斯特霍夫結婚，十二月生下了獨生女露特。一家三口先是居住鄉間，次年因經濟拮据、生活無著只能分開，期待生活改善後再團聚。里爾克在絕對孤獨中繼續美的創造，幸賴尚有多位友人伸手援助，讓他仍能勉力創作。從一八九五年開始，里爾克先後在布拉格大學和柏林大學讀書。指導他並奠定他終生藝術觀和人生觀的老師，就是法國雕塑家羅丹。一九〇二年里爾克訪羅丹時，剛出版了初步找到自我標誌的詩集《圖像集》。在羅丹教誨之下，他進入創作成熟期並出版《新詩集》。這篇作品〈豹〉，便是他遵從羅丹藝術創作首重「觀察」的指示，在巴黎植物園籠子前一連待了數日後所寫，也收入一九〇七年出版的《新詩集》中。

詩人里爾克的代表作甚多，《圖像集》從傳統寫法轉向象徵手法；《新詩集》和一九〇八年出版之《新詩集續編》則沉醉於詠物詩的精巧設計。歷時十載、至一九二二年寫就的《杜伊諾哀歌》，更是一新抒情詩的風貌。《杜伊諾哀歌》和《給奧菲斯的十四行詩》兩部皆屬里爾克晚期代表作，是他一生經驗與思辨的結晶，充滿對生命最爲獨特深刻的闡釋，並帶有一種悲劇的美感。詩人把感受力視爲人類和世界的中介，感受力也是藝術家應該具備的能力。他強調個人感受獨特性、鼓勵進行生存體驗、提醒應該把握人和世界的整體關連，在在引起哲學家海德格的注意與推崇。

由於創作耗費太多的精力，里爾克的健康狀況持續惡化，一九二六年十二月二十九日終因白血病離開人世。據說里爾克的感染，是被玫瑰花刺傷手指所致。墓碑上遵照其遺囑，刻了一首小詩作爲墓誌銘：「玫瑰，純粹的矛盾啊，快樂，/是眾目睽睽下的無身/眠居。」孤獨的里爾克生前選擇避世，卻以發表的詩作，贏得眾人讚賞。死後雖需入墓眠居，其詩當可如玫瑰般繼續吐露芬芳，所以雖是「矛盾」，依然「快樂」。這篇墓誌銘凝聚了里爾克一世詩魂，也歌頌著文學永恆的價值。

里爾克與葉慈、艾略特被譽爲現代歐洲最偉大的三位詩人。其中里爾克生性柔弱卻精神充溢，他的作品上接浪漫派的傳統，下啓現代派的先河，神秘深邃且影響廣泛，爲後世詩人所景仰，儼然是世界文學的傳奇。自上個世紀三〇年代馮至翻譯里爾克，將之引入中國；到五〇年代方思譯出里爾克《時間之書》，一舉成爲台灣讀者心中孤峰般的存在，也啓發了瘂弦、周夢蝶等多位重要詩人。[1]里爾克允爲影響台灣作家最深的德語詩

1 里爾克（Rainer Maria Rilke）著，方思譯：《時間之書》（台北：現代詩社，一九五八）。

人。除了上述代表性詩集，在《馬爾泰手記》跟《給青年詩人的信》中亦可一窺他的創作思維與魅力所在，這些著作也持續撼動著中文世界的眾多讀者。[2]中國三〇年代重要詩人兼譯者馮至，就是大學時期讀到里爾克作品，受其影響下詩風漸趨凝練，終成大家。

他的目光因來來往往的鐵欄
覺得如此倦態，甚麼也看不見。
好像面前是一千根的鐵欄，
鐵欄背後的世界是空無一片。

他的闊步做出柔順的動作，
繞著再也不能小的圈子打轉，
有如圍著中心舞蹈，
強力的意志暈眩地立在中央。

只有偶爾眼瞳的簾幕
無聲開啟——那時一幅形象映入，

2 里爾克（Rainer Maria Rilke）著，方瑜譯：《馬爾泰手記》（台北：志文，一九七二）、馮至譯：《給青年詩人的信》（台北：聯經，二〇〇四）。

透過四肢緊張不動的筋肉——
在內心的深處寂滅。

（李魁賢譯）

里爾克身居巴黎期間，受到羅丹等藝術家影響，寫就了多篇「即物詩」。前引這首一九〇三年完成的〈豹——在巴黎植物園〉堪稱其中代表作。所謂「即物詩」，是指客觀地細察、描述一個主體，透過與該主體的內在對話，讓它展現並表達出其存在之精髓。譯者馮至在回憶自己青年時代所受之「外來的養分」時，曾經說過：「像羅丹從各方面仔細觀看一件物那樣，里爾克在巴黎植物園觀看那隻禁錮在鐵欄裡邊的豹，用了幾天的時間才寫出這首僅有十二行的詩。直到他逝世的那年，還特別提到這首詩是在羅丹影響下『嚴格訓練的最初的成果』」。

本詩描寫了被關在籠中的豹之形象，但詩人要表現的並不是豹的花紋、外觀或體魄，而是將自己的內心感受和哲學沉思投射到這個象徵物之上。德文詩題爲「Der Panther」，此詞源自古拉丁文及希臘文，泛指大型貓科動物。副標題一開始便將讀者帶往巴黎植物園場景，原本應該在荒野裡奔跑馳騁的豹，竟然被關在籠中，任人隨意觀看打量。全詩共分三段，第一段就揭露了這隻豹與柵欄間的關係：一頭被囚禁的豹，「他的目光因來來往往的鐵欄／覺得如此倦態，甚麼也看不見。」詩人顯然不是一般的遊客，故並非以玩樂的態度在欣賞動物，而是注意到豹的目光所傳達之內心世界，從中看到了牠流露之疲態。人類爲了自身的樂趣，囚禁了原應於叢林或野外生活的動物，讓牠被束縛在欄杆圍成的牢籠裡。理應只有十幾條的欄杆，因爲豹的不斷移動，在牠眼中便持續延展，才會說「好像面前是一千根的鐵欄」。當豹的視野中只剩下欄杆，佔據一切後自然形成「鐵欄背後的世界是空無一片」，遂無從想像與理解欄杆後的世界。此段有兩點值得注意：第一，這顯然是從豹的

（而非人的）視角出發，即從鐵欄杆裡往外看而得的結果。第二，這頭豹不斷來回行走，縱使顯出疲態卻仍無法逃遁或穿越鐵欄杆的禁錮，依然終日囚禁在牢籠之中。

次段從豹的視野，轉回人的角度，並且是從籠外望向了籠內。在這種束縛之下，野性霸氣雖未滅，但也化爲「貓科動物」，邁著柔軟的步伐於籠中來回行走。儘管只是在極小的圈中，踱步中的豹還是像舞蹈演員般，在舞台中心圍繞著某個點不停旋轉。豹所內蘊的野性跟力量，被外在牢籠給限制住了。意志儘管無比堅定強悍，身軀卻在這來回旋轉繞圈中，無法擺脫被監禁的結果，變得柔弱而昏眩。奇妙的是，詩人並未將之視爲豹的投降示弱，而是讓強悍偉大跟昏眩癱瘓兩者並陳。籠中豹仍將繼續來回踱步，放棄從來就不是一個選項。

末段訴說豹鍥而不捨、雖倦猶鬥，終能在難得的契機下投射映入一幅圖像——那是把有限的牢籠走成了無限，在層層鐵柵欄間，終於窺得一眼欄外世界。那眼中所見的形象彷彿穿入豹的軀體，闖進牠的心中，直到在內心深處寂滅，消失無蹤。這隻豹雖於罕有的某一時刻，得以讓欄外世界短暫映入眼簾；卻也暗示鐵柵欄終究還是馴化了籠內這頭野獸。瞬間的畫面衝擊，不再能誘引起牠恢復野性，心裡自然未見漣漪，當然也沒有後續。這首詩可以解讀爲反思人類對動物的軀體跟精神之摧殘，亦可當作對現代人生活的批判及隱喻。人類彷彿就是這頭籠中豹，生活像在某個小區域內不斷圍著中心繞圈打轉。越繞鐵柵欄越多，無數的鐵柵欄遂形成了阻礙，讓現代人對欄杆外的世界一無所知。直到哪天眞有機會可以一窺欄外時，現代人也早已習慣現況，無法再帶著新鮮或興奮的心態去認識欄外天地了。

這隻走投無路卻心猶未死的籠中豹，由肢體至內心都滿是痛苦無奈，卻又不得不接受無法擺脫的種種限制。現代人與籠中豹的處境相同，生活、家庭、事業的各種難題就是圍繞在身邊不可逾越的欄杆，在現實裡把人壓得不得不低頭。在鐵籠子走久了，便會發現自己無法逃離這個枷鎖，只能在世俗所規定的圈內小心翼翼地行走。詩人用強韌與柔軟並舉，彷彿不只在描寫籠中豹，更是在暗示籠中人。面對著層層疊疊、無限增生的鐵柵欄，曾經的蓬勃朝氣，只剩下疲憊無力，讓豹失去了野性，也讓人失去了衝勁。在里爾克設身處地的細心觀察與深刻體會下，可以感覺到詩人應該很同情這隻無處施力、有志難伸的野獸。這首詩會讓讀者深切反思人類的生存處境，並且重新點燃對「鐵柵欄外的世界」之好奇心。

里爾克的出生背景與成長過程，造就了他專注於詮釋精神世界，堅守孤獨與內向的基礎。他曾寫過一首詩，題目就叫〈孤獨〉：

孤獨有如一場雨。
去迎接黃昏，自海上升起；
從朦朧而又遙遠的地平線，
迎向她經常屬有的蒼天。
然後從此天空降落到城鎮。

有如一場雨下在曖昧的時辰，
當所有市街轉向清晨
而當肉體，發現了空無，
徘徊於憂愁與覺悟；
互相憎惡的人們，
不得不擠在一張床上睡眠：

這時，孤獨就乘著江河東流……

（李魁賢譯）

這首〈孤獨〉比〈豹〉早一年完成，同樣是寫於巴黎之作。[3]詩人形容孤獨像是一場雨，下起來罩籠了一切；又說孤獨並非肉體上缺乏伴侶，而是就算有人爲伴，依然感覺精神上的嚴重失落。所以詩中才會說：「互相憎惡的人們，／不得不擠在一張床上睡臥」，儼然等同把心中的孤獨感形象化了。在文集《給青年詩人的信》的第四封信中，里爾克也如此勸告：「喜愛你的孤獨，並以內蘊甜蜜的悲嘆去忍受那苦惱吧。你說，那些接近你的人都遠去，那表示你開始逐漸開闊，那時，你的距離是在星群之間，無窮之大！」可見他認爲在孤獨中，既不受周圍約束，也沒有糾葛牽扯，才能換得自由的狀態及恢宏的空間，對於創作最爲有利。

里爾克勤於觀察物象，重視實際體驗，擅長將生活經驗轉化爲形上冥想，遂得以把握內在的眞實。他力行孤獨生活，對詩創作抱持著宗教般的虔誠，筆下亦不時閃現出對人生的獨特體會。自方思根據英譯本陸續中譯里爾克詩作後，其部分詩行被台灣當代作家廣爲傳抄、引用，如：「怎樣時間俯身向我啊／將我觸及／以清澈的，金屬性的拍擊：」（引方思譯文，唯第一、二句應爲同一行，「時間」宜譯爲「時辰」）。除了以詩篇向里爾克致敬者外，也有同題之作可供參照，譬如一九七二年詩人辛鬱（一九三三年—二〇一五年）發表的這首〈豹〉[4]：

3　李魁賢譯本原為「走迎接黃昏」，疑為「去迎接黃昏」之誤植。見里爾克（Rainer Maria Rilke）著，李魁賢譯：《里爾克詩集（III）》（台北：桂冠，一九九三），頁七十二。

4　此作收入同名詩集中，見辛鬱：《豹》（台北：漢光，一九八八），頁三十九—四十。

一匹
豹　在曠野盡頭
蹲著
不知為什麼

許多花　香
許多樹　綠
蒼穹開放
涵容一切

這曾嘯過
　掠食過的
豹　不知什麼是香著的花
或什麼是綠著的樹

不知為什麼的
蹲著　一匹豹
　　蒼穹默默
　　花樹寂寂

曠野
　消　失

辛鬱這首詩作不按常規排列，刻意用句法的斷裂來創造節奏頓挫，亦兼及形式上的視覺美感。用「一匹豹」對「曠野之極」，令人聯想到里爾克的「籠中豹」跟「鐵柵欄」；不同的是，辛鬱的豹總是「蹲著」，里爾克的豹則不斷移動、來回踱步。與里爾克動態的豹相比，辛鬱的豹是靜態的。「曠野」、「花　香」、「樹　綠」、「蒼穹默默」、「花樹寂寂」，這些背景在在顯現出與豹之間的對比。詩人又用「一匹」暗示了豹的孤獨，「蹲著」透露出豹的無奈。最末採取跨行處理的「曠野／消　失」，藉由節奏停頓創造詩意延續，也留給讀者更多思索的空間及餘韻。辛鬱曾自述寫作動機，此詩出於「有感於在文明的壓迫下，大自然中生命純粹性的逐漸喪失。豹被作爲表現的主體，是我認爲它是大自然中生命最強悍，也最能保持生命原始純粹性的生物」。故辛鬱的〈豹〉亦可視爲在感嘆野生動物無奈地失去了曠野，體現出詩人對文明的批判跟對現實的抵抗。

輯一

從文學長河到島嶼內外

台灣新詩一百年：編年記事

說明：此篇前身為二〇二三年五月二十七、二十八兩日「台灣新詩百年國際學術研討會」，我在國家圖書館國際會議廳外牆面上那份大圖輸出的「台灣新詩百年編年初稿」。初稿編製期間蒙白靈、李瑞騰兩位提點，增補多處；後又參考張默〈台灣新詩大事紀要〉（收於《台灣現代詩筆記》）與魯蛟、喜菡提供之多筆資料，新添修潤。感謝他們毫不藏私並樂於分享，若有疏漏之處，自當由我本人負責。期盼這份編年只是一個開始，未來或可從中出發，考掘歷史罅隙，重建百年詩貌。

一九二二年（大正十一年）

一月：陳端明〈日用文鼓吹論〉刊於《台灣青年》。最早主張應「言文一致」的此篇，卻是以文言文所寫成（原刊於三卷六期，因被禁，故重刊）。

一九二三年（大正十二年）

一月：黃呈聰、黃朝琴在《台灣》發表〈論普及白話文的新使命〉、〈漢文改革論〉，推展語文改革與思考文化主體性。

四月：《台灣民報》於東京創刊，黃呈聰發行，林呈祿主編。

十二月：施文杞中文詩作〈送林耕餘君隨江校長渡南洋〉刊於《台灣民報》。

一九二四年（大正十三年）

四月：追風日文詩作〈詩の真似する〉（〈詩的模仿〉）刊於《台灣》。

四月：張我軍〈致台灣青年的一封信〉刊於《台灣民報》，猛烈批判台灣傳統文人及其活動，引爆新舊文學論爭。

一九二五年（大正十四年）

三月：楊雲萍主編《人人》創刊，刊登新詩、小說、散文等創作，為台灣第一份白話文學雜誌。

十二月：張我軍《亂都之戀》於台北出版，為首部台灣作家中文白話詩集。

一九二六年（昭和元年）

四月：《台灣民報》轉載新月派詩人劉夢葦文章〈中國詩底昨今明〉。

十一月：《台灣民報》向島內公開徵求新詩，共得器人（楊華）、黃得時、黃石輝等人作品五十多首。

一九二七年（昭和二年）

二月：楊華因違反治安維持法被捕，入獄期間寫成五十三首「黑潮集」系列詩作。一九三六年五月因貧病交加自盡後，其中四十六首次年經友人整理，以遺作形式分兩次發表於《台灣新文學》。

一九三〇年（昭和五年）

八月：二日，副刊「曙光」欄創刊，徵集新詩作品，主編賴和、陳虛谷。發行至一九三二年四月二日止，於《台灣新民報》上刊出八十七期。

八月：十六日，黃石輝在《伍人報》連續三期發表〈怎樣不提倡鄉土文學〉，引發台灣話文論爭。

十一月：陳奇雲日文詩集《熱流》由台北南溟藝園社出版。

一九三一年（昭和六年）

六月：王白淵日文詩集《荊棘之道》由日本盛岡的久保庄書店出版，為目前所見台灣作家最早在日本出版的詩集。

一九三二年（昭和七年）	一月：郭秋生等創辦《南音》，設有「台灣話文討論欄」及「台灣話文嘗試欄」，可視為台灣話文論爭之延伸探討及創作實踐。《南音》曾刊出楊華組詩〈心弦〉。
一九三三年（昭和八年）	七月：東京台灣藝術研究會同仁機關雜誌《フォルモサ》（《福爾摩沙》）創刊，蘇維熊、張文環編。 十月：水蔭萍編《Le Moulin》（《風車》）創刊，至一九三四年十二月為止，共發行四期（今僅存第三期）。
一九三四年（昭和九年）	二月：水蔭萍開始於《台南新報》發表多篇詩論及詩作。他擔任該報學藝欄臨時編輯，並曾設立「風車同仁作品集」。
一九三七年（昭和十二年）	四月：一日，台灣總督府廢止報刊漢文欄，多位漢文作家自此中斷文學創作。
一九三九年（昭和十四年）	九月：西川滿等日台詩人，發起成立台灣詩人協會，翌年改組為台灣文藝家協會。 十二月：台灣詩人協會發刊《華麗島》詩誌，西川滿主編，僅有一期。
一九四〇年（昭和十五年）	三月：《台灣藝術》創刊，委由龍瑛宗主選詩作。
一九四二年（昭和十七年）	四月：張彥勳、朱實等人組織詩團體「銀鈴會」。一九四三年與一九四五年，銀鈴會出版張彥勳日文詩集《幻》與《桐の葉落ちて》（《桐葉落》）。

一九四三年（昭和十八年）

七月：黃得時〈台灣文學史序說〉刊於《台灣文學》。

十一月：楊雲萍《山河》由台北清水書店出版。

一九四五年（民國三十四年）

十月：二十五日，台灣省行政長官陳儀於台北公會堂（今台北中山堂），代表接受日本投降文件。正式宣告台灣脫離日本統治。

一九四六年（民國三十五年）

三月：十五日，龍瑛宗任《中華日報》日文版文藝欄主編，至十月二十五日。

四月：國語推行委員會在台北成立。

八月：雷石榆《八年詩選集》由高雄的粵光印務公司印行，為台灣脫離日本統治後的第一部新詩集。三十六開本，一二五頁，共收錄中文詩六十二首，日文詩七首。

十月：二十四日，行政長官公署通令全面廢止報刊雜誌之日文版。

一九四七年（民國三十六年）

二月：菸酒公賣局取締私菸，於大稻埕引起騷動，警備總司令部發布臨時戒嚴令（史稱二二八事件）。

五月：何欣主編《台灣新生報》文藝副刊。

八月：歌雷主編《台灣新生報》增闢之「橋」副刊，至一九四九年四月十二日停刊，提供文學工作者交流平台。

一九四八年（民國三十七年）

一月：銀鈴會發行中日文合刊不定期雜誌《潮流》，前身為一九四四年至一九四七年間日文油印同人誌《ふちぐさ》（《緣草》）。

三月：詩合集《路》由台北讀賣書店出版，收錄田野、綠原等十七家。

一九四九年（民國三十八年）

四月：林亨泰《靈魂の產聲》（《靈魂的啼聲》）由台中銀鈴會出版。
四月：台大、師院發生學生運動（史稱四六事件），銀鈴會至此解散。
五月：警備總司令部發布全省戒嚴令。
九月：何欣主編《公論報》之「文藝」週刊。
十一月：孫陵〈保衛大台灣歌〉發表於《民族報》副刊，鼓吹戰鬥文藝。

一九五〇年（民國三十九年）

三月：中華文藝獎金委員會成立，主委張道藩。每年於五月四日、十一月十二日各舉辦一次對外公開徵稿，至一九五六年十二月結束，獲獎作家在一千人以上。
五月：四日，「中國文藝協會」成立。
十月：《徵信新聞》（《中國時報》前身）創刊，設副刊「徵信週刊」。
十一月：《野風》創刊、金文等五位台糖員工共同創辦。
十二月：中國文藝協會以「文藝到軍中」口號推展軍中寫作。
十二月：台灣大學詩歌研究社成立，創辦詩刊《青潮》。

一九五一年（民國四十年）

五月：紀弦詩集《在飛揚的年代》、鍾鼎文詩集《行吟者》出版。
九月：《全民日報》、《民族報》、《經濟時報》合併，一九五七年六月二十日改名《聯合報》。
十一月：《新詩週刊》於《自立晚報》版面創刊，逢週一出刊，至一九五三年九月休刊，共九十四期。一至廿六期由紀弦主編，廿七至九十四期由覃子豪主編，為戰後最早出現的新詩週刊。

一九五二年（民國四十一年）

四月：總統明令修正公布與施行「出版法」。
六月：《文壇》創刊，發行人穆中南，第六期後由發行人兼主編。
八月：紀弦主編《詩誌》創刊，為戰後第一本新詩雜誌，僅一期。
九月：第一本《反共抗俄詩選》出版，收錄葛賢寧、墨人、李莎、紀弦四人詩作。

一九五三年（民國四十二年）

一月：聶華苓接編《自由中國》文藝欄。
二月：《現代詩》季刊於台北創刊，主編兼發行人紀弦。至一九六四年二月停刊，共出版四十五期。
八月：中國青年寫作協會成立。
九月：中華文藝函授學校成立，主持人李辰冬。
十一月：林海音接編《聯合報》副刊，一九六三年四月二十日卸任。任內將「聯合副刊」從綜藝性轉變為文藝性，並發掘了眾多青年作家。
十一月：蓉子《青鳥集》出版，為全台首部女詩人個人詩集。

一九五四年（民國四十三年）

三月：《幼獅文藝》創刊。
三月：覃子豪等人發起之「藍星詩社」於台北成立。
五月：行政專科學校《旭日新詩》於台北創刊。
五月：中華文藝函授學校《中華文藝》月刊於台北創刊。
六月：《藍星週刊》於《公論報》版面創刊，每週四出刊，由覃子豪主編。自一一一期起由余光中主編，至一九五八年八月廿九日出版第二二一期後停刊。

七月：中國文藝協會發起「文化清潔運動」，陳紀瀅等在《中央日報》發表文章，要求清除「赤色的毒、黃色的害，黑色的罪」。

十月：《創世紀》詩刊於高雄左營創刊，張默、洛夫主編。第二期起瘂弦加入。

一九五五年（民國四十四年）

一月：蔣介石昭示「戰鬥文藝」。

五月：台灣省婦女寫作協會成立，主持人蘇雪林。

六月：中國文藝協會頒發第一屆新詩獎。

九月：《徵信新聞》創立「人間副刊」。

十一月：《詩與音樂》於高雄創刊，蔡天予、朱沉冬主編，共兩期。

十二月：《海鷗詩刊》創立於《東台日報》，陳錦標主編。

一九五六年（民國四十五年）

一月：十五日，「現代派詩人第一屆年會」於台北舉行，由紀弦創立之「現代派」與現代詩社正式成立，提出「六大信條」。

一月：《中國新詩選集》出版，張默、洛夫主編。

四月：《南北笛》創立於嘉義《商工日報》，羊令野、葉泥主編。

九月：夏濟安主編《文學雜誌》創刊。

一九五七年（民國四十六年）

一月：《今日新詩》月刊創刊，上官予任執行主編。

一月：彭邦楨、墨人主編《中國詩選》出版。
一月：《藍星詩頁》宜蘭分版創刊，出版者為宜蘭青年月刊社。
五月：台灣大學海洋詩社《海洋詩刊》創刊。
六月：中國詩人聯誼會成立。
八月：《藍星詩選》叢刊第一輯出版，覃子豪主編。
十一月：何凡主編《文星》雜誌創刊。

一九五八年（民國四十七年）

二月：夏菁主編《藍星詩頁》創刊。
四月：《詩園地》創刊。
六月：「藍星詩獎」得主揭曉。

一九五九年（民國四十八年）

二月：《詩播種》創立於《台東新報》，李春生、秦嶽主編。
四月：《創世紀》自第十一期起改版，由三十二開擴大為二十開，強調詩的「世界性」、「超現實性」、「獨創性」與「純粹性」。
五月：《筆匯》推出革新號，尉天驄主編。
七月：蘇雪林在《自由青年》發表〈新詩壇象徵派創始者李金髮〉，引發詩壇強烈回應。
十一月：言曦在《中央日報》一連四天發表〈新詩閑話〉，引起余光中等人在《文學雜誌》、《文星》、《藍星詩頁》上撰文答辯，開啓新詩論戰。

一九六〇年（民國四十九年）

三月：《現代文學》雙月刊創刊。發行人白先勇，主編歐陽子等。

五月：上官予編《十年詩選》出版。

五月：四日，中國文藝協會頒發第一屆文藝獎章。

八月：《文學雜誌》停刊，共發行四十八期。

九月：《筆匯》第二卷第二期推出「詩特輯」，尉天驄、許南衡編選。

九月：《自由中國》發行人雷震被控叛亂，《自由中國》半月刊停刊。

十月：中國文藝協會與中國詩人聯誼會聯合成立詩歌朗誦隊。

一九六一年（民國五十年）

一月：瘂弦、張默編《六十年代詩選》出版。

一月：《中國新詩選》（*New Chinese Poetry*）由余光中翻譯、台北美國新聞處出版，選錄廿一家、五十四首，為全台首部英譯現代詩集。

三月：《縱橫詩刊》創刊，主編劉國全。

六月：《藍星》季刊創刊，主編覃子豪。

七月：《詩．散文．木刻》創刊，主編朱嘯秋。

七月：洛夫〈天狼星論〉發表於《現代文學》第九期。余光中於《藍星詩頁》第三十七期以〈再見，虛無〉回應。

一九六二年（民國五十一年）

五月：四日，中國文藝協會文藝獎章自本屆（第三屆）起設立新詩創作獎，首位得主為余光中。

五月：《野火詩刊》創刊，主編綠蒂、素跡。

七月：《葡萄園》創刊，主編文曉村、陳敏華。一九八五年第九十二期起，改名《葡萄園詩學季刊》。
十月：《海鷗詩頁》創刊，陳錦標主編。

一九六三年（民國五十二年）

二月：六日，海鷗詩社舉辦「新詩朗誦會」，為東部首次舉辦之新詩朗誦活動，由中廣花蓮電台作實況錄音及轉播。
十一月：陳千武主編之「詩展望」於台中《民聲日報》出刊。
十二月：《新象》創刊，主編古貝、方平。

一九六四年（民國五十三年）

三月：「笠詩社」成立，發起人為吳瀛濤、詹冰、陳千武、林亨泰、錦連、趙天儀、薛柏谷、白萩、黃荷生、杜國清、古貝和王憲陽。
三月：由現代文學社、藍星詩社合辦之「現代詩朗誦會」於台北耕莘文教院舉行。
四月：《星座詩刊》創刊，參與者王潤華、林綠、張錯、陳慧樺、淡瑩、畢洛等人皆為從馬來西亞、香港到台灣留學的跨校學生，多具外文系背景。
四月：《台灣文藝》創刊，由吳濁流獨資創辦，鍾肇政等協助編務。
六月：《笠》雙月刊創刊，主編林亨泰。

一九六五年（民國五十四年）

六月：《藍星詩刊》停刊，共六十三期。
六月：《覃子豪全集》第一冊（詩）出版。第二冊（詩論）於一九六八年六月出版，第三冊（譯詩及其他）於一九七四年十月出版。
七月：《葡萄園》詩刊三週年，頒發「葡萄園第一屆新詩獎」。

十月：鍾肇政主編《本省籍作家作品選集》十輯出版。詩一輯，收錄九十七家。
十月：第一屆國軍文藝金像獎得主揭曉。
十二月：《文星》雜誌停刊，共九十八期。

一九六六年（民國五十五年）
三月：中華人民共和國文化大革命開始。
三月：第一屆「現代藝術季」於台北中美文經協會舉行，有詩展、詩座談、詩朗誦等活動。
三月：「現代詩展」於台北西門町圓環露天展出。
十月：《文學季刊》創刊，主編尉天驄。

一九六七年（民國五十六年）
一月：《純文學》創刊，發行人兼主編林海音。
二月：張默編《中國現代詩選》出版。
七月：中華文化復興運動推行委員會成立。
七月：《青溪》創刊，以後備軍人為主要目標讀者。
七月：羅門以〈麥堅利堡〉獲得菲律賓總統馬可仕金牌獎。
九月：張默、洛夫、瘂弦編《七十年代詩選》出版。
十一月：「中華民國新詩學會」成立，其前身為「中國詩人聯誼會」。

一九六八年（民國五十七年）
一月：《大學雜誌》創刊，為文化思想性刊物。
一月：台灣師範大學《噴泉》創刊，藍影主編。

五月：中國文化學院華岡詩社《華岡詩刊》創刊。
五月：廿一日，第一次全國文藝會談在台北中山堂舉行。
七月：《詩隊伍》於《青年戰士報》創刊，羊令野主編。
九月：《徵信新聞報》改名《中國時報》。

一九六九年（民國五十八年）

一月：《創世紀》休刊。
三月：洛夫、張默、瘂弦主編《中國現代詩論選》出版。
三月：《幼獅文藝》自一八三期起，由瘂弦主編。
六月：第一屆「笠」詩獎得主揭曉。
六月：《幼獅文藝》第一八六期推出「詩專號」。
七月：《文藝》月刊創刊，吳東權主編。
九月：《桂冠季刊》創刊。

一九七〇年（民國五十九年）

一月：《詩宗》叢書第一號「雪之臉」創刊，洛夫主編。
八月：美國決定將琉球歸還日本，包括釣魚台列嶼。十一月，在美留學生發起保釣運動。
十一月：日本東京若樹書房出版《華麗島詩集》，為第一本中日文對照的台灣現代詩選集，收錄各詩社活躍詩人六十四位，詩作一〇八篇。陳千武在後記〈台灣現代詩的歷史與詩人們〉中提出「兩個球根論」。

一九七一年（民國六十年）

一月：《水星詩刊》於高雄創刊，張默、管管主編。

一月：美國六大城市（紐約、華盛頓、芝加哥、西雅圖、舊金山、洛杉磯）同時舉行保釣遊行。
一月：《文學雙月刊》創刊，主編尉天驄。
三月：《龍族》詩刊創刊。
三月：洛夫主編《一九七〇年詩選》出版，為台灣第一部年度詩選，共收錄三十六家詩人的百餘首詩作。
三月：第一屆「詩宗獎」得主揭曉。
六月：李敏勇於《笠》發表〈招魂祭——從所謂「一九七〇詩選」談洛夫的詩之認識〉，引發招魂祭論戰。
七月：《主流》詩刊在高雄創刊。
七月：《暴風雨》詩刊在屏東創刊，沙穗、連水淼、張堃合編。
十月：《山水》詩刊在高雄創刊。
十月：中華民國政府宣布退出聯合國。

一九七二年（民國六十一年）

一月：余光中等編《中國現代文學大系》出版。共八輯，詩卷佔兩輯，洛夫序。
一月：《拜燈》雙月刊於嘉義創刊，由兩位高中三年級學生渡也、尹凡創辦。
二月：二十一日，美國總統尼克森訪問中國；二十八，日發表中美上海公報。
二月：關傑明於《人間副刊》發表〈中國現代詩的幻境〉以及〈中國現代詩人的困境〉，批評葉維廉譯《中國現代詩選》、張默編《中國現代詩論選》、洛夫編《中國現代文學大系．詩卷》三書缺乏現實意識，以「中國」為名卻沒有表現中國的精神。唐文標亦於《中外文學》發表〈先檢討我們自己吧！〉等多篇，余光中亦回應〈詩人何罪〉，開啓了現代詩論戰。
三月：楊牧任《現代文學》第四十六期「現代詩回顧專號」主編。

六月：《中外文學》創刊，發行人朱立民。
六月：輔仁大學蜩螗詩社《蜩螗詩刊》創刊。
九月：《創世紀》復刊。
九月：《大地詩刊》創刊。
九月：《後浪詩刊》於台中創刊，一九七四年改組為《詩人季刊》。
九月：《書評書目》創刊。
九月：二十九日，日本宣布與中華人民共和國建交。
十月：羅青出版《吃西瓜的方法》，部分作品有諧擬手法、嬉戲精神與不確定性，為後現代先驅之作。
十一月：第一屆吳濁流新詩獎得主揭曉。

一九七三年（民國六十二年）

七月：高信疆主編《龍族》第九期「龍族評論專號」。
八月：《文季》季刊創刊，尉天驄主編。
八月：唐文標陸續發表〈什麼時代，什麼地方，什麼人——論傳統詩與現代詩〉、〈僵斃的現代詩〉、〈詩的沒落〉指名批評文學媒體與詩人詩作，被顏元叔稱為「唐文標事件」。
九月：《現代文學》停刊。
九月：主流詩社舉辦「第一屆全國詩人聯誼會」。
十一月：第二屆「世界詩人大會」於台北圓山大飯店舉行，鍾鼎文籌劃，邀得世界各國三百多位詩人與會。
十一月：《*Chinese Poetry*》（《英文中國詩刊》）創刊。

一九七四年（民國六十三年）

一月：《秋水詩刊》創刊，古丁、涂靜怡主編。

三月：遠景出版社由沈登恩、王榮文、鄧維楨合資成立。

六月：《中外文學》第二十五期推出「詩專號」，余光中主編。

六月：吳望堯創立之「中國現代詩獎」，第一屆得主揭曉。

十月：森林詩社《也許》於台南創刊。

十二月：《藍星季刊》新一號於台北復刊。

一九七五年（民國六十四年）

三月：朱沉冬等編《新銳的聲音：當代二十五位青年詩人作品集》出版。

五月：《草根詩刊》創刊，編輯出版於屏東，詩社成立於台北。

六月：楊弦將詩人作品譜曲，於台北中山堂舉行「民謠演唱會」。

六月：《消息》半年刊創刊，季野等人主編。

七月：爾雅出版社成立，發行人隱地。

八月：《天狼星》創刊。

九月：春暉出版社成立，發行人陳坤崙。

十月：《大海洋詩刊》於高雄創刊。

一九七六年（民國六十五年）

一月：《神州詩刊》創刊。

二月：《夏潮》創刊。

二月：《小草詩刊》誕生號出版，同年五月出版第一期。
三月：「詩人畫會」於幼獅藝廊舉行第一屆詩畫展。
三月：《明道文藝》創刊。
五月：政治大學長廊詩社《長廊詩刊》創刊。
六月：台大現代詩社舉辦「第一屆現代詩歌實驗發表會」。
六月：紀弦、張漢良等編《八十年代詩選》出版。
七月：《詩脈》於南投創刊，岩上主編。
八月：匯流詩社《匯流詩刊》於樹林創刊。
八月：洪範書店成立，創辦人楊牧、葉步榮、瘂弦、沈燕士。
十月：《詩學》叢刊出版，瘂弦、梅新主編，共出刊三輯。
十月：《八掌溪詩刊》於嘉義創刊。
十二月：林煥彰編《近三十年新詩書目》出版。

一九七七年（民國六十六年）

三月：王健壯主編《仙人掌》創刊。第一卷第二號中「鄉土文化往何處去」收錄多篇討論鄉土文學的篇章。
四月：《月光光》兒童雙月刊創刊，為台灣第一份兒童詩刊。
五月：陳少廷《台灣新文學運動簡史》出版。
五月：《詩潮》創刊，高準主編。
五月：葉石濤於《夏潮》發表〈台灣鄉土文學史導論〉。
六月：《中華文藝》第七十六期推出「詩專號」，洛夫主編。

七月：張漢良、張默編《中國當代十大詩人選集》出版，為台灣第一次列出「十大詩人」名單。

八月：余光中於《聯合報》副刊發表〈狼來了〉，文中指控：北京未聞有「三民主義文學」，台北街頭卻可見「工農兵文藝」。

九月：王拓於《聯合報》副刊發表〈擁抱健康的大地——讀彭歌先生「不談人性，何有文學」的感想〉，首先反擊對鄉土文學的批判。

十一月；彭品光（彭歌）編《當前文學問題總批判》出版。

一九七八年（民國六十七年）

一月：《山水詩選》出版，為《山水詩刊》發表詩作之選集。

一月：《風燈詩頁》於雲林北港創刊，楊子潤主編。

二月：《民生報》創刊，首闢文化新聞版。

三月：蔡文甫成立九歌出版社。

四月：尉天驄編《鄉土文學討論集》出版。

六月：《綠地》詩刊第十一期推出「中國當代青年詩人大展專號」，選入三十五歲以下九十七位詩人的作品，由傅文正主編，是戰後世代詩人編選的第一本戰後世代詩選。

十二月：十六日，美國宣布次年一月一日起與中華人民共和國建交。

一九七九年（民國六十八年）

一月：《掌門》詩季刊創刊，陳文銓主編。

二月：《當代中國新文學大系》出版，共十冊。含一冊詩卷，瘂弦主編，一九八〇年四月出版。

三月：李南衡編《日據下台灣新文學》出版，共五冊，含一冊詩選集。

五月：羅青編《小詩三百首》出版，是第一本涵蓋中國大陸詩人詩作卻未示其本名的詩選。
六月：笠詩社編《美麗島詩集》出版，選入三十六位詩人，為《笠》創刊十五年之同仁詩選。
七月：葉石濤、鍾肇政編《光復前台灣文學全集》出版，共有小說八冊。一九八二年陳千武、羊子喬又編選詩卷四冊。
九月：《中國時報‧人間副刊》所設時報文學獎，自第二屆起增設敘事詩類，並延後截稿至九月三十日。
十一月：《春風》雜誌創刊。
十一月：張漢良、蕭蕭編《現代詩導讀》一套五冊出版。
十二月：《陽光小集》創刊。
十二月：十日，《美麗島》雜誌社在高雄舉辦人權紀念會，爆發嚴重警民衝突（史稱美麗島事件）。

一九八〇年（民國六十九年）

一月：《大雨童詩刊》於板橋創刊。
一月：《風箏童詩刊》於屏東創刊。
四月：《布穀鳥》兒童詩學季刊創刊，發行人林煥彰、舒蘭。
四月：人民文學出版社編輯部編《台灣詩選》出版，為中國大陸第一本台灣詩選集。
六月：十二日，《聯合報》副刊於碧潭舉辦「水調歌頭」（詩與歌之夜）。
十二月：《笠詩刊》一百期紀念大會，舉行「台灣光復前詩人座談會」。
十二月：掌門詩社《門神》於高雄創刊。

一九八一年（民國七十年）

一月：詹宏志於《書評書目》發表〈兩種文學心靈〉，引發台灣文學定位論爭。
四月：林明德、李豐楙、呂正惠、何寄澎、劉龍勳編著《中國新詩賞析》出版，共三冊。

五月：《中央日報》與《明道文藝》合辦第一屆全國學生文學獎。
五月：《掌握詩頁》於嘉義《商工日報》版面創刊，何郡主編。
六月：張默主編《剪成碧玉葉層層》出版，為台灣首部女性詩人選集。
七月：《陽光小集》舉辦第一屆「詩與民歌之夜」。
七月：《時報詩學月誌》於《台灣時報》版面創刊。
八月：腳印詩社《腳印》於高雄創刊。
八月：《山城詩訊》創刊。
十二月：由台、日、韓詩人共同策劃主編之《亞洲現代詩集》，第一集於東京出版。收錄一〇五位亞洲詩人的作品，以中日韓英四種文字呈現。

一九八二年（民國七十一年）

一月：《文學界》創刊。
一月：《涓流》創刊。
三月：《漢廣》創刊。
三月：《掌握》創刊。
五月：陳千武、羊子喬編《亂都之戀》出版，後續尚有《廣闊的海》、《森林的彼方》、《望鄉》，四冊皆屬「光復前台灣文學全集」之詩部分。
五月：《中外文學》推出「現代詩三十年回顧專號」。
五月：十九日，菲律賓「耕園文藝社」與台灣「陽光小集」結為姊妹社，雙方代表簽署合同。
五月：《台灣文藝》第七十六期推出「詩專號」，由李魁賢主編。

六月：《現代詩》季刊復刊。
七月：《春蠶》雙月刊創刊。
八月：《葡萄園》創刊廿週年推出《葡萄園詩選》，文曉村主編。
九月：林文欽成立前衛出版社。
九月：張默編《感月吟風多少事——現代百家詩選》出版。
十月：《陽光小集》第十期刊出「青年詩人心目中的十大詩人」選舉結果，為台灣第二次列出「十大詩人」名單。
十月：《詩人坊》創刊。
十一月：《漢廣詩頁》於《中國晚報》版面創刊，巴陵野主編。
十二月：《詩友》創刊。

一九八三年（民國七十二年）

一月：《洛城》於台南創刊，為報紙型季刊，四開一張。
二月：李魁賢編《一九八二年台灣詩選》出版，為前衛版首部「年度詩選」。
三月：張默編《七十一年詩選》出版，為爾雅版首部「年度詩選」。
三月：《心臟》創刊。
三月：《田園》創刊，劉麗芬主編。
四月：《文季》文學雙月刊創刊。
五月：「藍星、創世紀、笠三角討論會」於台北四季餐廳舉行。
六月：《台灣詩季刊》創刊。
六月：《詩畫藝術家》創刊，德亮主編。

七月：《文訊》創刊。
七月：《春秋小集》於嘉義《商工日報》創刊，李瑞騰主編。
八月：流沙河編著《台灣詩人十二家》出版，首印一三五〇〇冊，建立起大陸詩人與讀者對台灣新詩名家的第一印象。本書為流沙河在四川《星星》詩刊上的專欄集結，介紹了從紀弦到高準共十二位台灣詩人。
十月：《天水》創刊，由參加復興文藝營的大專生所組成。
十月：《新書月刊》創刊。

一九八四年（民國七十三年）

一月：向陽編《春華與秋實：七十年代作家創作選．詩卷》出版。
三月：《晨風》於高雄創刊，為報紙型季刊，四開一張。
三月：《草原》創刊，為報紙型季刊，四開一張。
四月：《中外文學》頒發第一屆「現代詩獎」。
四月：《春風》詩叢刊創刊。
五月：《傳說》創刊。
六月：《文訊月刊》與《商工日報》合辦「現代詩學研討會」。
六月：鍾山詩社《鍾山》創刊。
六月：《空間》於台中創刊，為東海大學寫作協會刊物。
六月：《晨潮》於高雄創刊，為正修工專學生刊物。
八月：《台灣詩》季刊頒發第一屆「台灣詩獎」。
九月：夏宇出版後現代詩集《備忘錄》，眾多「新世代詩人」首部詩集陸續問世。

九月：瘂弦等編《創世紀詩選》出版。
十月：《創世紀》創刊三十週年詩獎，分別頒發詩創作獎與詩評論獎。
十月：中央圖書館主辦「現代詩三十年展」。
十月：九歌版《藍星詩刊》創刊，向明主編。
十一月：《聯合文學》創刊。
十二月：新象藝術中心舉辦「中、義視覺詩聯展」。
十二月：「中國現代詩劇發表會」於耕莘文教院舉行。

一九八五年（民國七十四年）

一月：《南風》創刊，為東吳大學文藝研究社刊物。
二月：《詩評家》創刊。
二月：《草根詩刊》復刊。改採全開彩色海報型式，正面繪畫，反面詩刊。
二月：朱學恕等主編《中國海洋詩選》出版。
五月：《地平線》創刊。
五月：《四度空間》創刊。
六月：《國文天地》創刊。
六月：「一九八五中國現代詩季」於新象藝廊舉行，白靈、杜十三策劃。
六月：《五陵》創刊。
十一月：《汗歌》於嘉義創刊。
十一月：《人間》雜誌創刊。
十二月：陳慧樺主編《心臟詩選》出版。

一九八六年（民國七十五年）

一月：《握星》創刊。
一月：《季風》創刊。
三月：羅青、白靈、杜十三策劃「詩的聲光——現代詩多媒體發表會」。
三月：笠詩社推出三十位詩人的三十冊《台灣詩人選集》。
四月：《珊瑚礁詩葉》擴版創刊，為總號第四期。
六月：《我們的詩》創刊。
六月：張健、羅門編《星空無限藍——藍星詩選》出版。
八月：《文訊月刊》舉辦「第二屆現代詩學研討會」。
八月：《匯流》創刊。
九月：《象群》創刊。
十二月：《兩岸詩叢刊》於台中創刊。

一九八七年（民國七十六年）

一月：海鷗詩社《海鷗詩頁》復刊，共兩期。
二月：葉石濤《台灣文學史綱》出版。
二月：八位台灣詩人前往馬尼拉參加「菲華現代詩學研討會」。
二月：「台灣筆會」於耕莘文教院宣告成立。
三月：《新陸》創刊，王志堃主編。
三月：趙天福首度在台北春之藝廊發表「貧窮詩劇場」。

五月：林群盛運用電腦程式語言創作〈沉默（Poetry-BASIC）〉發表於《地平線》第五期，後獲選入張漢良編《七十六年詩選》。

五月：《當代文學史料研究叢刊》創刊。

六月：《薪火》創刊。

七月：戒嚴令解除。

九月：《曼陀羅詩刊》創刊，楊維晨主編。

九月：《台北評論》創刊，總編輯蔡源煌，執行主編林燿德、孟樊。

一九八八年（民國七十七年）

一月：報禁解除，開放報紙登記，大部分報紙皆增張或新闢第二副刊版面。

六月：羅青出版《錄影詩學》。

八月：《台北評論》第六期推出「當代詩專輯」。

十月：《長城詩刊》創刊，李渡愁主編。

十二月：《風雲際會》創刊，田運良主編。

十二月：孟樊於《現代詩》復刊第十三期發表〈瀕臨死亡的現代詩壇——一個系統論的觀點〉。

一九八九年（民國七十八年）

二月：楊牧、鄭樹森編《現代中國詩選》出版，共兩冊。

五月：余光中總編輯《中華現代文學大系》十五冊出版，含兩冊詩卷。

五月：《長城》創刊。

五月：《逆時鐘》於泰山創刊，為明志工專學生刊物。

六月：《詩壇》創刊。
六月：《五嶽詩刊》於高雄創刊，主編黃欐雅。
六月：鍾玲《現代中國繆司——台灣女詩人作品析論》出版。
七月：《秋水詩刊》創刊十五週年，出版《秋水詩選》。
九月：《新詩學報》創刊，為中國新詩學會會刊，主編綠蒂、劉菲。
十一月：莫那能出版原住民漢語詩集《美麗的稻穗》。

一九九〇年（民國七十九年）
四月：《新地文學》創刊。
六月：《台灣文學觀察雜誌》創刊，李瑞騰、蕭蕭合辦。
七月：笠詩社出版「台灣詩庫」叢書與《台灣精神的崛起》。
九月：誠品藝文空間舉辦「詩與新環境」多媒體展演，林燿德、杜十三策劃。
十月：簡政珍、林燿德編《台灣新世代詩人大系》出版。

一九九一年（民國八十年）
四月：彭瑞金《台灣新文學運動四十年》出版。
六月：「詩的交響夜」於松江詩園舉行。
六月：笠詩社於南投舉辦「現代詩研討會」。
八月：《蕃薯詩刊》創刊，為首部台語詩刊。
八月：《世界詩集》雙週刊於《世界論壇報》創刊，劉菲主編。
八月：《海鷗詩刊》復刊，李春生主編。

十月：「榮後台灣詩獎」，第一屆得主揭曉。
十二月：《文學台灣》創刊。

一九九二年（民國八十一年）

一月：蕃薯詩社「台灣演詩之夜」於台灣大學舉行。
四月：爾雅版「年度詩選」出版滿第十集（李瑞騰編《八十年詩選》），宣布停辦。改由現代詩、創世紀、台灣詩學等詩社接編至二〇〇二年。
五月：張默《台灣現代詩編目》出版。
六月：藍星詩社「屈原詩獎」得主揭曉。
七月：九歌出版社支持之《藍星詩刊》，出版第三十二期後宣布停刊。
八月：由洛夫發起之「詩的星期五」，每月第一個週五晚上於誠品書店舉行。
九月：文曉村編《葡萄園三十周年詩選》出版。
九月：趙天儀、李魁賢、李敏勇、陳明台、鄭炯明合編《混聲合唱——笠詩選》出版。
十二月：《台灣詩學季刊》創刊，首期專題為「大陸的台灣詩學」。

一九九三年（民國八十二年）

一月：《中國詩刊》創刊，一信主編。
一月：「台灣珍藏絕版詩集展」於誠品書店敦南店舉行。
五月：第一屆現代詩學研討會於彰化師範大學舉行。
六月：「年度詩獎」首次頒給原住民詩人，得主為瓦歷斯·諾幹（Walis Nokan）。
六月：《山海文化》創刊，為第一份以原住民為主體的雜誌。

八月：《現代詩》創刊四十週年慶祝活動於誠品書店舉行，梅新總策劃。
十二月：《秋水詩刊》創刊廿週年，出版《悠悠秋水》，涂靜怡主編。
十二月：「台灣作家全集」開始出版，至二〇〇二年推出《周金波集》，共計五十二冊。召集人鍾肇政撰寫總序。

一九九四年（民國八十三年）

五月：彰化師範大學舉辦「現代詩學研討會」。
六月：《文訊》主辦「九〇年代前期台灣十件詩事」票選結果揭曉。
八月：辛鬱等編《創世紀詩選一九八四—一九九四（第二集）》出版。
八月：《李莎全集》出版，共兩冊，李春生、文曉村編訂。
八月：第十五屆世界詩人大會在台北舉行。
九月：張默、張漢良編《創世紀四十年總目（一九五四—一九九四）》出版。
九月：《創世紀》創刊四十週年慶祝活動於誠品書店舉行。
十二月：《四度空間》復刊。

一九九五年（民國八十四年）

一月：《植物園詩學季刊》創刊，由來自十八所大學院校、四十位校園詩人組成之植物園詩社發行。
一月：中國新詩學會舉辦「兩岸詩學交流研討會」。
三月：由文建會策劃，文訊雜誌社執行之「台灣現代詩史研討會」，自三月四日至五月二十七日，分六場次於佛光山台北道場舉行。
四月：《羅門創作大系》出版，全套十冊。
六月：台北市政府首度舉辦「台北公車詩」活動。

六月：《雙子星人文詩刊》創刊。
八月：廿四日—廿八日，笠詩社主辦之「九五亞洲詩人會議」於日月潭教師會館舉行。
八月：《詩世界》創刊，為國際華文詩人筆會會刊。
九月：張默、蕭蕭編《新詩三百首（一九一七—一九九五）》出版。
九月：陳大為編《馬華當代詩選》出版。
十月：吳政上、陳鴻森編《笠詩刊三十年總目》出版。
十月：台北市政府舉辦台北公車詩文徵選活動。

一九九六年（民國八十五年）

一月：從網路世界出發的《晨曦詩刊》，先是藉助電子布告欄系統（Bulletin Board System，BBS）現身，後又印行出版紙本詩刊。
一月：張默《台灣現代詩編目》修訂本出版。
三月：林央敏《台語文學運動史論》出版。
三月：黃恆秋、龔萬灶編《客家台語詩選》出版。
三月：封德屏主編《台灣現代詩史論》出版。
八月：中國詩歌藝術學會主辦之第一屆詩歌藝術獎，得主揭曉。
九月：《台灣日報》副刊推出「台灣日日詩」，每天固定登一首詩，路寒袖主編。

一九九七年（民國八十六年）

一月：《乾坤詩刊》創刊，藍雲主編。
二月：向明《新詩五十問》出版。

二月：姚大鈞／曹志漣成立數位文學作品網站「妙繆廟」。
五月：《陳秀喜全集》出版。
六月：「詩路：台灣現代詩網路聯盟」正式啓用，發起人包括杜十三、須文蔚、侯吉諒。以精緻編輯的概念，典藏珍貴的詩人史料與名作佳篇，發行《每日一詩電子報》，編選網路年度詩選，為一具有公共媒體意涵的網路文學媒體。
六月：《雙子星人文詩刊》主辦之雙子星第一屆新詩獎，得主揭曉。
七月：廿七日，創世紀詩社舉辦「青年詩人創世紀」講談會。
八月：周夢蝶獲得第一屆國家文藝獎文學類獎章。
十一月：賴益成主編《葡萄園目錄（一九六二—一九九七）》出版。

一九九八年（民國八十七年）

一月：米羅．卡索（蘇紹連）「現代詩的島嶼」成立。
三月：白靈編《新詩二十家——台灣文學二十年集（一）一九七八—一九九八》出版。
三月：「喜菡文學網」成立。
四月：「向陽工坊」成立。
八月：「陳黎文學倉庫」成立。
八月：李順興「歧路花園」成立。
九月：《林亨泰全集》出版。
九月：廿六日，中國詩歌藝術學會主辦「兩岸詩刊學術研討會」。
十月：向陽「台灣網路詩實驗室」成立。
十一月：須文蔚「觸電新詩網」成立。

十一月：全台第一個全由生理女性組成的「女鯨詩社」成立，十二位創始成員皆是具有台灣／女性意識的詩人，同時推出江文瑜編《詩在女鯨躍身擊浪時》。

一九九九年（民國八十八年）

二月：由文建會與《聯合報》副刊合辦「台灣文學經典三十」名單公布，新詩類共有七冊：鄭愁予《鄭愁予詩集（一九五一—一九六八）》、瘂弦《深淵》、余光中《與永恆拔河》、周夢蝶《孤獨國》、洛夫《魔歌》、楊牧《傳說》、商禽《夢或者黎明》。

三月：十九日，《聯合報》副刊於國家圖書館國際會議廳舉辦「第一屆台灣文學經典研討會」。當天下午由台灣筆會等團體召開記者會，發表〈搶救台灣文學〉聲明，點燃了最終延燒超過半年的「台灣文學經典票選事件」。

三月：《藍星詩學》創刊，趙衛民主編。

五月：中國新詩學會《詩報》創刊，綠蒂、一信主編。

七月：四日，中國詩歌藝術學會主辦「兩岸女性詩歌學術研討會」。

九月：瘂弦編《天下詩選（一九二三—一九九九台灣）》出版，共兩冊。

十月：「白靈文學船」成立。

十二月：廿五日，由文建會策劃、中國新詩學會主辦之「詩迎千禧年」於台北圓山飯店舉行。

二〇〇〇年（民國八十九年）

一月：米羅・卡索（蘇紹連）「FLASH超文學」成立。

二月：十五日，《明日報》創刊，為全世界第一家完全數位化、無實體業務的網路報紙。

四月：「年度詩選」編選委員交棒。由蕭蕭、白靈、陳義芝、焦桐四人接棒，另組編委會。

四月：蕭蕭編爾雅版《世紀詩選》陸續出版，收錄周夢蝶等十二位當代台灣詩人，以每人單獨一部之形式問世。

六月：四日，「迎向新世紀——台灣新世代詩人會談」於台北耕莘文教院舉行，台灣詩學主辦。

七月：台灣現代詩人協會成立。

七月：《秋水詩刊》創刊廿五週年，出版《浩浩秋水》，涂靜怡主編。

八月：十九日，台灣現代詩研討會於國家圖書館舉行，台灣文學協會主辦。

九月：廿三日，《笠》學術研討會於台灣師範大學舉行，巫永福文化基金會主辦。

十一月：李元貞《女性詩學：台灣現代女詩人集體研究（一九五一—二〇〇〇）》出版。

十二月：李元貞編《紅得發紫：台灣現代女性詩選》出版。

十二月：四日，台灣現當代詩史及詩論座談會於誠品書店舉行，中研院文哲所主辦。

十二月：一日，《明日報》成立「逗陣新聞網」，社群「我們這群詩妖」成立。

十二月：十六日，由台北市文化局主辦之首屆「台北詩歌節」於二二八和平公園舉辦開幕式，為期八天。

二〇〇一年（民國九十年）

二月：黃勁連編《海翁台語文學》創刊。

二月：辛鬱、白靈、焦桐編《九十年代詩選》出版。

八月：馬悅然、奚密、向陽編《二十世紀台灣詩選》出版。

九月：「二〇〇一台北國際詩歌節」邀請諾貝爾文學獎得主德瑞克・沃克特（Derek Walcott）訪台。台北市文化局出版由陳文發攝影、張默執筆之《向歲月致敬：台灣前輩詩人攝影集》。

十一月：三日，詩人林亨泰作品研討會於真理大學舉行。

十二月：須文蔚、代橘編《網路新詩紀——詩路二〇〇〇詩選》出版。

十二月：《詹冰詩全集》出版。

二〇〇二年（民國九十一年）

一月：《現在詩》創刊。

四月：朱學恕、汪啓疆主編《廿世紀海洋詩精品賞析精選集》出版。

七月：《拼貼的版圖：乾坤詩選（一九九七－二〇〇一）》出版。

八月：蕭蕭、白靈編《新詩讀本》出版，列為「台灣現代文學教程」（葉振富、梅家玲策劃）之一。

八月：台客主編《不惑之歌：葡萄園四十周年詩選》出版。

十月：台北詩歌節推出「新詩電電看——數位詩展演」主題。

二〇〇三年（民國九十二年）

三月：孫大川編《台灣原住民族漢語文學選集》出版，共七冊，含詩歌卷一冊。

五月：《台灣詩學學刊》創刊，鄭慧如主編。

六月：《壹詩歌》創刊。

六月：台灣詩學季刊社創立「吹鼓吹詩論壇」網站。

八月：《INK印刻文學生活誌》推出創刊前號，九月推出創刊號。

八月：《陳千武詩全集》出版。

九月：《野葡萄文學誌》創刊。

十月：余光中總編輯《中華現代文學大系（貳）》十二冊出版，含兩冊詩卷。

十一月：第二十三屆世界詩人大會在台北舉行。

十二月：楊松年、楊宗翰編《跨國界詩想——世華新詩評析》出版。

二〇〇四年（民國九十三年）

五月：鑑於詩選歷來以在台灣的文學傳媒上所發表之作為編選對象，為使名實相符，「年度詩選」首次更名為「台灣詩選」並改以公元紀年。「台灣詩選」由二魚文化承接編印工作，本年度由向陽主編，選出之年度詩獎得主為米羅．卡索（蘇紹連）。

十月：李進文、須文蔚編《Dear Epoch：〈創世紀詩選〉一九九四—二〇〇四》出版。

二〇〇五年（民國九十四年）

三月：《台灣現代詩》創刊。

四月：《當代詩學》創刊。

六月：向陽編《台灣現代文選．新詩卷》出版。

九月：《台灣詩學．吹鼓吹詩論壇》創刊。

十一月：華視播出許悔之主持「詩人部落格」節目。

十一月：五日，由台北教育大學台文所與《當代詩學》合辦「台灣當代十大詩人學術研討會」，此為台灣第三次列出「十大詩人」名單。

二〇〇六年（民國九十五年）

八月：張雙英《二十世紀台灣新詩史》出版。

八月：首屆葉紅女性詩獎公布得獎名單，為全台第一個限定性別卻不限地區的新詩獎。

十一月：詩人陳黎策劃之首屆「太平洋詩歌節」於花蓮松園別館舉行。

二〇〇七年（民國九十六年）

五月：《葉笛全集》出版。

十月：台北詩歌節徵求「影像詩」短片。

十一月：向陽以《亂》獲本年度台灣文學獎圖書類新詩金典獎。

二〇〇八年（民國九十七年）

四月：白靈編《台灣文學三十年菁英選一：新詩三十家》出版。

十月：《衛生紙詩刊＋》創刊。主編鴻鴻認為，這是詩刊，但刊登內容不限於歸類為文體的「詩」，「＋」的符號意思是歡迎文、圖、劇本等雜項（第十二期編者發出「去詩刊宣告」，改名為《衛生紙＋》）。

十一月：第一屆「濁水溪詩歌節」，由明道大學舉辦。

十二月：台灣文學館陸續出版《台灣詩人選集》，收錄覃子豪等六十六位當代詩人，以每人單獨一部之形式問世。

二〇〇九年（民國九十八年）

四月：十日，經「鶴山二十一世紀國際論壇」籌備兩年，匯集「詩魔」洛夫創作一甲子成果後，發行《洛夫詩歌全集》並舉辦新書發表會。

四月：十八日，由台灣八所大學、十四位學生共同組成的「風球詩社」，舉辦《風球詩雜誌》創刊座談會。

五月：二十七日，詩人商禽八十大壽，舉辦《商禽詩全集》發表會暨八十大壽慶生詩歌朗誦會。

五月：「遇見台灣詩人一百」展覽於台北當代藝術館舉行，為長達兩公里的詩路。

六月：江自得等編《二〇〇八年台灣現代詩選》出版，為春暉版首部「年度詩選」。

十月：台北詩歌節推出「數位詩展」。

十一月：「台文筆會」成立。

十二月：第一屆「台東詩歌節」，由台東大學華語系舉辦。

二〇一〇年（民國九十九年）

十月：《錦連全集》出版。

十月：台北詩歌節徵求「影像詩」。

十月：「他們在島嶼寫作」第一系列拍攝之六位作家（林海音、周夢蝶、余光中、鄭愁予、王文興、楊牧），由陳懷恩執導的余光中影片《逍遙遊》、陳傳興執導的鄭愁予影片《如霧起時》率先公開放映。

十二月：第三十屆世界詩人大會在台北舉行。

二〇一一年（民國一〇〇年）

一月：《文訊》規劃「台灣資深大學詩社展」，於紀州庵新館展出包括高醫阿米巴詩社、台師大噴泉詩社、政大長廊詩社等十家之詩刊、書信與相片。

二月：《楊雲萍全集》出版。

二月：謝三進、廖亮羽編《台灣七年級新詩金典》出版。採「七年級評選七年級」模式，新詩卷共選出十家。系列策劃人為楊宗翰。

四月：六日，「他們在島嶼寫作——文學大師系列電影」發表會，除已逝的林海音外，五位被拍攝作家周夢蝶、余光中、鄭愁予、王文興、楊牧皆出席。

九月：《海星詩刊》創刊，以詩作和詩論為主，採季刊發行；《月照無眠》詩聲雜誌於網路創刊，展示詩與音樂的結合。

九月：台灣詩學季刊社與台北教育大學語創系合辦第四屆兩岸四地當代詩學論壇。

十月：陳芳明《台灣新文學史》出版。

十一月：台北詩歌節以「詩的小宇宙」為主題，在中山堂廣場擺放藝術貨櫃屋，展示各種詩集與裝置藝術。

十一月：白靈《昨日之肉》獲本年度台灣文學獎圖書類新詩金典獎。

二〇一二年（民國一〇一年）

三月：《烙印的年痕：乾坤詩刊十五週年詩選》出版，林煥彰、林正三、許赫主編。

五月：野薑花雅集詩社於臉書成立社團「野薑花雅集網路詩社」。

六月：《野薑花雅集詩社》創刊。

六月：方耀乾《台語文學史暨書目彙編》出版。

九月：七日，金革唱片舉辦「旅夢二十音樂會：鄭愁予的詩．李建復、周蕙的歌」，將鄭愁予詩作搬上舞台並祝賀詩人八十大壽。

九月：蘇紹連編《新世紀吹鼓吹：網路世代詩人選》出版。

十月：詩人楊牧獲二〇一三年美國紐曼華語文學獎（Newman Prize For Chinese Literature）。

十一月：「鶴山廿一世紀國際詩歌論壇」於花蓮壽豐和南寺舉行。

二〇一三年（民國一〇二年）

三月：二十三日，「觀照與低迴：周夢蝶手稿、創作、宗教與藝術國際學術研討會暨手稿展」假台大文學院演講廳舉行。

五月：三十一日，「鄭愁予八十壽慶國際學術演講會」假明道大學舉行。

六月：台灣文學館推出「台灣現代詩外譯展」，挑選一〇一位詩人各一首外譯作品，呈現台灣詩壇與世界文學交流之成果。

十一月：陳黎《朝／聖》獲本年度台灣文學獎圖書類新詩金典獎。

十二月：野薑花雅集詩社接受蕭蕭建議更名為野薑花詩社，詩刊亦改為《野薑花詩集季刊》。

二〇一四年（民國一〇三年）

一月：張默《台灣現代詩手抄本》出版。

五月：孫梓評、吳岱穎編《生活的證據：國民新詩讀本》出版。

五月：《華文現代詩》創刊，林錫嘉主編。

六月：由《台灣詩學》等六家詩刊及《文訊》共同發起「鼓動小詩風潮」，先後出版八種專號並巡迴舉辦現代小詩書法展。

七月：齊東詩舍開館，啓動「詩的復興」計畫，舉辦齊東沙龍、現代詩研習班、詩的旅行、台灣國際詩歌節、詩的蓓蕾獎、台灣詩人流浪創作系列活動。

九月：陳皓、陳謙編《一九六〇世代詩人詩選集》出版。

九月：《有荷文學雜誌》創刊，喜菡主編。

十月：李長青〈親像，有光〉獲本年度台灣文學獎創作類台語新詩獎。

十月：蕭蕭、白靈、嚴忠政編《創世紀六十年詩選（二〇〇四—二〇一四）》出版。

十月：十六日，「他們在島嶼寫作」第二系列「詩的照耀下」舉行發表會，推出洛夫、瘂弦紀錄片《無岸之河》與《如歌的行板》。

十二月：十二日，首屆「台灣國際詩歌節」於齊東詩舍登場，邀請北島、楊鍵等六位國際詩人來台與會。

二〇一五年（民國一〇四年）

七月：台灣文學館舉辦「笠之風華——創社五十週年《笠》特展」。

九月：第一屆「福爾摩莎國際詩歌節」於台南舉行。

十一月：第三十五屆世界詩人大會在花蓮舉行。

十一月：吳晟以《他還年輕》獲本年度台灣文學獎圖書類新詩金典獎。

十二月：《兩岸詩》創刊。

二〇一六年（民國一〇五年）

五月：詩人楊牧獲得二〇一六年瑞典蟬獎（Cikada Prize），該獎設立宗旨為肯定東亞傑出詩人的創作成就。

七月：白靈、夏婉雲編《耕莘50詩選》出版。
七月：台灣文學館推出「瀛海的巨濤：吳瀛濤捐贈展」，紀念笠詩社創設詩人吳瀛濤百年誕辰。
九月：「二〇一六淡水福爾摩莎國際詩歌節」於新北舉行。
九月：黃亞歷執導《日曜日式散步者》在台上映。
十月：台北詩歌節以「亞洲的滋味」為主題並首度加入「駐市詩人」計畫，邀請中國詩人樹才來台。
十一月：陳皓、陳謙編《一九五〇世代詩人詩選集》出版。
十一月：沙力浪〈從分手的那一刻起～南十字星下的南島語〉獲本年度台灣文學獎創作類原住民新詩金典獎。

二〇一七年（民國一〇六年）

一月：《文訊》製作「風起雲湧的七〇年代：台灣現代詩社與詩刊」系列專題並舉辦座談。
一月：《堆疊的時空：乾坤詩刊二十週年詩選》出版。
二月：張默、蕭蕭編《新詩三百首百年新編（一九一七—二〇一七）》出版。
二月：《野薑花五周年詩選》出版，於台北國軍英雄館頒發第一屆野薑花新詩獎。
二月：楊宗翰編《淡江詩派的誕生》出版，為國內第一本以「大學詩派」命名的出版品。
六月：第四屆聯合報文學大獎公布，得主為詩人陳育虹。
十一月：本年度台灣文學獎圖書類新詩金典獎，得主從缺。

二〇一八年（民國一〇七年）

三月：《文訊》製作「崛起的群星：一九八〇年代台灣現代詩社與詩刊」系列專題並舉辦座談。
五月：台灣詩學季刊社與淡江大學中文系合辦第十屆兩岸四地當代詩學論壇。
九月：「台北風雅頌——二〇一八亞洲詩歌節」假齊東詩舍舉行。

十一月：陳皓、楊宗翰編《一九七〇世代詩人詩選集》出版。

十二月：曾魂總編、廖亮羽策劃之《風球詩社十週年詩選集：自由時代》出版。

十二月：八日，「現代截句詩學研討會」於東吳大學舉行。

二〇一九年（民國一〇八年）

一月：陳大為、鍾怡雯編《華文新詩百年選・台灣卷》出版。

四月：《人間魚詩生活誌》創刊。

五月：台積心築藝術季委託文訊雜誌社於清華大學藝術中心舉辦「詩的聲音——余光中・周夢蝶・洛夫文物特展」。

九月：利文祺、神神、黃岡編選《同在一個屋簷下：同志詩選》出版。該書將詩選主題定位在「關注同志議題的詩作」，而非只有「同志詩人的詩作」，為台灣文學史上首部正式印行之同志詩選。

十月：辛牧、嚴忠政、姚時晴主編《鏡像：創世紀六十五年詩選（二〇一四—二〇一九）》出版。

十月：鄭慧如《台灣現代詩史》出版。

二〇二〇年（民國一〇九年）

五月：蕭蕭主編《新世紀二〇年詩選（二〇〇一—二〇二〇）》出版。

五月：《國文天地》製作「新世紀新詩社觀察」系列專題。

十二月：黃亞歷、陳允元編《共時的星叢：風車詩社與新精神的跨界域流動》出版。

二〇二一年（民國一一〇年）

三月：《趙天儀全集》出版並舉行新書發表會。

四月：詩人阿芒和譯者柏艾格（Steve Bradbury）合作英譯的雙語詩集*Raised by Wolves*，獲美國筆會文學獎翻譯詩集獎。阿芒是首位榮獲此獎項的台灣人。

五月：阿尼默以台語詩圖文繪本《情批》獲波隆那書展拉加茲獎詩類評審優選獎。

五月：《夢蝶全集》出版並舉行新書發表會。

十二月：《無聲的喧鬧——乾坤詩刊二十五週年紀念詩選》出版。

二〇二二年（民國一一一年）

五月：孟樊、楊宗翰《台灣新詩史》出版。

五月：向陽主編《新世紀新世代詩選》出版。

五月：二十七日—二十八日，台灣詩學季刊社與國立中央大學假國家圖書館舉辦「台灣新詩百年國際學術研討會」。

九月：詩人陳育虹獲得二〇二二年瑞典蟬獎。

十月：林達陽編《二〇二一台灣詩選》出版。本書為台灣「年度詩選」編選工程四十週年之作，奠基於最初十年的爾雅版（一九八三—一九九二），後有現代詩刊版（一九九三—一九九八）、創世紀詩刊版（一九九九—二〇〇〇）、台灣詩學季刊版（二〇〇一—二〇〇三），與自二〇〇四年迄今仍在持續的二魚版。年度詩選編選委員或主編名單雖有異動，唯精神上仍是一脈相承。出版有序，未曾中斷。

台灣新興詩刊的在野特質

約莫在二〇一六到二〇一八年間，筆者受邀策劃與主持了一項工作：在廿一世紀第二個十年到來以前，回望上個世紀的詩壇風雲。彼時我正好也在研究台灣「戰後世代詩人」及由他們組織創辦的詩社與詩刊，遂想替其行止以編目與建檔形式，留下數位化的記錄，好用來抵抗無情的時間。數位化工程因後續資源未能銜接，很遺憾最終只完成十多種詩刊資料建檔與Metadata設置；但回望上個世紀最後廿、卅年的風雲變化，幸有《文訊雜誌》團隊與眾多「當事人」的支援，聯繫、蒐集、座談、展覽、撰文乃能逐一落實，並留下了歷經兩年的兩個系列專題——「風起雲湧的七〇年代：台灣現代詩社與詩刊」（始於《文訊雜誌》第三七五期，二〇一七年一月），以及「崛起的群星：一九八〇年代台灣現代詩社與詩刊」（始於《文訊雜誌》第三八九期，二〇一八年三月）。

無論個人專題研究或雜誌專輯執行，都越來越讓我相信：相較於其他類型的刊物，堅持「在野」允為台灣現代詩刊最珍貴的特質。印量偏少與流通困難，讓詩刊在出版市場從未獲得過巨大成功；但就算再怎麼艱辛，詩刊仍然坦蕩走著非主流路線且屢仆屢起，為小眾讀者守護一方詩歌園地。據張默編《台灣現代詩編目》所錄，自一九五一至一九九一年，這四十年間台灣竟誕生了超過一百五十種現代詩刊。[1]五〇年代創辦的《現

1　張默編：《台灣現代詩編目（一九四九—一九九五）》（台北：爾雅，一九九六，二版），頁一三九—一五四。

代詩》、《藍星》、《創世紀》與六〇年代創辦的《笠》，這四大老牌詩刊皆起於民間、自發而生，並未接受官方（或「在朝」）施捨或恩澤，也不曾衷心信奉過什麼文藝政策。反倒是它們公開發布的宣言或理念中，可以一窺借用「政策」以「自保」的手段。從紀弦在《現代詩》季刊第十三期所提「六大信條」之第六條為「愛國、反共。擁護自由與民主」，或洛夫在《創世紀》第五期倡議建立之「新民族詩型」說要「確立新詩的民族陣線；建立鋼鐵般的詩陣營；提攜青年詩人，澈底肅清赤色、黃色流毒」，在這些鏗鏘字句下，更多的是為新創刊物，也為詩人自身求個平安符，打開保護傘。

與這些老牌詩社、詩刊與詩人相較，「戰後世代」青年詩人更加體悟到自己就是真正能夠抗衡官方「在朝」力量的民間「在野」發聲。他們大多崛起於七〇年代，致力於重振民族文化，嘗試回歸鄉土與關照現實，創作上更趨向對民族性、社會性及世俗性的探索。由於在路線與訴求上跟前行代詩刊迥然有別，故我主張應將「戰後世代」青年詩人所創刊物命名為「新興詩刊」，以利辨識及區隔。[2]這類新興詩刊的誕生，有著特殊的時代背景。台灣走過七〇年代的外交困局（退出聯合國、台美斷交、台日斷交等）與內部變貌（政府推動十大建設、爆發美麗島事件等），在國族危機、民主衝擊與經濟發展的交互影響下，激發了振興傳統與省思自身的改革意識。此時的詩創作亦嘗試擺脫過往現代主義之晦澀風格，日趨靠向現實主義之明朗訴求。到了八〇年代，由於白領階級勃興、文教日漸普及，加上舉國朝向都市化發展與區域化集中，造就了人文情境的丕變與民

2 關於「戰後世代」青年詩人所創設之「新興詩刊」的探討，可參見楊宗翰：〈一九八〇年代台灣新興詩社／詩刊特質析論〉，收於楊宗翰：《破格：台灣現代詩評論集》（台北：五南，二〇二〇），頁三—三十。七〇年代部分，可參見楊宗翰：〈一九七〇年代台灣新興詩社／詩刊特質析論〉，收於楊宗翰主編：《交會的風雷：兩岸四地當代詩學論集》（台北：允晨，二〇一八），頁二五四—二八〇。

間社團的競起，亦對自由民主、生態保育、勞工安全、社區發展等重大議題皆勇敢提出主張（譬如隸屬行政院的「文化建設委員會」、民間自發的「消費者文教基金會」皆於此時成立）。而最關鍵的，無疑是一九八七年的解除戒嚴與一九八八年的開放報禁。戒嚴令在台灣省全境持續了三十八年又五十六天，在「前線」金門與馬祖更長達四十三年；報禁則將所有報紙限證為二十九家，每份限制三大張且限印於發行地點內。

值得注意的是：早於解除戒嚴與開放報禁之前，便可見到現代詩人積極以筆端或行動介入的痕跡。他們或直接參與黨外民主運動，或特意考掘三〇年代的中國新詩左翼系譜，或翻譯外國弱小民族作家代表性詩篇。在台灣社會劇烈變動的八〇年代，戰後世代詩人與其所辦的新興詩刊，其實一直都在，未曾缺席。以政治詩為例，彼時非文學刊物如《八十年代》、《關懷》、《暖流》、《夏潮論壇》或《台灣新文化》均登載過政治詩，文學刊物如《台灣文藝》也製作過政治詩專輯。而以詩或論勇敢挑戰言論尺度、涉入敏感議題的新興詩刊，如《陽光小集》第九期、《掌握》第十、十一期合刊及每一期的《春風》，也都遭受警備總部和新聞局的蠻橫查禁。最悲劇的一幕出現在一九八〇年：組織「神州詩社」及印行《神州詩刊》等多部出版品的靈魂人物溫瑞安、方娥眞，被執政當局指控「為匪宣傳」，遭逮捕後強制驅逐出境。儘管如此，新興詩刊作為民間重要的「在野」發聲，解除戒嚴或開放報禁之前、之後都未曾斷絕。

這些具備「在野」特質的新興詩刊，訴求多元，各有主張。其中具代表性者，至少可以依創設年分先後，舉出以下十家：《陽光小集》（一九七九）、《漢廣》（一九八二）、《春風》（一九八四）、《四度空間》（一九八五）、《詩評家》（一九八五）、《地平線》（一九八五）、《兩岸》（一九八六）、《新陸》（一九八七）、《薪火》（一九八七）與《曼陀羅》（一九八七）。各家「新興詩刊」面貌不一，譬如既有以特殊開本、燙金燙銀來面對商業市場的十期《曼陀羅》，也有大膽探索過往言論禁區、在戒嚴令末期還全數遭禁的四期《春風》。散發中產階級品味的《曼陀羅》，跟心懷社會改革使命的《春風》，雖然路徑殊異，在彼時台灣竟然能夠奇特地並存無礙。新興詩刊普遍樂於向外界溝通，並願對讀者及時代之需要積極回應，譬如《陽光小集》曾力推「詩與漫畫」或「詩與民歌」，《兩岸》也曾倡導「跨界詩」創作（如畫家李永平「用畫筆所寫的一首詩」或以〈廣告詩人王定國〉介紹小說家王定國所撰房地產廣告）。

貫穿這些詩刊的共通處，當屬願意直面當下、正視需求的「現實感」。現代詩至此逃離了極端晦澀或過度直白的末路，也不再總是形貌模糊、高高在上卻與「人」無關。從七〇年代起不斷冒現的各家「新興詩刊」，正面迎向台灣社會的改變與詩歌讀者的需求，並且能夠嘗試以不同形式或樣貌，來滿足這些改變及需求。可惜這些深具現實感的刊物，存續時間偏短，出刊頻率不定，導致其被關注或被討論之程度，遠不及龜壽鶴齡的《現代詩》、《藍星》、《創世紀》與《笠》四大老牌詩刊。這些新興詩刊與其「在野特質」，在解除戒嚴或開放報禁之前或之後，都曾努力以詩發聲、以論介入。一直要到「世紀末」與廿一世紀初，文學傳播環境驟變，紙本影響力消退，取而代之的是新崛起之詩網站、部落格或新聞台。「新興詩刊」自此從第一線退位，無須遺憾，實屬必然。

詩，是縱橫的凝結——不能遺忘的《縱橫詩刊》

《縱橫詩刊》由縱橫詩社發行，後者爲一個起源於大學、跨校際組織而成的文學團體。台灣戰後第一個大學詩社，是一九五一年由林曉峯創辦的「台大詩歌研究社」。該社社刊命名爲《青潮》，內容涵蓋新詩、舊詩、詞與詩論，一共出版了五期。五〇年代台大校園內還有「海洋詩社」，由香港「僑生」余玉書（本名余祥麟）創辦，一九五七年五月推出《海洋詩刊》創刊號。余玉書是在就讀台大中文系期間創辦「海洋詩社」與《海洋詩刊》，台北辦事處便設在「台北市新生南路三段台大第十一宿舍一二六室」。刊物雖小，志向卻大，連香港九龍與台灣彰化都各設了一個辦事處。六〇年代台灣校園出現了跨校性的「縱橫詩社」與「星座詩社」，它們與「海洋詩社」一樣，主要發起者多爲赴台念書的海外華僑學生。一九六三年成立的「星座」，主要成員如王潤華、林綠、翱翱（張錯）、黃德偉、陳慧樺（陳鵬翔）、淡瑩等，之後都在學術界任教並持續創作，讓「星座」維持了一定的影響力與知名度。[1]相較之下，早兩年創立的「縱橫」雖然同樣是跨校組織，今日留給世人的印象已經顯得模糊，被關注度也卻遠不及「星座」。

《縱橫詩刊》於一九六一年三月一日創刊，一九六二年十月二十五日停刊。版權頁載明了發行者縱橫詩

1 關於「星座」詩人、詩社與詩刊，可參見楊宗翰：〈拋出了地心吸力的詩人們：從《星座》看現代主義文學「小歷史」〉，收入楊宗翰：《異語：現代詩與文學史論》（台北：秀威經典，二〇一七），頁二四〇—二四三。

社的組織架構：社長李樹崑、副社長畢文澤、主編劉國全，另設有多位編委。出版地則設在「台北縣木柵鄉道南路永安巷二十八號」，隔著景美溪與政治大學相望。該刊至第六期「詩人節專號」後起改為季刊，一九六二年十月出版第七期後即告停刊。《縱橫詩刊》本為季刊，一九六二年六月六日又推出《縱橫詩葉》月刊之創號。《縱橫詩葉》編輯部設於台北永和，出版目的在「促進現代詩的明朗化，培養詩壇新血輪」，第一號刊載了秦松、許其正、彩羽、江聰平、劉延湘、綠蒂、王渝、張健、梁玉琼等人作品（可以由無數不少的社外人士，看出這份月刊的開放性格）。至於《縱橫詩刊》所奮鬥的目標及成員對現代詩的想法，從創刊號「代發刊詞」〈詩・是縱橫的凝結〉末段可以窺得：「自昨天與明天，歷史的和日報的成分混凝／北京人和原子爐無可分割的構圖雕刻了／李白的和杜甫的，藍波的與里爾克的神韻化合／於是更藝術的藝術，裝飾了沉默的東方。／坐上五月花號的詩帆船，朝著美的新宇宙／以永恆的出發，朝向金色的無窮盡／貫注哥倫布的眼神，結論——書本們的結論／詩・是縱橫的凝結」。此詩由劉國全執筆，既有蓄勢待發、準備前行的飽滿情緒，也有融合東西、連結古今的壯志豪情。將刊名取為「縱橫」，可能也帶有不偏向橫（的移植）或縱（的繼承）任何一方之意。

正因為起始於校園，這份刊物特別著重培養新詩人才，故特闢「朝陽」一欄，作為砥礪初學寫詩的青年朋友之園地。除了詩作，也見詩論，所錄重要文章有覃子豪〈詩的探險〉與〈關於傳統問題〉、張夢機〈試論詩的新舊融合〉、余光中〈論明朗〉、盧文敏〈回到內在感覺世界來！〉等。第三期由劉國全所寫，署名「本社」發表的〈作為中國的現代詩人〉更是一篇詩社與詩刊立場之宣言，內文提到：「技巧上注意語言文字的精確運用，創作上把握『抒情』與『知性』的並重，內容上應追求從現實生活體驗出來的人生觀和世界觀，我不反對詩人們繼續探索『新』與『變』，但『新』與『變』必須合乎邏輯，表達出中國文化與現實生活的特質」。第五期第一篇即為劉國全〈現代詩的明朗化〉，述及該刊「過去我們一直為純粹詩及現代藝術而努力，今天我們再提出『現代詩明朗化』的標誌，作為今後奮鬥的目標」。第六期再以「本社」名義發表〈從現代詩明朗化說起〉：「這三個月以來，我們已深獲到許多詩人正視這個問題，特別是各大中學生及社會青年，他們都公認『現代詩明朗化』是一條最正確的道路」、「所謂『現代詩明朗化』，並非指『五四』時代的口語化或通俗化，而是以現代技巧，將詩語言鑄鍊出具有現代精神與內容的作品，其給讀者的直覺是『意象分明，具體而眞實』，亦即詩人余光中所說的『深入淺出』」。《縱橫詩刊》與縱橫詩社同仁對校園外的現代詩方向之爭，顯然有其主張與立場。

縱橫的成員多爲赴台念書的海外華僑學生，刊物上也特闢「華僑詩選」一欄，專門刊登菲律賓、香港、馬來亞等地來稿。或許爲了追求國際化及展現跨國交流企圖，每期刊物上也列出四種貨幣的國外零售價（菲幣七角、港幣六角、叻幣四角、美金二角）。縱橫同仁的組成不但跨校，而且跨國，部分成員後來的發展又跟台灣本土緊緊相繫。譬如編輯委員江聰平生於越南、留學台灣，取得高雄師範大學國文系博士學位，後又留校至擔任教授兼系主任。當七〇年代省立高雄師範學院成立「風燈詩社」時，指導老師即爲當年的「僑生」江聰平，也算是取之於台灣，亦回饋給台灣了。藍采曾是《縱橫詩刊》編輯委員，亦是《星座詩刊》創刊號編者，後者代發刊詞〈詩的表現風格〉即出自其筆下。兩份同以「僑生」爲班底的跨校性文學團體及刊物，至此可見隱隱然之連結。

未滿兩年、僅出七期即夭折的《縱橫詩刊》，除了《縱橫詩葉》月刊外，也嘗試推出「縱橫詩叢」，以圖書出版來擴展影響。第一批預計推出五本：盧文敏《燃燒的荊棘》、藍采《六重奏》、劉國全《夜寐》、帆影《戰爭與女人》、黃懷雲《流雲的夢》。在第七期詩刊的詩叢預約廣告上寫道：「以上五本詩集，均爲作者精選其代表作之專集。每首詩皆明朗、準確，深入淺出，是現代詩明朗化之指路碑。」可惜這些原擬作爲示範的詩集，隨《縱橫詩刊》停刊而化成泡影、未及印行，終究沒能接受彼時讀者的檢驗。

批判現實、對話大眾與轉向本土——《陽光小集》的時代意義

「陽光小集」一九七九年七月成立於高雄市熱河一街三百九十號，十一月出版同名詩刊《陽光小集》第一期。創刊時共有八位同仁：向陽、張弓（張雪映）、李昌憲、沙穗、林野、陌上塵、莊錫釗、陳煌，後三位原為《綠地詩刊》成員。這是一份由高雄出發的詩刊，唯一一位台中以北的同仁向陽，當初也是因為在高雄當兵才有機緣加入。《陽光小集》跟同時期由戰後世代青年詩人所辦的刊物（如《綠地詩刊》、《主流詩刊》、《腳印詩刊》）一樣，都於第十三期告終；不同的是，它並非因經費不繼或反應不佳而停刊，亦非涉及政治而被禁。《陽光小集》會結束是由於同仁間的齟齬，在一邊傳言「被收買」和另一邊宣告「要收回」的相互猜疑氣氛下，它甚至沒有機會向讀者正式告別。

《陽光小集》創刊後數日，高雄發生震驚國人的美麗島事件。這個事件替一九七〇年代台灣劃下了悲傷流血的句點，也為八〇年代開啓了激盪人心的序幕。威權時代的高牆自此快速被推翻，籲求民主化的社會氣圍，讓台灣的新興詩刊深受影響並力求改變。存在於七〇年代末至八〇年代初的《陽光小集》，其發展歷程及階段轉型，頗能代表戰後世代青年詩人對社會氣氛變化的積極回應——值得注意的是，在政治訴求或本土意識之外，還關係到大眾品味與消費文化。

共計十三期的《陽光小集》，應可劃分為四個階段：

一、同仁詩刊時期

第一期（一九七九年十二月）至第二期（一九八〇年三月），刊登八位創設成員作品，主力成員爲陌上塵與莊錫釗，由陌上塵任社長並於高雄編印發行。

二、開放外稿時期

第三期（一九八〇年七月）至第四期（一九八〇年十月），由向陽擔任社長，陳煌擔任副社長，張雪映擔任主編。開放外部投稿，並自第四期後委由北部的德華出版社發行，社務中心也往北轉移。

三、改版雜誌時期

第五期（一九八一年三月）至第八期（一九八二年二月），首度改版，由原來的三十二開改爲二十五開，並自第六期起在封面加上「詩雜誌」三字。第八期時和笠詩社、藍星詩社、現代詩社組成亞洲現代詩人聯盟，並結合了《中國時報》跟《自立晚報》兩報之副刊，組成兩個副刊、四個詩刊的強盛陣容，可見《陽光小集》在詩壇的分量與代表性。

四、企劃編輯時期

第九期（一九八二年六月）至第十三期（一九八四年六月），正式登記爲「陽光小集詩雜誌社」發行，向陽任發行人。一版兩千本全部售完，竟導致《陽光小集》遭受密告而被政府取締了一期。其間過程，可見第十期社論〈惶恐的寵幸：爲陽光小集遭取締向讀者說明〉。此階段的詩雜誌強調批判力量與關切現實，每期之議題設定皆擲地有聲，諸如評選「十大詩人」、年度詩壇「十大事件」、民歌「十大爛歌」等，在在引人側目。

《陽光小集》之特殊性，可以從成員組織、議題帶領、本土轉向三個方面來觀察。在成員組織上，它迅速由創刊時的八人膨脹至四十五人，因為其中不只有詩人，還特意找到民歌手、畫家、攝影家、漫畫家加入（如鍾少蘭、韓正皓、葉佳修、簡上仁、陳朝寶、劉還月、謝春德、林文義等），成員結構可謂來自四面八方。《陽光小集》懷有讓現代詩與繪畫、攝影、美術、音樂結合之雄心，也勤於和詩壇以外各界對話，如自第六期起設立「漫畫家看詩壇」等坊間詩刊少見專欄。它躬自實踐文學之多媒體傳播路線，三屆「詩與民歌之夜」便先後在台灣藝術館、台北市實踐堂、台中市立文化中心舉行。一九八三年三月起還在台中市信義街開設書店「陽光小集書坊」，從單一雜誌出版發行，跨入了文史書籍銷售。

在議題帶領上，《陽光小集》在前述七〇、八〇年代之交的社會氣氛變化下，稟持著批判現實、對話大眾之態度，繳出相當精彩的成績單。舉其要者，如第五期「跳出好玩的窠臼——當前兒童詩的五大缺失」、第六期「得罪了詩人——每季詩評」、第七期「兩報副刊刊登什麼詩？」、第八期「談現代詩與民歌的結合」、第九期「一九八一年出版詩集評鑑」與「民歌十大爛歌選評」、第十期「誰是大詩人——青年詩人心目中的十大詩人」、第十一期「熱鬧非常，意義重大——一九八二年現代詩壇十大事件」、第十二期「新世代詩展：戰後的一代四十九家」到第十三期「政治詩專輯」。企劃之敏銳，選題之創新，不但直刺現代詩陳年流弊，也對八〇年代台灣逐漸顯露的消費文化及大眾品味有所反應，讓這份改版後的詩雜誌顯得與眾不同。

最後，在本土轉向上，《陽光小集》第一期封面詩為〈陽光季節——序詩〉，內有：「我們歡唱／我們歌誦／我們跳躍陽光的／草原上／沿著黃河的水，尋尋覓覓」、「我們要尋中國的根／要覓五千年的傳統」。到了第十期的社論〈在陽光下挺進：詩壇需要不純的詩雜誌〉，卻如此寫道：「我們寧可踏實地站在台灣這塊土地上，與人群共呼吸、共苦樂；寧可磊落地站在詩的開放的陽光下，種植各種花草、欣賞各種風景——我們不強調信條、主義，不立門派，不結詩社，不主張某種來自某時或某空的『繼承』或『移植』！」從中可見，《陽光小集》諸君經歷了文化認同的本土轉向，從遙想中國五千年浩蕩傳統，過渡到踏實地跟台灣土地及人群的同存共感。這點和《陽光小集》從封閉型同仁詩刊，到開放接受外稿，再轉型為多元化、「不純的」詩雜誌一樣，都呈現出一九七〇年代末、八〇年代初青年詩人對「轉向」的渴望，亦允為這份刊物所代表的時代意義。

走向文學編輯之道

隨著各大學因應時代變化與追求學用合一，「出版編輯」近年間在各家中文／台文／華文／語創系的課程設計上，或列爲選修，或進入學程，聘用具有豐富經驗的業師蒞校授課或公開演講亦漸成常態。一向敏感的產業界也不願落居學術界之後，由公會、協會、基金會陸續開辦人才培育班或編輯養成營，學員組成從高中生、圈內人到中高階社務主管都有，涵蓋廣泛，參與踴躍。位居第一線的出版社，挾《重版出來》、《羅曼史是別冊附錄》等話題日、韓劇威力之助，晚近亦印行了不少出版工作相關之書籍，唯仍以譯作比例佔絕對多數。這些或許不能讓人完全忘記，今日仍是一個出版形勢嚴峻的年代；但也可視爲黑暗降臨、徬徨時分的一盞盞燈火，至少避免讓想進入出版編輯界的新鮮人頹喪心智，後繼者迷失方向。

身爲文學人，就該談文學事。一個以出版編輯爲授課範圍之一的文學教師，值此時局，該如何做？在固守教室外，又能夠做什麼？所以筆者在二〇一九年十二月二十七日舉辦一場「文學、編輯與出版學術研討會」，邀請到各大學講授編輯課程、從事實際編務、策劃出版選題的學者專家，以演講、論文、座談三種形式，齊聚論學。二〇二〇年九月再以該次研討會爲基礎內容，出版《大編時代：文學、出版與編輯論》。[1]我主編此書時力求以學術書籍樣貌呈現，目的就在打破過往視出版編輯爲師徒經驗傳授，不具研究價值的偏見。書中特意彰顯多位台灣的文學編輯前輩，並冠以「大編」之名。我認爲這些「大編」的存在及事蹟，更能映照出今人酷

1 楊宗翰編：《大編時代：文學、出版與編輯論》（台北：秀威，二〇二〇）。

好自稱爲「小編」，是何其荒謬與諷刺之舉！滿街小編走，氣短志不高，能夠承擔起什麼大任呢？「大編」之所以爲大，是大在心態，大在視野，大在對編輯這份職業/志業的企圖與實踐。這類值得敬重的文學編輯爲數甚多，遍布於台灣各家報紙、雜誌、圖書乃至新媒體。他們未來必是吾人思考與建構當代編輯學時，無法繞過的研究對象及堪稱壯麗的文化風景。

若眞要走向文學編輯之道，僅靠上述這些顯然仍不足。因爲身在學院授課，偶至民間講學，筆者深切感受尚需更多可供備選之教材——這並非指完全沒有一部可用教材，僅以手邊所藏或市面所見，即可列出以下分類書單：

一、教科用書型

可選擇的出版編輯教科用書，不是種類不多，就是距今遙遠，已成台灣各校編輯課程面臨的一大困境。爲此教師甚至還可能不得不影印絕版多年的羅莉玲《編輯事典》或曾協泰編《書刊編輯出版實務》，其實書中內容與使用工具皆過於老舊，可藉助者只剩下觀念啓發。曾協泰此書當年爲港、台兩地同步發行，書中還不時可見港式用語。同樣來自香港的教材，還有余也魯《雜誌編輯學》，但問市距今逾四十載，恐怕比曾協泰所編那部離當代更遠。[2]翻譯書部分，較多人選用Jan V. White的三本書——《創意編輯》（*Editing by Design*）、《雜誌編輯》（*Designing for Magazine*）跟《設計編輯》（*Graphic Idea Notebook*）。[3]這三本都是美國密

2 羅莉玲：《編輯事典》（台北：大村，一九九一）；曾協泰編：《書刊編輯出版實務》（台北：台灣珠海，一九九三）；余也魯：《雜誌編輯學》（香港：海天書樓，一九八二）。

3 懷特（Jan V. White）著，沈怡譯：《創意編輯》（台北：美璟，一九九五）、沈怡譯：《雜誌編輯》（台北：美璟，

蘇里新聞學院研究所用書，其中尤以《創意編輯》最具口碑與影響。但除了翻譯書的語境跟舉例與台灣當下有別，必須知道其實這些是「舊書重印」，亦即爲一九八七年人間出版社絕版後的改版重出。人間版印行時封面上寫道：「第一本完整的圖文編輯解析」，這麼多年過去了，於今實有尋找更合宜授課教材之必要。

我認爲教科用書型出版物中，當以政治大學中文系張堂錡教授《編輯學實用教程——以報紙副刊爲中心》最爲合用。[4]因作者曾任職《中央日報》副刊，後又進入大學任教並開設編輯課程，確爲目前坊間最能兼具理論與實務的文藝編輯教材。唯書名本已明確標示「以報紙副刊爲中心」，故在其他類別如文藝雜誌上，僅能提供六頁篇幅（自九十三到九十九頁），只能期待作者擇日另行擴寫。

二、經驗傳承型

這類書籍常被講授文藝編輯的教師推薦閱讀或參考選用，本土例子相當之多，並可分爲圖書、副刊與雜誌三種。圖書部分，已退役離開職場前線的資深編輯周浩正，在台灣有《編輯道》，在對岸有《優秀編輯的四門必修課》與《如何提高編輯力》，所舉之例從遠流詹宏志到蘋果賈伯斯，且多以書信體形式分享個人出版經驗。[5]還在爾雅出版第一線、年逾八十的隱地（柯青華），所著之《出版圈圈夢》、《清晨的人：爾雅四十周年回憶散章》、《深夜的人：爾雅四十周年回憶續篇》、《一根線：從文壇因緣到出版的故事》等書，皆是以

一九九五）、許作淳譯：《設計編輯》（台北：美璟，一九九七）。

4 張堂錡：《編輯學實用教程——以報紙副刊為中心》（北縣：業強，二〇〇二）。

5 周浩正三書為：《編輯道》（台北：文經社，二〇〇六）、《優秀編輯的四門必修課》（北京：金城出版社，二〇〇八）、《如何提高編輯力》（北京：金城出版社，二〇一五）。

一介文學編輯人，回顧一路走來的出版因緣。[6]

文學副刊編輯部分，如孫如陵《副刊論：中央副刊實錄》、林黛嫚《推浪的人》跟宇文正《文字手藝人：一位副刊主編的知見苦樂》，三書是《中央日報》與《聯合報》副刊主編的經驗之談，當可一窺三人各自的文學副刊編輯心法。[7]至於雜誌編輯，前有封德屏《荊棘裡的亮光：「文訊」編輯檯的故事》與《我們種字，你收書：「文訊」編輯檯的故事2》；後有王聰威《編輯樣》與《編輯樣Ⅱ：會編雜誌，就會創意提案！》。[8]這些書都是兩位總編輯，分別在《文訊》、《聯合文學》上發表過的「雜誌編輯室報告」精選，從中可以讀到專題如何企劃、視覺怎麼設計、邀稿選稿秘訣等等重要資訊。另一本值得注意的雜誌編輯相關書籍，應爲黃威融《雜誌俱樂部，招生中！：抒情時代的感性編輯手記》。[9]作者曾任《小日子》等雜誌創刊總編輯，此書就不是編輯室報告精華摘錄，而是雜誌編輯心法的解說傳承，尤其可供學生在「新創雜誌」時作爲「自我定位」的參考座標（譬如書中提及，需要設定新雜誌的美術形式、封面主題和修辭手法）。曾任職於《30》、《今周刊》與《財訊》等多份雜誌的康文炳，所著之《一次搞懂標點符號》、《編輯七力（修訂

6 見隱地之《出版圈圈夢》（台北：爾雅，二〇一四）、《清晨的人：爾雅四十周年回憶散章》（台北：爾雅，二〇一五）、《深夜的人：爾雅四十周年回憶續篇》（台北：爾雅，二〇一五）、《一根線：從文壇因緣到出版的故事》（台北：爾雅，二〇二〇）。

7 孫如陵：《副刊論：中央副刊實錄》（台北：文史哲，二〇〇八）；林黛嫚：《推浪的人》（台北：木蘭文化，二〇一六）；宇文正：《文字手藝人：一位副刊主編的知見苦樂》（台北：有鹿，二〇一七）。

8 封德屏：《荊棘裡的亮光：「文訊」編輯檯的故事》（台北：爾雅，二〇一四）、《我們種字，你收書：「文訊」編輯檯的故事2》（台北：爾雅，二〇一九）；王聰威《編輯樣》（台北：聯經，二〇一四）、《編輯樣Ⅱ：會編雜誌，就會創意提案！》（新北：聯經，二〇二〇）。

9 黃威融：《雜誌俱樂部，招生中！：抒情時代的感性編輯手記》（台北：大塊文化，二〇一四）。

本）》、《回憶的敘事：一個編輯人的微筆記》也屬於經驗傳承，但其可貴之處在於不僅止於「老編雜憶」，而是以更具系統性的說明，足以增進學生在編輯技術層面的知能需求。[10]

三、體制觀察型

此類常與前述「經驗傳承型」混合，一時間頗不易辨別。對出版體制（或說體質，似無不可？）的診斷，最常被提及的當屬陳穎青《老貓學出版：編輯的技藝&二十年出版經驗完全彙整》與《老貓學數位PLUS》。[11]作者長期從事與觀察出版產業，視野跨越紙本，延伸至數位，頗能一新讀者視野。大雁出版基地創辦人蘇拾平從現象推回到本質，以產業經營面來觀照全局，繳出了《文化創意產業的思考技術——我的一百二十道出版經營練習題》，屬於對台灣出版體制的全面性反省。[12]類似的產業觀察尚有王乾任《出版產業大未來》、孟樊《台灣出版文化讀本》等，但大多都偏向短篇文章或專欄結集。此處還必須提到傅瑞德《一個人的出版史》。它是作者經營、參與、觀察數位出版十年後的產物，問世迄今雖又過十年，其中所論仍頗具參考價值。產業觀察部分尚有楊玲《爲什麼書賣這麼貴？：台灣出版行銷指南》，改編自其二〇〇九年國北教大語創系碩士論文（原題《台灣文學出版行銷策略》），故出版時書名雖拿掉「文學」兩字，內容跟例證仍全是

10 康文炳：《一次搞懂標點符號》（台北：允晨，二〇一八）、《編輯七力（修訂本）》（台北：允晨，二〇一九）、《回憶的敘事：一個編輯人的微筆記》（台北：允晨，二〇二〇）。

11 陳穎青：《老貓學出版：編輯的技藝&二十年出版經驗完全彙整》（台北：時報，二〇〇七）、《老貓學數位PLUS》（台北：貓頭鷹，二〇一〇）。

12 蘇拾平：《文化創意產業的思考技術——我的一百二十道出版經營練習題》（台北：如果，二〇〇七）。

台灣的文學出版。[13]

以上三類只是權宜之分，所列書單可供有志者閱讀與參考。坊間尚有一些相關著作，但我以爲其中多有「當代性貧弱」、「在地性匱缺」或「類別性不符」之病。雖不擬多提，但仍須解釋：所謂「當代性貧弱」指教材過時，主要是因爲出版時間太早，導致於今顯不合用。「在地性匱缺」則多涉及翻譯類書籍，雖可參閱但畢竟離台灣的出版情境太過遙遠，過往很受歡迎的鷲尾賢也《編輯力：從創意企劃到人際關係》、見城徹《編輯這種病——記那些折磨過我的大牌作家們》等皆在此列。至於早期編輯課程中頗多老師選用，Gerald Gross所編之《編輯人的世界》，全書內容固然豐富，但畢竟還是上個世紀的產物，在台灣也絕版多時了。對岸尚有二〇一九年由北京的十月文藝出版社印行之簡體版，譯者同樣是齊若蘭，推測繁、簡體當爲同一版本。[14]最後，「類別性不符」是指因屬開設在中文/台文/華文/語創系之課程，自應聚焦於「文學編輯」，以符合課程教學目標與學習對象設定。

綜上所述，今日台灣更需要一部兼具「當代性」、「在地性」與「類別相符」的合適教材，以啓發青年學子願意走向文學編輯之道。我就是帶著這樣的美好想像，架構起《話說文學編輯》一書的基礎骨幹，並邀請

---

13 王乾任：《出版產業大未來》（北縣：生活人文，二〇〇四）；孟樊：《台灣出版文化讀本》（台北：唐山，二〇〇七）；傅瑞德：《一個人的出版史》（台北：潑墨數位，二〇一三）；楊玲：《為什麼書賣這麼貴？：台灣出版行銷指南》（台北：新銳文創，二〇一二）。

14 鷲尾賢也著，陳寶蓮譯：《編輯力：從創意企劃到人際關係》（台北：先覺，二〇〇五）；見城徹著，邱振瑞譯：《編輯這種病——記那些折磨過我的大牌作家們》（台北：時報，二〇〇九）；葛羅斯（Gerald Gross）編，齊若蘭譯：《編輯人的世界》（台北：天下文化，一九九八）；格羅斯（Gerald Gross）編，齊若蘭譯：《編輯人的世界》（北京：北京十月文藝出版社，二〇一九）。

中壯世代編輯們共同填充其血肉。[15]全書分為三輯，分別為「編輯日常」、「職項認知」與「憶昔思今」。第一輯乃是從文學編輯的日常工作出發，再依照媒體各別屬性分類，遂邀得吳鈞堯談文學雜誌、陳逸華談文學圖書、孫梓評談文學副刊（董柏廷訪問）、蘇紹連談文學網站。他們每位在自己所屬的編輯工作領域已有多年經驗，對編務甘苦與心頭點滴，當能做出最誠摯、不矯飾的說明。第二輯則邀請六位現任編輯現身，以各自經驗來敘述工作上應該具備的職項認知。他們的身分涵蓋總編輯、書系主編、美術設計、接案外編、大學學報主編及專業經理人，所言確實可讓讀者認識到「編輯」兩字的裡裡外外、方方面面，但也都沒有超過「文學」的領域及範圍。第三輯「憶昔思今」為我特意安排，欲藉此向曾經黃金般耀眼、如今黯淡且乏力的報紙副刊致敬，也向仍堅守著工作崗位的現任編輯打氣。這是一個紙媒急遽衰退的年代，報紙及轄下的副刊受害尤深；但它並不是沒有過屬於自己的輝煌時刻——《中央副刊》主編梅新、《人間副刊》主編高信疆、《聯合副刊》主編瘂弦、《中華副刊》副刊主編蔡文甫等人，可以說是他們共同營構出上個世紀「大副刊時代」的繁花盛景。這幾位在職期間無不積極以編輯行為推動文運，介入社會，影響全民，堪稱是把文學編輯的角色做到最大，也把曾經的冷副刊變成了硝煙滾滾的熱戰場。紙上風雲已歇，笑傲江湖唱罷，但報紙仍在，副刊也仍在。或持守紙本，或兼營數位，日常編務還是需要有「人」繼續努力。作為《話說文學編輯》的主編，我很高興全書恰好結束在《人間副刊》現任主編盧美杏的這段話：「我並非中文或新聞系出身，只是從小將報社副刊編輯視為人生志業，並在這多年職業生涯裡樂在其中，把種種酸甜苦樂轉化為成長養分，如果你也跟我一樣，有一顆熱誠學習之心，樂於隱身幕後當一名編織者，那麼，你已掌握副刊編輯的入職密碼，打開副刊之門，來玩吧。」[16]——是的，來吧，歡迎走向文學編輯之道。

---

15 楊宗翰編：《話說文學編輯》（台北：秀威，二〇二二）。

16 同上書，頁二二一。

文學年鑑，所為何事？——以台灣為例

文學年鑑，所爲何事？廿年積累，有何反思？二〇一七年八月四日在台北市中山南路的國家圖書館一八八會議室，由國立台灣文學館主辦，國家圖書館合辦之「台灣文學年鑑二十」工作坊，先由中央研究院台灣史研究所檔案館王麗蕉主任以「從紙上到雲端，談史料蒐集建置與資料庫系統發展」爲題，分享了史料如何透過系統化整理與建置，逐步形成有效的資源。接下來的兩場座談，第一場以「台灣文學年鑑的過去、現代與未來」爲主題，張錦郎老師在細讀年鑑編纂之內容後提出指正；彭瑞金老師回憶起當年在靜宜大學承攬的編纂工作；李瑞騰老師強調工具書的重要性及自己的觀察；封德屏社長則以文訊雜誌社編纂四年的經驗，提出對日後《台灣文學年鑑》工作團隊的建言。四位前輩無私的經驗分享，對台灣文學館的年鑑編輯團隊確實提供許多啓發。第二場座談邀請到丁鳳珍、楊維仁、陳玉金、林肇豊四位曾參與年鑑「創作與研究概述」的撰稿者，分別從語言、文類、發展等不同的角度，提出對未來年鑑編寫工程的期許。

在一次與台文館林佩蓉組長的交談中，我提及《台灣文學年鑑》編纂工作與「台灣文學的建制化」關係密切，實在應該跟「台灣文學系所籌設」、「青年文學會議」等恰滿二十週年的「台文成長史」議題，獨立或一併開辦工作坊/研討會。沒想到行動派的她一直把此事放在心上，用最快的速度籌辦了八月四日這場工作坊。我除了心存感謝，也想藉此談談自己對台灣文學年鑑的幾點觀察，或許可供台灣以內/以外的讀者及研究者參考：

一、原本這場工作坊在我的想像中，應該是研討會的規模。那樣至少得在半年前先進行邀稿或開放投稿，從這裡去建構起「年鑑學」的可能性，甚至應該主動把把非台灣文學系所的學者，邀來會場一起討論。因爲在面對國家的歷史建構時，確實需要開放更多不同學術領域的人來討論，中國文學研究者、外國文學研究者都很歡迎。透過反覆激盪跟多方辯論，方能在「年鑑學」的體系看見台灣文學的位置及特殊性。國立台灣文學館作爲年鑑的編纂及出版機關，未來可以考慮策劃更大規模的學術研討會。這場工作坊是很好的開始，我建議不妨視爲《台灣文學年鑑》的新起點，也是在替年鑑編纂工作創造再出發的條件與環境。

二、台灣文學年鑑應該強化審稿機制。爲了能讓內容及體例符合年鑑的要求，建立審稿機制確有其必要性。雖然我知道越來越不容易邀請到撰稿者，但仍然必須堅持品質，對進來的稿件做初、複審。台文館的編輯部可以先進行初審，再請編委、顧問或者委外學者進行複審。如此一來整個作業時間勢將提前，但年鑑既是「國之大典」，審愼爲之方爲上策。

三、培養年輕一輩的撰寫者。建議優先考慮各校博士後研究員或專、兼任助理教授；審稿者則可以邀請正教授或副教授，專業判斷，匿名審查。我也建議日後應多召開分區工作會議，透過面對面討論，凝聚起對文學年鑑的想像；亦可藉此吸引跟培育新一代人才，讓關心台灣文學年鑑編纂者遍地開花、源源不絕。

四、雖然經過二十年，年鑑的體例似乎還不夠穩定，需要統一。這次的工作坊會議手冊裡收錄了歷來目次集，逐年比較便知有些文類的創作或研究概述並沒有刊登，有些在篇幅長短上有所差距。如何保持體例的穩定性，並設計出「備援方案」（譬如因撰稿者未能如期完成，整部二〇〇八年台灣文學年鑑竟獨缺新詩概述部分），這些都是日後台文館編輯部不能迴避的挑戰。容我再舉「美國對台灣文學的研究概述」爲例，其便呈現出高度的不穩定，讓人不明白爲什麼今年是美國，接下來卻變成歐美？譬如一九九六年本來沒有這一塊，到一九九七年才由應鳳凰執筆〈台灣文學研究在美國〉，一九九八年又沒了。一九九九年改由奚密撰寫〈近年美國的台灣文學研究〉，二〇〇〇年、二〇〇一年、二〇〇三年又空白了，只有二〇〇二年由柳書琴撰寫範疇有別的〈台灣文學會議在美國〉。二〇〇四年有杜國清〈台灣文學研究在美國〉，二〇〇五年空白，二〇〇六年改由卓立、杜國清、張季琳聯名合撰〈歐、美、日對台灣文學研究概述〉，通通攪拌在一起。二〇〇七年改稱〈境外對台灣文學的研究〉，由劉俊、王萬睿執筆；二〇〇八年又變成〈境外對台灣文學的研究概述〉，由陳信元、王萬睿、唐顥芸來寫。我很佩服劉俊教授的學術功力，但是這部由台灣出版的《台灣文學年鑑》竟要由中國大陸學者來負責，難道本地眞的找不到一個人選？

後來幾年的變化更是劇烈：二〇〇九年用「英美」，二〇一〇年用「歐美澳」，二〇一一年雖用「歐美」卻是倒過來的（張錦忠〈台灣對歐美文學研究概述〉），二〇一二年用「美加」，二〇一三年用「美國」；到二〇一四年都沒了，只有〈台灣文學外譯研究概述〉；二〇一五年又突然捨棄北美，改爲〈歐洲對台灣文學研究概述〉，執筆者人是在蘇黎世留學的利文祺。缺乏穩定，未見解釋；混亂至此，可有盡頭？倒像是文學年鑑在遷就執筆者，實在不宜。

五、文學年鑑是最好的文化外交。年鑑是在替國家做紀錄與保存，也是一國對外展示文學實力的最佳例證。以這個角度來看，目前雖然已建置了雲端資料庫，但紙本的文學年鑑印量上宜加不宜減。

六、跟大專院校一起合作，連結新一代讀者。目前文學年鑑的使用率還不高，但畢竟是累積了二十年的資料，藏有許多訊息可供探勘。台灣文學年鑑尤其需要爭取年輕讀者的關注，建議台文系所教師授課時可多引導學生利用年鑑的資料庫，甚至跟課程單元直接結合。期盼此舉能讓他們今日是年鑑的使用者，未來成爲年鑑的撰寫者。

雖然過了這麼多年，我對文學年鑑能否成「學」，仍然懷有熱情與期待。《台灣文學年鑑》的編纂本來就不只是台灣文學館「自己的事」——它是台灣的事，我們的事。而台灣畢竟積累了廿年（廿部）文學年鑑的編纂經驗，不也是到了可以跟其他華文創作區域乃至世界各國文學界，交流年鑑編纂工程心得、思考「文學年鑑學」生成建構之刻？

菲華文學中的台灣因子

菲律賓是離台灣最近的東南亞國家，但台灣讀者對菲華文學普遍感到陌生，心理距離遠遠大於地理距離。蕉風椰雨、南國情調、鄉愁主題……，這些對菲律賓華文文學的刻板印象，讓千島之國被台灣／中國簡化爲扁平他者（the other），談論其存在彷彿只是爲了證明自身（self）文學更優秀完整，是無可質疑的影響來源。本文不欲重蹈此種膚淺判斷之覆轍，而想探討菲華文學與台灣文學間的長久淵源及晚近互動，進而把台灣作家、作品視爲菲華文學構成中的「因子」。

菲華新文學始於上個世紀三〇年代，可上溯至一九三四年誕生的《天馬》與《海風》兩本華文新文學刊物。第一代菲華文學開拓者如杜若、亞薇、許芥子、林忠民、施穎洲皆已仙逝，但他們與台灣一向關係密切，作品集也多選擇在台北出版。杜若本名柯叔寶，創作文類以詩及散文爲主，一九四五年起開始在菲律賓《大中華日報》發表作品。杜若是早年菲華文藝運動健將，曾任「菲華文藝工作者聯合會」常務理事與《大中華日報》總編輯。他以本名積極參與政治及社會事務，曾任中華民國僑務委員會副委員長及立法委員。早期作品著重描寫海外華僑的愛國熱忱與抗日實況；後期則記述自己十二年間與病魔對抗，「五次斷腸、割胃、剖腦」的手術經過，俱見於《奮鬥人生》（一九八二）。亞薇本名蔡景福，曾主編《文聯》季刊、《劇與藝》半年刊、《菲華文藝年選》等。亞薇的創作文類涵蓋詩、散文、小說、劇本等，另曾編選多種選集，如《菲律賓華僑新詩選》、《菲律賓華僑散文選》等。《亞薇自選集》（一九八三）跟《柯叔寶自選集》（一九八五）一樣，皆由黎明文化公司於台北印行。許芥子是菲華資深報人，生於福建晉江，早年就讀廈門鼓浪嶼的英華書院，第二次世界大戰期間赴菲。他曾任「菲華文聯」常務理事、「菲華文藝協會」理事、《大中華日報》副刊主編，並擔任《公理報》及《聯合日報》專欄作家、社論主筆。許芥子與杜若兩人曾經合編菲華第一本文藝選集《鉤夢集》，但他自己的作品始終僅收錄於少數選集中。遺作後經整理爲一冊《椰島抒情》，二〇一二年與夫人枚稔《椰島隨筆》同時面世，兩者合稱爲《相印集》。[1]

筆名本予的林忠民，跟許芥子一樣都以新詩創作聞名。菲華文藝協會出版的菲華文藝運動六十年總選集《菲華文藝》中，便收錄了許芥子〈無題〉、〈戀歌〉、〈抒情篇〉、〈友情草〉，以及林忠民〈泱漭風雲〉、〈烈士碑〉、〈芳草夢〉、〈昏樹暝花〉等代表作。林忠民生前曾於台北出版《再生的蘭花》（二〇〇三），並自一九八八年起擔任「亞洲華文作家文藝基金會」董事長。該會自一九九三年起赴台北、上海、北京、雅加達、吉隆坡、馬尼拉等地，每年舉辦向老作家致敬的活動。對象從巴金、冰心、蘇雪林，到余光中、司馬中原、饒宗頤等二十多位華文名家。林忠民在《亞洲華文作家文藝基金會敬老紀念刊一九九二~二〇一一》的〈序〉中述及：「我們好比蒲公英，種籽飛墜南荒，近則散入巴石河岸，遠則飄落蒲公英畔；各覓沃土，各有機遇，分途繁殖。不約而同的只是第一代落葉歸根，第二代落地生根，第三代向下扎根。」可以得見他跟基金會成員多年來不辭勞苦、出錢出力，無非是想以敬老之舉，圓覓根之願。施穎洲是世界上任期最長的報社總編輯，也是全世界「筆齡」最久的專欄作家。但他一生最重要的文學成就，當屬翻譯詩作。一九六五年他的首部譯詩集《世界名詩選譯》在台北印行後，馬上成爲暢銷書。六〇年代至七〇年代間，《世界名詩選

1 《相印集》為一套兩冊之出版品，其一為許芥子：《相印集（上卷）椰島抒情》（台北：秀威，二〇一二），其二為李惠秀：《相印集（下卷）椰島隨筆》（台北：秀威，二〇一二）。

譯》、《古典名詩選譯》、《現代名詩選譯》三書先後問世（合稱《世界詩選》），涵蓋了二十多個國家的古今詩人及代表作三百首。[2]隨後他又翻譯了莎士比亞的一五四首十四行詩，是爲《莎翁聲籟》（一九七三）；進入廿一世紀，九歌出版社還再版其《中英對照讀唐詩宋詞》（二〇〇六）。早期台灣讀者要透過中文接觸西洋詩，施穎洲的翻譯堪稱頗具權威性及參考性之指標。

在冷戰對峙結構下，親美的菲律賓自然也（得）親台。故除了首批菲華文學開拓者多在台灣出書，第二、三代菲華作家在文藝創作上，很長一段時間都接受過台灣前輩作家指導。一九六〇年代起每逢學校暑假期間，都會舉辦「菲華青年文藝講習班」（後易名爲「菲華文教研習會」），由菲國聘請台灣作家渡海講學授課，覃子豪、紀弦、余光中、蓉子、司馬中原等都在其列。第一屆講習班中最年輕的學員和權當年才十五歲，迄今都還記得覃子豪的講課內容並受用無窮。六〇年代至七〇年代年初期，現代詩尤其受到青年作者的歡迎，由雲鶴等人創立的「自由詩社」遂成爲首個由菲華青年作家組織的文藝團體。一九六四年《劇與藝》在台北創刊，蘇子任發行人，亞薇任總編輯，許希哲任執行編輯，至一九七二年七月停刊前共出版十七期，算是菲華作家集體「逆寫」回台灣的重要案例。

一度生氣蓬勃的菲華文壇，在一九七二年九月總統馬可士（Ferdinand Marcos）宣布全國實施軍事戒嚴法（簡稱軍統）之後進入冬眠期。軍統時期所有報刊均被迫封閉，華文報中唯有《聯合日報》（一九七三年由《公理報》與《大中華日報》合併而成）獲准出版，但仍不得開闢文藝副刊。菲華的文藝愛好者只能改爲投稿至台港等地文學園地，施穎洲編《菲華小說選》（一九七七）與《菲華散文選》（一九七七）、鄭鴻善編選

2 《世界名詩選譯》（一九六五）、《古典名詩選譯》（一九六九）與《現代名詩選譯》（一九七一）三書皆由皇冠出版社在台北印行。

《菲華詩選全集》（一九七八）亦皆在台北印行。一九八一年馬可士宣布解除軍統，菲華文壇重獲新生，同年六月一日就有由《東方日報》重新改組的《世界日報》。甫創刊之《世界日報》開闢了由曉華主編的「文藝副刊」——這是菲華的文學愛好者，經歷軍統後首度讀到的純文學副刊。「軍統」與台灣的「戒嚴」性質接近，但台灣在戒嚴時期猶未完全禁止文藝報刊出版，不難想見「軍統」對菲華文藝的傷害之深。繼《世界日報》之後，《聯合日報》也接著開設「竹苑」副刊，由黃梅、蔡慶祝與吳勝聰負責編務。五、六〇年代成立的文藝團體如耕園、椰風、晨光、辛墾等，都開始恢復活動。「新潮文藝社」更毅然正式申請登記立案，成為軍統解除後，第一個獲得政府承認的菲華文藝團體。一九八六年二月二十五日，「人民力量」勝利，馬可士下台。台灣出版界開始重現菲華文學身影，遂有張香華主編之菲律賓華文詩選及作品選《玫瑰與坦克》（一九八六）、《茉莉花串》（一九八八）。其後菲華文學在台出版品一度斷絕，直到楊宗翰策劃主編之秀威資訊「菲律賓・華文風」書系，始於二〇〇九年五月許少滄小說集《椰城風雨》，終於二〇一二年五月和權詩集《回音是詩》，共計二十一部。涵蓋了小說、散文、新詩等不同文類的這個書系，正是要讓菲華文學直接面對讀者及市場的挑戰，期盼能藉此呈現菲華社會的發展縮影，用文學留下珍貴的過往記憶。

持平而論，新詩還是菲華文學中最有積累成果者，和權、月曲了、雲鶴、藍菱、謝馨作品尤為其中佼佼者。五位本為台灣各大、小詩選集裡常客，算是台灣文學界最熟悉的菲華詩人。兩位女性詩人中，藍菱是紀弦「現代派」盟友，她出生於馬尼拉並在菲國接受教育，後來雖赴美定居但菲律賓身分從未被遺忘。謝馨原該列為台灣詩人，本來是空中小姐的她嫁至菲律賓後，方提筆寫起有關本地生活的詩篇。同樣從台灣嫁至菲國並從事創作者，還有寫散文的陳若莉（筆名九華）、李文衡（筆名欣荷），以及「千島詩社」成員、兼營詩與散文的張琪（筆名張靈）。

但台、菲之間的淵源及互動，當然不是只有兩地婚姻跟作品出版可談，否則作為「因子」也未免太過薄弱。晚近十年有了來自台灣的「僑教替代役」，竟也意外促成台菲的文學連結。二〇〇七年起內政部徵召役男至海外的華文學校教中文，每年約有十至二十位不等、中文系或華語系畢業的替代役男，赴菲律賓擔任教學工作。華裔人口僅佔菲律賓總人口不到2%，全菲卻有超過一百三十所被政府教育體系列爲正規學校之機構，每週可從事不超過六百分鐘的華語文教學。這些學校的學制從幼稚園到大學校院皆有，但一般學生縱使學了十三年（幼稚園三年、小學六年、中學四年）華語，程度依然有待加強。才服務一學年便需離菲返台的役男們，在教學上通常挫折多於成就。與台灣僑教替代役制度相抗衡的中國大陸「志願者」，每年約有兩百人以上赴菲並有部分選擇長期任教，實際成效遠高於台灣。

但台灣役男中不乏深具實力的七年級青年作家，此點則爲中國志願者所無。他們在台灣時就從事寫作，一年菲國替代役生活諸貌，更點滴化爲書寫靈感泉源。譬如陳栢青以〈內褲旅行中〉獲得二〇一四年時報文學獎散文首獎，文集《Mr. Adult 大人先生》（二〇一六）也收錄多篇在菲生活之奇想見聞。連明偉則以〈番茄街游擊戰〉榮獲台積電文學賞，同名小說集《番茄街游擊戰》（二〇一五）藉人類學考察成果呈現菲律賓異域文化，嘗試構築出移民遷徙之歷史景象。在台灣讀者眼中不可思議的魔幻寫實，或許只是颱風災患過後的菲國日常，更可能是這些役男們的生活實景。只服役一年的替代役老師們在教學上可提成果不多，倒是在創作上頗有收穫。但華語教學畢竟才是他們的「正職」工作，將之書寫成冊者有樂大維《當兵當到菲律賓：華語教師的菜鳥日記》（二〇一二）、賴小馬《阿彌陀佛，老師好：一位華語教師的菲常體驗》（二〇一三）等，學術論文則有黃一軒《華族認同影響下的菲律賓華語教學》（二〇一四）等。

近來裁撤僑委會之呼聲甚高，已滿十年之僑教替代役恐受影響，未來命運無人可知。二〇一一年起，台灣還派出華語文教學實習教師進入菲國華校擔任教學工作，與替代役同樣成爲部分華校重要師資來源，但其教學是否符合當地需求亦不無疑問。更重要的是，注音與繁體在菲國已漸被拼音跟簡體取代，僑社組織及媒體結構亦更替不只一回。台灣政府想藉「輸出」語文教育展現自身影響力，目的十分明顯，但請恕我看不出成功的可能。推展僑教替代役赴菲已逾十年，數來最有收穫的恐怕不是華教，而是文學。但這次不是由台灣「輸出」文學，而是台灣作者有機緣赴菲生活一年，體會兩地異同，思忖書寫可能。可以追索到的台灣赴菲前賢，至少還有一九四三年被日人派去擔任《大阪每日新聞部》特派員及馬尼拉新聞社《華僑日報》編輯次長的葉榮鐘，還有現已漸被年輕讀者淡忘的小說家張放（曾任菲律賓南部三寶顏中華中學校長），甚至中學前隨從商父親在馬尼拉讀書的詩人鴻鴻。他們在菲律賓待的時間都不長，但跟這十年間替代役青年作者一樣，都應該被視爲菲華文學構成中的「台灣因子」。

故事如何開始——菲華新詩與台灣現代文學

自二〇一六年行政院「新南向政策推動計畫」正式啓動迄今，政府各相關部會從「經貿合作」、「人才交流」、「資源共享」與「區域鏈結」四面向著手，設定各階段管考目標，務求如期如質完成，盼能達到與東協、南亞及紐澳等國家，創造互利共贏的新合作模式。這個最終冀望能夠建立起「經濟共同體意識」的「新南向」政策，其實對文學、文教與文化界亦頗有影響。它讓更多人思考該怎麼認識鄰國、「再現『南方』」，能否於他國推動台灣連結（Taiwan Connection），甚至進一步想像台灣如何和「南方」建立起「文化共同體意識」？

此處無意檢討新南向政策推動後之利弊得失或執行評價，而是想談地理位置距離台灣最近的東南亞鄰國菲律賓，在詩此一文類上的「台灣連結」。菲華新詩自有其傳統、繼承與新變，其中規模最大者當屬一九八五年情人節由十位菲華詩人創立，今日仍然十分活躍的菲律賓「千島詩社」。台灣讀者對菲華詩人不至於完全陌生，因爲《文訊》曾經兩度企劃、刊行菲律賓華文文學專題：第一次是《文訊》第二十四期（一九八六年六月）由李瑞騰企劃組稿的「菲律賓華文文學」；第二次是《文訊》第二八四期（二〇〇九年六月）由楊宗翰企劃組稿之「椰子樹下的低語——菲華文學風雲路」。另外，自二〇〇九年五月起由楊宗翰主編、秀威資訊出版的「菲律賓・華文風」叢書，全書系逾二十部，文類涵蓋新詩、小說、散文、評論，也可供本地讀者以文學作品認識菲華風貌。在這些今日輕易可見的資訊外，本文想談的是菲華新詩更早的「台灣連結」，盼能提供台菲兩地之間「故事究竟如何開始」的線索及脈絡。

若欲理解此一緣起之處，我以爲還是要回到中華民國四十六年五月四日出版的《菲律濱華僑新詩選集》。此書選錄了十四位詩人創作的六十四首詩，版權頁載明：「編輯：亞薇／發行人：陳國全／出版：第一出版公司／印刷：新疆印務公司／總經售：華僑圖書公司」以及「定價菲幣二元」等資訊。本名蔡景福的亞薇在《菲律濱華僑新詩選集》序文中提及：「編者雖然不敢說這就是菲律濱華僑新詩的代表作，但是光復以來的十二年中，這十四位詩人發表在各報刊上的詩，卻曾在一向沉寂的旅菲華僑文藝園地裡，起了相當大的啓發激勵作用。」本書雖在菲律賓馬尼拉印製，稿源出自本地報刊，但從編選體例到書籍樣貌都與一九五〇年代台灣的詩選十分類似。所錄十四人，從芥子（本名許浩然）到梅津（本名王謀成），可說一次聚集了菲華彼時最重要的新詩作者。他們之中學問及名氣最大的應是邢光祖，但新詩創作之於他算是「往事」，故《菲律濱華僑新詩選集》收錄的是邢光祖二十年前作品（經修正後發表在馬尼拉華報上）。他曾任中央通訊社馬尼拉分社編輯主任，一九四八年底赴菲律賓任《大中華日報》總編輯兼總主筆、馬尼拉英文《自由中國雜誌》月刊主編等職。之後人生又一轉折，一九六八年邢光祖來台後擔任教職，創設了政治作戰學校外文系、中國文化大學中文系文藝組，後任中國文化大學西洋文學研究所所長兼英文系主任。

杜若及亞薇都曾在台灣的軍系出版社「黎明文化」中以作品現身，即《杜若自選集》和《亞薇自選集》。本名柯叔寶的杜若，後來主要直接參加了社會政治工作，而於文藝上的表現漸淡；但《菲律濱華僑新詩選》編者亞薇不然，他曾任報刊主筆、總編輯、中學教師、校長、大學教授、僑團理事長、祕書長、世華銀行董事會祕書，更曾主編《文聯》季刊、《劇與藝》半年刊、《菲華文藝年選》、僑報副刊等。一九六四年至一九七二年間發行、平均厚達五百頁的《劇與藝》半年刊，由蘇子任發行人、亞薇任總編輯、許希哲任執行編輯，對戰後台灣戲劇發展尤具推動之功。《亞薇自選集》整理與收錄了這位編輯人自己的創作成果。芥子及本予也是菲華文壇的重要推手，本名許浩然的芥子，曾與杜若合編《大中華日報》「長城」副刊，組織「默社」，逝世後與妻子在台出版兩人合著之《相映集》。本名林忠民的本予，在早年的文學創作之外，後又組織並擔任亞洲華文作家文藝基金會董事長，長期從事各地華文文學界「敬老」壯舉，且同樣曾在台灣出版過一部文集《再生的蘭花》。除了以上五位，值得注意的還有全書唯一的女詩人綠石（姓蕭，原籍北平）與最年輕的詩人龔霙（本名龔漢民）。

第二次世界大戰期間被日本佔領的菲律賓，在戰後的一九四六年獨立；但在獨立前就已有菲華作家的藝文活動，如一九三三年成立「黑影文藝社」，或一九三四年創辦之《天馬》文藝月刊。戰後第一本菲華文藝青年合集，是一九四七年於上海出版的《鈎夢集》，由杜若（柯叔寶）、芥子（許榮均）合編，收入杜若、芥子、亞薇等十八位作者的文學作品一百四十四篇。據已故詩人雲鶴〈菲華新詩史料〉一文記載，菲華作家中最早發表新詩作品者爲許冬橋。他自己收藏的華文詩集裡，最早的一本就是許冬橋的《船》，一九五七年由喜禾出版社印行。而雲鶴個人蒐集的華文詩選，年代最早者爲一九五一年一月由柯叔寶、施穎洲合編，長城出版社印行的《海》。此書共收錄十三人、二十七首詩，另有施穎洲與施秀英兩人譯詩七首。

總的來說，《菲律濱華僑新詩選集》收錄了跨越二戰前後之本地中文新詩代表性作者，展現出彼時菲華新詩特質及其所受外來影響。抒情與歌詠，仍是彼時詩作最明確的訴求；外來影響雖主要源於台灣，但西方的現代主義浪潮仍離菲尙遠，未見晦澀競奇之作。何以如此？我推測應與「菲律賓華僑青年暑期文藝講習班」分別於一九六二年、一九六三年邀請覃子豪、紀弦赴菲講學，受其影響的學生如莊垂明、月曲了，已比《菲律濱華僑新詩選集》所錄作者晚了一輩有關。這部詩選出版於一九五七年，其中作品雖未見現代主義之端倪，但畢竟是菲華新詩壇最早的「台灣連結」，也可供吾人反思（相對於中國大陸及台灣的）「雙重南方」下，竟曾有過如此勃發的「文化共同體意識」。

輯三

書與人的對話

他們在副刊寫作——瘂弦編《聯副三十年文學大系》

在綠茶香氣縈繞的「紫藤廬」撫摸著《聯副三十年文學大系》朱紅封面，當年編委會執行總編輯瘂弦笑著說道：「如果把這套書做成被單，蓋在身上一定非常溫暖。」這套一九八一年起問世、共二十八冊的大系，無論氣勢或內容，在副刊史上絕對是「空前」——以現今台灣報業的低迷景氣，恐怕也會不幸成為「絕後」。1一九二三年《申報》為慶祝五十週年，曾出版紀念特刊《最近之五十年》，但其中文學的分量不重。至於彼時三大副刊：上海《時事新報》的「學燈」（張東蓀、宗白華主編）、上海《民國日報》的「覺悟」（邵力子主編）、北平《晨報》的「晨報副鐫」（孫伏園主編），雖皆以文學藝術為主且影響遍及全中國，也不曾編印過「大系」之類書籍。所謂「大系」應源於日本語，中文意涵即為「集成」。華文世界最早的現代文學大系，允為由趙家璧主編，一九三五年到一九三六年間由上海良友圖書印刷公司出版的《中國新文學大系》。全書共分為十卷，分別委由胡適、鄭振鐸、茅盾、魯迅、鄭伯奇、周作人、郁達夫、朱自清、洪深、阿英編選，並邀得蔡元培撰寫總序。這套大系在史料、論爭、理論部分選錄近兩百篇文章，創作部分則收錄小說八十一家的一百五十三篇作品，散文三十三家的二百零二篇作品，新詩五十九家的四百四十一首詩作，話劇十八家的十八

1 一九五一年九月十六日，《全民日報》、《民族報》、《經濟時報》合併發行聯合版；至一九五七年六月二十日，才正式定名「聯合報」。一九八一年適逢《聯合報》創刊滿三十週年，作為慶祝活動之一，乃有此套《聯副三十年文學大系》的編輯出版。

個劇本。

若從歷史與地域的角度來思考，決定出版《聯副三十年文學大系》絕對是一項極其大膽的決定。全套二十八冊中，涵蓋小說八冊，散文七冊，詩兩冊，評論七冊，史料一冊，總目二冊，索引一冊。每冊平均厚達七百頁，總字數約一千五百萬，規模已超過《中國新文學大系》。編選工作花了整整兩年時間才告完成，瘂弦在訪談時還清楚記得，出版酒會舉辦於一九八二年九月十七日，且大系竣工後「我的頭髮都開始白了」——而那時他才在主編位子上任職四年餘。《聯合報》董事長王惕吾對大系預算一再增加，全力支持，後來還在酒會上發下豪語：「以後將考慮十年編選一次。」報社派張作錦擔任出版總策劃，瘂弦則以執行總編輯身分籌組團隊。日後聯副的新興骨幹，都是引自當年負責大系的那批年輕編輯。譬如瘂弦在聯副的接班人陳義芝，原來是一九七二年文藝營中詩歌競賽的獲獎學員。後來他受瘂弦邀請進入《聯合報》，先是參加大系編務，後來改為專任，成為共事十六年半之久的工作伙伴。陳義芝在《聯合報》前後共服務二十五年，比瘂弦還多了四年。他與聯副編輯部的緣分，便是肇始於這套文學大系。瘂弦坦承當時因為還年輕，自己跟伙伴「都找最難的工作來作」。以大系為名，可能「有點狂妄」，但他也略顯得意地說：「副刊竟然有文學大系，梁實秋認為：『史無前例』。我可敬的對手高信疆也沒有做出來。」

瘂弦認為《聯副三十年文學大系》有四項特色：延續報紙的生命、彰顯前人的業績、提高批評的層次、確立典範的位置。其中所謂「前人的業績」，就是歷任主編與作者群的貢獻。大系史料卷《風雲三十年》就邀得林海音、平鑫濤、馬各跟瘂弦自己各撰寫一萬字的回憶錄。瘂弦提及，交棒給自己的前任主編馬各任期最短卻功不可沒，在位一年多時間便把聯合報小說獎辦得有聲有色，也增加了許多專欄與活動。比較可惜的是，遍尋不著首任主編沈仲豪的生平資料與照片，當然更無法向他邀稿談聯副過往。

瘂弦在這篇主編回憶錄〈還不是回憶的時候〉中說，一九七七年他在鄉土文學論戰最火熱之刻離美返台接編聯副。當時彭歌〈不談人性，何有文學〉、余光中〈狼來了〉、王拓〈擁抱健康的大地〉皆已在聯副發表，爲了結束這場討論的混亂與偏離，瘂弦在聯副工作上所發的第一篇稿，就是十一月一日編輯設計以「冷靜公正的態度來討論『鄉土文學』，避免使此一論戰陷入情緒化的泥沼」。次年起聯副開始論戰後文壇的復原工作，元月分「一年來的我國文壇」以公正的文學觀點來肯定前此台灣作家的成績，這也是瘂弦在聯副經手設計的第一個專輯。瘂弦對鄉土文學及本土前輩作家的關懷，在一九七八年、一九八〇年聯副主動策劃的兩次「光復前台灣文學作家」座談會中可見一斑。以首次座談會爲例，親自出席的有王詩琅、王昶雄、杜聰明、郭秋生、郭水潭、黃得時、楊雲萍、楊逵、廖漢臣、劉捷、龍瑛宗、巫永福、陳火泉，陳逢源和葉石濤則是提供書面意見。據當時參與策劃的黃武忠回憶，這是光復以後台灣籍作家的第一次文學聚會。第二次座談會則選在七月二日、三天前才正式歸還中華民國政府的淡水紅毛城舉行，瘂弦與台籍資深作家黃得時、廖漢臣、龍瑛宗、郭水潭、王昶雄在城內樓梯間，留下了十分珍貴的合影。同年瘂弦開始率聯副同仁分別拜訪光復前台灣文學作家，敬贈金牌一面以表彰其成就（講到這件往事，他有點不好意思地透露：「說是金牌，其實是銅作的」）。這些照片都被選入大系史料卷《風雲三十年》，足證他對本土前輩作家的重視，也是對「聯副不支持鄉土文學」這類論調的有力反擊。

規劃「寶刀集」又是一例證。王昶雄在第二次座談會晚宴上激動地說：「我們是過去時代的人物，很多年不寫東西了，也不打算再寫了，自覺已經變成一堆已燃燒過的灰燼，但是經過你們（指聯副）的鼓勵，發現灰燼下竟還有火種在，我們還沒有燃燒透，我們要繼續燃燒，我們要全燃燒！」瘂弦當場就提出「寶刀集」專題企劃，乃取「寶刀未老」之意。寶刀們當時都已年過古稀，這些「全燃燒」之作一九八一年結集出版爲《寶刀集：光復前台灣作家作品集》，開啓了聯副往後與本土藝文界的更多連結。[2]

爲了讓這套大系內外皆美，著實費了一番苦心。就內而論，體例是以張若英（阿英）編《中國新文學運動史資料》爲參考：編目索引則比照他自己一九七四年替幼獅編的《幼獅文藝二十年目錄索引》。從外而觀，開本就經過多次的研究討論，最後選擇二十五開本歐洲長型版式，瘂弦說這樣貌「看起來比較修長與秀氣」；封面邀得瘂弦夫人好友、書法家董陽孜題字，請她以不同字體，替大系各個文類分別題字，饒富創意與巧思。內外齊備的同時，編選凡遇疑處，必請教兩位顧問來諮詢：一是中國文學史料專家秦賢次，一是西洋文學專家鄭樹森。瘂弦一向對序與跋相當重視，二〇〇四年便曾以自己撰寫的序跋文章爲主體，出版兩冊《聚繖花序》。大系的總序由他和沈謙兩人合撰，其他幾個文類的序則多由他親自執筆。在各卷序言中，不時閃現他的考量周密與編輯創意。譬如詩卷序就論及，原本想採用上海良友版《大系》詩卷的兩欄形式排列，後來考慮到美觀，在接近成書階段又改爲一欄，導致一冊詩卷擴大爲一、二兩本。所以聯副這套大系雖然編號是一到二十七（冊），其實總共有二十八本。又或者像史料卷序言，瘂弦彷彿在跟讀者說明，聯副正進行或構想著哪些實驗：傳眞文學、新聞詩、極短篇、錄音投稿……。無論實驗是否成功，瘂弦與聯副都堅持：「副刊是純文藝的，同時也具有積極參與、社會寫實與掌握新聞脈動的精神」。而大系中的史料卷就是想以各種方式，「顯示三十年來副刊編輯觀念的流變」。

翻閱總目卷跟索引卷，尤能感受到大系編選工程之浩大繁瑣。爲副刊製作目錄，不論國內外皆屬創舉，自無前例可供參照。總目卷前後投注了二十餘位工作人員的心力，採取編年體，援用目錄學方法，逐日、逐月、逐年翻閱報紙與抄錄資料，最後做成一張張卡片。聯副自一九五一年九月十六日創刊，迄一九八一年六月三十

2 聯合報編輯部編：《寶刀集：光復前台灣作家作品集》（台北：聯合報社，一九八一）。

日，所刊載文章的篇目計四二七六七篇。工作人員爲謹愼從事，光是總目卷的校對工作就多達五次，每校對一次就等於重新校訂。編輯團隊再根據總目卷這四萬多筆資料，共整理出七六九三位作家之索引。在那個全報社內沒有一部電腦的文學手工年代，從整理卡片、數筆畫、排筆順、抄稿、登錄頁碼到校對，僅作家索引部分就整整花了三個人半年的工作天。索引卷編輯後記便提到：聯副全部作家共七六九三位，平均得爲每個作家翻查總目卷三年的資料。每一年的總目若以三十頁計算，就等於得翻閱七十萬次！在素樸枯燥的外貌下，大系之總目跟索引就是透過這層層功夫，讓後起讀者有機會一窺文壇寫作風氣的變化，與新舊作家交替的軌跡。

若要問對這套大系還有什麼遺憾，瘂弦說：一是未能順利收錄張愛玲的作品，二是雖然每卷前面都放了照片，卻沒有辦法放上插圖。在超過二十年的《聯合報》工作期間，他同樣也有兩項未盡之志：一是想在聯副上作「兩岸的歷史回顧」，可惜沒能成功；二是曾建議設立《聯合報》報史館，兩三年後再發展爲「世界中文報紙史料館」——不幸皆未能如願，最後老機器都摔掉了，錯失保留下來的良機。人生畢竟難有圓滿，就像瘂弦雖然不再寫詩，但他的生活實在也未曾離開過詩——他以詩歌研究者身分蒐集五四以來新詩史料，在《創世紀》上開闢「中國新詩史料掇英」專欄，介紹劉半農、朱湘、戴望舒、辛笛、綠原等詩人詩作。他也充分利用了自己的編輯力與史料癖，獨力編寫一八九四至一九四九年的中國新詩年表，並將這些成果都納入《中國新詩研究》一書中。[3]發表此書中談李金髮的篇章後，瘂弦曾多方打聽，終於在一個朋友處得到了「詩怪」十五年前舊址並開始通信。料應是被他的誠意所感動，隱居紐約長島的李金髮一九七四年同意以書面訪問方式，回覆了瘂弦提出的二十個問題。可以肯定的是，這是「詩怪」最後一次接受訪問——李金髮還說，瘂弦是他最後的一位文藝界朋友。

---

[3] 瘂弦：《中國新詩研究》（台北：洪範，一九八一）。

從這件發生在瘂弦進入聯副前的往事，便能看出這位編輯人的特質及魅力。瘂弦領導下的聯副團隊，對作家所需，事無大小，知之甚詳。譬如聯副同仁不但連張愛玲喜歡吃什麼罐頭都知道，也曾特意購買陳之藩最喜愛的窩窩頭，再空運到他居住處。聯副同仁不僅要替作家提供更好的寫作條件或環境，也勇於突破創新，力求讓文學作品的生命更爲延展擴張。後者像是與漢聲電台合作廣播劇，以「白天看聯副，晚上聽聯副」爲號召，主編瘂弦自己還曾擔綱，以聲音演出曹操一角。

作爲一名副刊編輯，瘂弦的企劃創意尤爲可敬，開先河者多不勝數。爲了讓更多人能夠參與副刊，他率先提出「全民寫作」企劃，讓文學愛好者有機會「一句話也能上聯副」。爲了讓聯副作品的生命得以延續，除了這套《聯副三十年文學大系》，瘂弦也是歷屆主編中，任內出版叢書數量最多的一位。更不用說他倡議「副刊學」、籌辦「世界中文報紙副刊學術研討會」，把副刊提高到學問的層次，這在華文傳媒世界也是首創。[4]瘂弦不喜歡別人說編輯是爲人作嫁衣裳，他認爲編輯是一項事業，簡直就是一項志業或偉業。他雖因此在文學創作上耽擱了，後半生卻把所有用心和力氣都花在編輯志業上。證諸華文報業史，可以說是瘂弦率領團隊把聯副做「大」了，而《聯副三十年文學大系》的存在，便是他編輯志業的重要成果展示。

4 瘂弦、陳義芝編：《世界中文報紙副刊學綜論》（台北：行政院文建會，一九九七）。

十年磨劍，教皇歸來——羅智成詩集《透明鳥》

同事尊稱他羅社長、文青暱稱他羅教皇、熟人逕稱他羅某……（好像沒人記得他另外兩個筆名成蕪、楚天闊？）。羅智成的二〇一二，依舊非常精彩：十年磨一劍的《透明鳥》於春天印行，《寶寶之書》於夏天再版，《光之書》於秋天重出；冬日將屆，又傳來獲選爲《聯合文學》年度作家的消息。這位「四年級大作家／大玩家」出身媒體，二〇一二年卻在媒體諸君意料之外，「閃辭」中央社社長一職。江湖開始謠傳：繼台北市新聞處處長、香港光華新聞中心主任後，離開松江路辦公室的羅某終於要重返人間了嗎？還有，這個超級大玩家下一步究竟要做什麼？

羅智成曾不只一次表示，他對當今媒體發展的生態感到「駭異莫名」。媒體已內化成人們的「第六官能」，衍生爲社會上最大的教育機制——但媒體自己並不知道。當羅智成重返人間／民間時，他將怎麼「玩」媒體？在其中，詩又會扮演什麼角色？

直面《畫冊》：創作的初心與起點

過去有這麼一則文壇傳說：一身黑衣的羅智成身分多變，開名車、重享樂、娶嬌妻，更讓人妒忌的是，連寫作時間也永遠比別人多！傳說的眞實性難以驗證，但可以確定他是創意十足的老師（在全台各大學教書多年）、愛護子女的老爸（永遠把孩子放第一），以及永遠不老的教皇。從早期的鬼雨書院院長，到後來詩之密教教皇，乃至幾度出入官場及媒體，他的創作環境充滿了無數美好夢想與奇特點子，難怪沒有時間去變老！相較於「晚輩」五年級作家對時局的焦慮感嘆，羅智成很能代表四年級創作者，最從容不迫、高度自信的一面。他耽溺於不斷尋找「下一件」好玩的事，完全承認自己兼具理想及享樂主義者性格；但同時堅決否認，創作僅是毫不保留、漫無節制的空想。對他來說，詩是現實感下的產物，寫詩「才可以正式地想事情」，是「大腦及理性的高度運用」。

在一九七五年四月自印出版的《畫冊》裡，羅智成一筆一畫，以詩句、手札及素描呈現出自己視域中的「世界」形象。這部五、六、七年級讀者，在文藝青年階段都曾口耳相傳的夢幻佚品，卻被創作時仍爲高中生的詩人斥爲「像是我日後創作生涯一部不知剪裁的草圖」。在教皇眾多著作中，《畫冊》爲何注定成爲作者最不願意再版、無法直面的少作？其實《畫冊》跟《泥炭紀》（一九八九）創作時間相近，書中主體多寫於就讀師大附中時期，在在可見其早慧善感。從古典元素到現代玄思，《畫冊》委實乘載太雜、負擔太重，也跟作者日後一書一主題的企劃理念相背離——這倒情有可原，誰知道處女作會不會正是最後一本出版品？對《畫冊》的不滿意，也符合詩人向來追求完美的個性：原來囿於年齡與經驗，它竟是羅智成所有詩集中，唯一一部進廠後沒有辦法親自盯到底的例外。

於是，台大哲學系畢業前後誕生的《光之書》（一九七九），便成爲「那些少作中我還有勇氣再版的」最早一部作品。在二〇一二年新版《光之書》自序中，他坦承：「雖然每次再版時內心總是躊躇不安——它的初版幾乎是帶著同樣的天眞，以和《畫冊》一樣的手工方式完成的」、「在這次的再版中，我重溫了早年創作的困惑、喜悅與難題，重新認識了年輕時的自己。……也再次確認《光之書》是我最具個人特質、最不可替代的創作體驗。」[1]若說他的創作有受到哲學影響，那可能不是來自於課堂。羅智成不諱言自己當時「對台大哲學系的幻滅」，而且「對學院的生產方式沒有耐心」。他認為哲學終究「應該跟人格與心智有關」，可惜這顯然不是該系師生的探索重心。另一個幻滅源頭，則純屬筆者推測：一九七四年成為台大新生的詩人，籠罩在彼時「台大哲學系事件」的連續餘震下，豈能盼望政治化校園內殘留什麼哲學氛圍？

空白地帶：從「黃金三書」到「夢中三書」

羅智成相信，創作者才能更好地理解創作者。相較於許多受限於能力只好避開、繞過他的評論家，他肯定眞正的創作者「如林燿德、陳大為、阿翁、唐捐有勇氣來談我的詩」。唐捐就曾以「黃金三書」與「夢中三書」，替羅智成的書寫成果命名：前者指《光之書》（一九七九）、《傾斜之書》（一九八二）、《擲地無聲書》（一九八九）；後者為《夢中書房》（二〇〇二）、《夢中情人》（二〇〇四）、《夢中邊陲》（二〇〇八）。兩者間隔著上個世紀九〇年代的一大片「空白」，教皇跑去玩什麼了？

他畢業後的第一份工作，是廣告公司的美術設計。忍受兩個半月後他又幻滅了：原來這活兒最多只給你當「執行者」，沾不上「設計人」的邊。此路不通，趕緊轉行，遂自一九八八年開始從事報紙副刊編務，先是《中晚．時代》，繼而《中時．人間》。直到一九九六不惑之年，他下了兩個重大決定：一是買好車、開好車；二是毅然離開報系，改為主導《VOGUE》、《GQ》、《TO'GO》雜誌與Hit FM廣播電台之設立。詩人用十年時間，把各式媒體「玩」得叫好又叫座；但身處經常與文字訊息打交道的環境，對創作反而形成一種壓

1 羅智成：《光之書》（台北：聯合文學，二〇一二）。

迫及威脅。回頭細數這十年媒體生涯，詩人笑稱彼時「留下最多的文字都在替人寫序」。

自稱有「出版焦慮症」的羅智成，對於出版新書一向「東摸西摸，想很多，一直改」；可是到了送印前一刻，很可能又「什麼也不改」，讓事物回到它本來面貌。跨過罕有新作問世的九〇年代「空白」，本世紀第一個十年的「夢中三書」各具特色：適逢羅智成第一個孩子出生，《夢中書房》成爲他迄今最爲甜美的著作，也是黑衣教皇唯一一部白色詩集，獻給「永不消逝的『最後讀者』」；《夢中邊陲》則是繼《寶寶之書》、《黑色鑲金》後，屬於他「藍色時期」的短詩集。《夢中情人》側身於前兩者間，是羅智成擔任東華大學駐校作家期間的力作。在這本兩千七百多行的長詩集中，詩人淋漓盡致地展現出最嚴肅的反省企圖、最國際的議題視野，並利用最直接露骨的風格，以詩爲論，探討人類的深層慾念、騷動迷惑。遺憾的是：在羅智成眾多著作中，這本書卻是目前最少評論人敢去挑戰的一部。

從創作起點的《畫冊》，到晚近的「夢中三書」，不難窺知羅智成是一個「重視語法」，更甚於「重視意象」的詩人。他最常見的語法有二，一爲曲折，一爲甜美。前者的曲折、迂迴甚至繁瑣，詩人自云乃「爲了精準，不惜曲折」；後者的甜美則常見於情詩，目的在「用情詩語法來處理哲學命題」。

十年定稿：等待一隻《透明鳥》

二〇〇八年的《幼獅文藝》、二〇〇九年的《聯合文學》，兩個固定推出的詩專欄，催生了「新絕句」詩集《地球之島》。[2]詩人認爲「絕句或四行詩應爲中文詩最小的完整形式」，包涵了整套起承轉合的完成，

2 羅智成：《地球之島》（台北：聯合文學，二〇一〇）。

或一正一變的兩組couplets。相較於小品般的詩專欄，二〇一二年印行的《透明鳥》是繼二〇〇四年《夢中情人》後，羅智成又一次大規模的寫作實驗／試煉。長詩《透明鳥》共有五十節，初稿僅花了一個禮拜時間，但要等到詩人確認定稿、首肯出版，卻又過了漫長的十年。《透明鳥》原爲父親寫給孩子的童話故事，在詩人筆下，它是「半肉體、半靈體」的：

「這只是一個隱喩……」
當然也有許多不一樣的心得
來自其他聆聽者
「透明鳥其實只是
只是詩的隱喩……」

「而詩，只是
人類殘存的
易感、脆弱心靈的
隱喩……」

一開始的童話氛圍與華麗意象，到了《透明鳥》後半部分，敘述者終究難掩憤懣憂思，亟欲（保持優雅平和？）滔滔雄辯和下指導棋。這些詩行間隱隱閃現的，莫不是教皇「落入凡間」擺盪於社會參與及世俗事務，感懷繫之的新品種「向孩子說」系列（當然與吳晟版本大異其趣）？

聽這位「島嶼的發現者」談未來，似乎比聽他憶過往更爲有趣。若把《透明鳥》當作詩人的「向孩子說」，令人好奇羅智成下一步還想「玩」什麼？他自嘲還在「努力把握最後的青春期」，並拋出了兩個答案：辦攝影展，開師資班。攝影本爲教皇眾多興趣中的一環，且早在一九八四年就翻譯出版過兩冊攝影集，也持續累積了上萬張幻燈片。迄今還沒辦過攝影展的他，連展名都想好了，就叫「閱讀地球的九十九種方法」或「內心風景」。爲配合攝影展的舉行，同時將規劃印行一部「旅遊攝影詩集」與讀者分享。

師資班則是長期於各大學任教的羅智成，爲彌補現代文學創作與評論間的斷層，所想出的解決之道。關於這點，他曾與好友廖咸浩在文山社區大學做過嘗試，現在想更進一步持續規劃與執行。他坦言：「以現在的文學教育方式，就算台上老師知道台灣的詩很好，但還是無法說出台灣的詩『好在哪裡？』」試想，若連負責傳授文學的老師都缺乏良好訓練，又要如何期待他們能培養下一代的文學愛好者？現代文學師資班，當然有開設的迫切必要。

從港島人生到松江中央，長期擔任公職與掌管媒體的羅智成，卸下重擔之後依舊忙碌，但再忙都還是堅持「每天玩樂的時間，一定要超過工作的時間」。迄今並無午睡習慣的他，通常在家人就寢後開始寫作；就算寫到深夜三點，還是會在七點多起床工作。當教皇再度重返人間／民間，他委實擁有太多特質值得欣羨：黃金比例的平衡型人格，無法歸類的書寫，難以列管的羅某……The Return of the King！

文字魔術師的驕傲/焦慮——陳黎詩集《我/城》

陳黎總也不老。十幾年前在台灣現代詩壇與他競技的同輩，有些頭上開了頂，有些兩鬢添了霜，有些等不及便提前奔跑上了天堂。不管人事怎麼變遷，不管花蓮還是台北，陳黎永遠是陳黎，出門仍舊穿著一身短褲涼鞋，自在出入於國家音樂廳與鄉間野台戲之間。

陳黎總也不老。他早早就從中學教師崗位辦理退休，專心詩事和譯事，閒暇時便到松園別館指導學童如何誦詩。陳黎總也不老。他日夜沉迷互聯網絡不能自拔，持續更新「陳黎文學倉庫」以饗讀者，甚至視新作《我/城》爲「電腦/網路的倒影或縮影」——因爲他深知「電腦/網路早已是生活的倒影或導引」。用電腦輔助書寫，遂彷彿在「輾轉複製、轉寄、映現我們的生活」，唯盼「在這冷冽的複製、轉映過程中，生活的溫度，文字的溫度，人的溫度還在。」

這就是陳黎。無論再怎麼「玩」文字，人、土地與生活依然還在詩中，不捨也未曾遠離。輕易（或惡意）把他的嘗試與企圖簡化爲「文字遊戲」者，未免太過小看這位文字魔術師的本事。若要推舉一位漢字文化節代言人，我很樂意提名陳黎——雖然在台灣中壯世代詩人裡，他詩作的外銷量（翻成外文的數量）早已遙遙領先。

我與陳黎已五年不曾見上一面，但跟他的詩作竟已相識了近二十年——我的中學時代，現代俳句《小宇宙》剛出版，一洗書肆現代劣詩之矯揉晦澀，是一冊連上廁所蹲馬桶時都可以放心閱讀的小書。隨後典範之作

《島嶼邊緣》問世，迅速以詩充盈了後現代／後殖民台灣的眞實血肉。我始終認爲：一九九三年到一九九五年完成《島嶼邊緣》後，陳黎才開始拉大了與同輩詩人的距離，校園文青間亦流行起「陳黎風」筆法。《島嶼邊緣》是一部篤定進入台灣現代詩史冊的力作，也是陳黎創作生涯迄今最關鍵的轉折。

自《島嶼邊緣》起，陳黎固定每兩三年必會印行一冊新作，《我／城》便是他第十一本詩集。跟上一本《輕／慢》相同，這本書寫作之初即擬好詩集名稱及發展方向，繼而用兩年時間細火慢燉以臻完美。九十五首詩共分爲七輯，輯名靈感則多來自電腦世界，如「部落格」、「新聞台」、「音樂匣」等。最特別的應是頭尾兩輯之設計：輯一雖名爲「房地產」，實則意圖以詩採錄台灣史地佚聞，遠從一五〇〇年的里奧特愛魯（目前所知花蓮最早的名稱），近至則二〇〇九年的山東／台北兩個「泰山」。第七輯「留言簿」則是針對「房地產」輯內十四首的回應，有補充，有惡搞，充滿了濃濃的後設趣味。作者在〈後記〉裡公開邀請所有讀者「把新留言留在此書空白頁或貼在網上」，此舉更讓《我／城》在留言／回應互動中，走出紙本成了電子家頁（陳黎語，指homepage）上的無盡之書。

詩人曾榮獲台灣「二〇一〇年度詩獎」肯定，評語稱讚他能「擷取不同的地理與史蹟，婉轉建構台灣主體性」，是「台灣立體化無可取代的藝術工程師」。在與他交談時，我更加確信詩人清楚知道自己的位置，甚至能一一細數出所有關於自己的評論。賴芳伶在本書序言中說陳黎「像個跩跩的高中資優生」，在我看來，這位資優生雖有藏不住的滿滿驕傲，卻也偶爾洩漏出一點焦慮，半分寂寞。陳黎深知他人眼中的「遊戲」或「複製／貼上」，無一不是自己嘔心瀝血的創意。他低低地說：「寫這些詩也很辛苦」、「寫作哪有這麼容易」，也很高興自己在《我／城》裡還能開創新局：「〈三貂角．一六二六〉寫西班牙水手，〈新港．一六六〇〉寫西拉雅族，都是前人未曾處理過的。」

我見過的詩人不算少，但很少有人能像陳黎一樣，隨時可以清楚分析自己的每一首詩。在面對陳黎時，我覺得自己更像是傾聽者，而非提問人——尚未開口提問，答案已悉數備齊。這就像《我／城》跟上一本《輕／慢》裡長長的〈後記〉，詩人彷彿擔心讀者找不到路或錯過特殊風景，只好先替訪客在每一處都點上了燈。我好想跟詩人說：「其實可以不用這麼體貼、這麼寵，讓讀者迷路又何妨？」但一想到詩集的銷售劣勢連陳黎都未能倖免，還是把話吞了下去。

當我提及二〇〇五年他經票選後列名「台灣當代十大詩人」，詩人馬上有了反應：「這個『十大詩人』裡，最年輕的竟是夏宇跟我，再上去就是楊牧……。」他沒說出口的應是：「都什麼時候了，搞什麼還沒完成世代交替？」

這就是陳黎。追求輕慢從容的境界固然可喜，但我更期待他突然驚天一擊、破空而出，像《我／城》裡這首鹹濕的情慾交媾詩〈達達〉，竟能如此作結：「請述其迂迴／這——怎麼說／達可達，非常達」。

抒情與敘事最美好的結合——陳義芝詩集《掩映》

與詩人相約在台北永康商圈一家咖啡館。街頭聖誕氛圍正濃，遊人溢滿商圈大小巷弄，處處都在買賣著小確幸和微歡喜。兩小時訪談期間，館內竟始終只有我們兩名客人，連老闆都彷彿不復存在。交換彼此著作時我就在想：這一切，多麼像是台灣當代詩處境的隱喻。明明身在鬧市，卻被群眾無視，只好自囚於密室——詩還在，詩人還在，但讀者已不再關心。面對曾任主流媒體副刊主編、現為大學國文系教授的這位詩人，我正想請教該如何打破詩的邊緣化／密室化，原本一臉兵疲馬困的陳義芝，興沖沖談起白天正忙於文學戲劇《杜甫夢李白》的預演。我那時才意識到，自己在編《逾越：台灣跨界詩歌選》時未列入陳義芝，是多不應該的疏漏及失誤！[1]憑他資深傳媒人的經歷與敏感，豈會不知道「沒有讀者，等於沒有完成」的硬道理？從近幾年來嘗試結合劇與詩、詩與歌，用演出或演唱的方式讓自己的詩作得到其他藝術家的（再）詮釋，即可見這位跨界詩人欲拓展、引導讀者的努力。

詩／歌／劇的異質交互跨界，一部分是受邀而作，另一部分則有無心插柳下的別趣：他以〈落花林中穿行〉一詩寫書法家董陽孜舞墨，發表後引來金曲獎得主、資深音樂人林少英注意，主動以爵士樂風格替之譜曲。援佛經典故，以詩哀悼早逝次子的〈一筏過渡〉，則是在席慕德組織下，跟〈哀歌〉、〈七夕調色〉、

1 徐學、楊宗翰編：《逾越：台灣跨界詩歌選》（福州：海風，二〇一一）。

〈上上籤〉一同經潘皇龍、陳瓊瑜、游昌發譜曲，二〇〇八年四月二十九日於國家音樂廳之演奏廳以「我們的詩人，我們的歌」首演。

既有「先詩後曲」，自然也會有「先曲後詩」。二〇一〇年，台灣藝術家合奏團團長、指揮家呂景明邀請陳義芝參與《蕭邦的音樂圖像》活動。詩人赴澎湖文藝營講課之餘，在島嶼邊緣看海遙想蕭邦，乃有〈二十四和弦——蕭邦前奏〉。正式登台時，鋼琴家葉怡君演奏蕭邦《二十四首前奏曲》，陳義芝親自朗誦這二十四則短詩：「無邊際的黑夜／只閃亮一個名字／空氣摩擦過唇齒／舌根顫慄／來不及思想就被雷雨／擊傷的玫瑰啊」（〈十六〉）、「我的心是一棵老樹／不再覺得歡喜或嘆息／除非聽到鳥啼／我的心是一座港埠／已經許久沒有船停駐／除非暴雨響自天空的汽笛」（〈二十三〉）。琴韻伴隨詩聲，〈二十四和弦——蕭邦前奏〉再現了病痛與愛情交織、折磨與思念齊飛的「義芝注蕭邦」。

與〈二十四和弦〉同樣收錄於新詩集《掩映》的〈夢杜甫〉，則是趨勢教育基金會主辦文學劇《杜甫夢李白》的靈魂。詩仙李白和詩聖杜甫相差十餘歲，曾於洛陽和山東相見，兩人之間相知相惜，還曾不止一次共遊。陳義芝先從李白流傳於世的九百多首詩中挑選廿九首，從杜甫一千三百多首詩中挑選廿八首，再請劇場導演李易修就這五十七首詩爲線索，編寫《杜甫夢李白》的劇本。以李杜詩作爲線索、義芝詩眼爲靈魂，再融合南管、崑曲、劍術、書法、舞蹈、皮影戲等多重藝術形式，此劇既譜寫了李杜二人的兄弟情，亦寄託了當代詩人欲覓知音的弦外意。

這是陳義芝繼《東坡在路上》（同名詩收於前一部詩集《邊界》）後，第二度與陳怡蓁合作策劃的文學劇演出。會毅然挑起這吃力不討好的工作，我猜想詩人必是想藉此尙友古人，向唐宋詩傳統致敬。問他在李白、杜甫、蘇軾三人中，最心儀哪一位？詩人毫不遲疑地回答：「杜甫、東坡各取其半」。

自一九七八年張默以「抒情傳統的維護者」稱呼陳義芝後，此一形象就成爲詩人最深的烙印。寫詩如此，選詩亦然。《二〇〇四台灣詩選》一書編輯過程中，身爲主編的陳義芝在思考詩的風尚後，主張「抒情」還是最能表達詩的意境，遂果敢地以「抒情至上」爲標準進行評選：「……回歸古典素材而髹塗現代彩釉，重視生命體驗的能力、語言錘鍊的能力，在意象上未必有什麼發現，但在構思角度卻有新的突破，不致審美疲乏，且思想情感與表現形式是諧和的。這是我本年度選詩的標準。」二〇一〇年新地出版《陳義芝詩精選集》，他在自序中便直言：「在我看來，不會抒情的人不是詩人」、「抒情，是詩的本質，不僅有感性的滿足、結構的要求，還是一種能提煉出意義的經驗衝擊」。[2]

到了這本二〇一三年年底問世的《掩映》，「抒情至上」的觀點有了變化。詩人在自序中指出「詩是抒情與敘事最美好的結合」，書名訂爲《掩映》即在「追求抒情與敘事的相遮相映、相襯托」。作爲書中主體的十三首〈城居注〉，詩中所指涉的鄉村及都市、今與昔，同樣是在追求抒情與敘事的相遮相映。最令人意外的，當是書中〈海岸濕地〉、〈殘山惡水行〉這類向主政者的控訴吶喊。這些作品似乎「很不『陳義芝』」，哪裡還像「抒情傳統的維護者」？

我當然明白，陳義芝這類轉變並非在驅逐抒情，而是欲師法杜甫〈兵車行〉、〈石壕吏〉的詩傳統。無怪乎詩人在訪談中一再強調，想將「樂府精神」與「唐朝歌行體」帶入現代詩中，以敘事結合抒情——「抒情要能提煉出意義」，陳義芝如是說。

我認爲，「抒情」之於陳義芝，就像「花蓮」之於陳義芝一樣，不應該是個方便套用的「標籤」——何況詩人三歲便離開花蓮赴彰化唸書，迴瀾僅是出生地的概念，大可不必替他標上「花蓮詩人」繼而做起文章。

---

2 陳義芝主編：《二〇〇四台灣詩選》（台北：二魚，二〇〇五）；陳義芝：《陳義芝詩精選集》（台北：新地，二〇一〇）。

更值得關心的，我想應該是陳義芝晚近如何讓詩與攝影、繪畫進行對話？前作《邊界》是先有詩，再從陳育虹提供的CD中挑選合宜攝影作品，力求藉兩行自選詩句與影像相互闡發。這本《掩映》則是從詩人妻子葉紅媛的十九幅油畫出發，爲之專門譜下十九首〈花事帖〉。自二〇〇三年次子頎眞於加拿大意外身亡，葉紅媛爲走出傷痛，開始逐漸重拾畫筆。詩人說這十九首是二〇一三年參加新加坡書展、馬來西亞花蹤文學獎評審期間，一口氣寫成的作品。似寫花事，實爲人事，這幾帖詩作都在書寫人心中的感慨：「如果花是被囚禁的時間／空瓶是遺忘／山中的煙嵐就是花／河流是空瓶」（〈囚禁——花事帖七〉）。

二〇〇七年八月起，陳義芝的專職從副刊主編轉變爲大學教授，後來又應邀擔任高中課本的編輯委員，作品也屢次收入高中及大專國文課本。關於現今在中學與大學的「詩教育」，詩人直言還有很多改善空間：「對學生來說，這是一個團體的時代、團隊的時代。一切講求速成、通俗、熱鬧、好玩……現代人最大的弊病，就是『心靜不下來』」。誠哉斯言，無論年齡和身分爲何，讀詩、寫詩豈可淪爲團康活動或集體嬉戲？它們畢竟是需要孤獨與專注的志業。陳義芝的一席話，讓我想起自己年輕時的一帖隨筆：詩人們、作家們，千萬別聯合起來！讓那些機構與組織離你更遠、讓書寫的意志距你最近。閱讀既不須「團結聯盟」，創作又何勞「寫作協會」？

凝視現實的街頭詩學——鴻鴻詩集《暴民之歌》

詩人、譯者、劇場人、電影人、策展人……鴻鴻長期以多重身分活躍於台灣文化圈，二〇一二年出版的自傳性散文《阿瓜日記：八〇年代文青記事》便交代了這些藝術興趣的形塑過程，乃至圈內友朋的過往行止。[1]我曾故意半開玩笑地說：「最近比較常在媒體上看到尊容？」這裡講的當然不是文藝副刊，而是政治版新聞或抗議現場SNG連線。鴻鴻年紀恰好大我一輪，在我心裡卻像個活力十足的街頭頑童，戰略清晰、行動果決、炮火猛烈，連以「過氣兒童樂園」爲名的個人BLOG都處處機鋒，讀來甚是過癮。這位自稱爲「頭大身小的死硬派」作家淡然地回覆我：「我在書桌上坐不住，街頭或現場更適合寫作。」

除了暗自羨慕，我想到的還有另一個「現場」——兩人共有的兩年旅居菲律賓經驗。不同的是，我是去馬尼拉華校教書；他當年卻是以中學生身分，隨著經商的父親去讀書。彼時鴻鴻已經開始寫詩，並在當地華文報刊發表，這些少作（或說習作）最終並未收入個人詩集中，《阿瓜日記》也不曾提及這一段。我認爲，在鴻鴻返台赴板橋高中就讀前的「馬尼拉時期」，一來爲他的英語能力打下良好基礎，二來藉由施穎洲中譯的世界名詩選開拓了眼界。在馬尼拉的口語訓練及閱讀經驗，對日後作家鴻鴻能夠不斷「走出去」，料應具有一定作用。

1　鴻鴻：《阿瓜日記：八〇年代文青記事》（台北：釀出版，二〇一二）。

菲京生活與板中歲月都是少年鴻鴻的青春書寫，值得留存者畢竟有限。他第一次受到詩壇廣泛矚目與討論，實與瘂弦替其首部詩集《黑暗中的音樂》所撰序文〈詩是一種生活方式〉密切相關。瘂弦寫道：「我在鴻鴻的作品裡，聞到一種自由和快樂的氣息，這種氣息純潔而新鮮，是我在前代詩人作品中不曾感覺到的。」他還說，鴻鴻和其詩裡頻頻出現的朋友「再也不要迷信使命感」、「根據自己的感覺走向生活」。序文刊出後，據聞鴻鴻同輩詩友頗感不平，認爲這是誤解或錯讀；鴻鴻自己倒是很坦率，他說自己敬重的瘂弦應該是「將自己的不自由，投射到我的身上了」。

鴻鴻不諱言自己彼時比較偏愛「創世紀」、「現代詩」諸君作品，還短暫擔任過《現代詩》復刊後的主編。我們很容易在他前兩部詩集《黑暗中的音樂》、《在旅行中回憶上一次旅行》裡，覓得台式現代／後現代主義的抒情軌跡。鴻鴻詩創作的風格不變與凝視現實，肇因於一九九八年的以色列與巴勒斯坦行，他至此展開對弱勢民族的關注及書寫，並成爲第三部詩集《與我無關的東西》一小部分內容。眞正澈底擺脫遊戲性寫作，讓詩從「無用之用」轉爲「有用之用」，則是收錄二〇〇二年至二〇〇六年間作品的第四部詩集《土製炸彈》。鴻鴻在此書〈後序〉聲稱，詩是一種對抗生活的方式，而且「因爲甚至不會做白米炸彈，我只能試著用詩來製造武器，並希望它經得起反復使用」。吳晟便由此出發，以〈從一種生活方式到對抗生活的方式〉爲題，替鴻鴻的第六本詩集《仁愛路犁田》寫序。[2]試想若有那麼一天，安排讓吳晟與瘂弦兩人同台談鴻鴻的詩，將是多麼有意思的對話？

從二〇一二年《仁愛路犁田》到二〇一五年《暴民之歌》，鴻鴻以詩銘刻其積極參與的抗議樂生療養院拆遷、反國光石化運動、苗栗大埔農地徵收事件，以及流最多血的三一八學運等活動。《仁愛路犁田》主要在

2 鴻鴻：《土製炸彈》（台北：黑眼睛，二〇〇六）、《仁愛路犁田》（台北：黑眼睛，二〇一二）。

書寫社會及土地議題，《暴民之歌》則直接指向政治（其實鴻鴻從二〇〇六年《土製炸彈》連結社會現實後，便一直延續著這股豐沛創作能量）。《暴民之歌》概略依政治、旅行、短詩、回應這四類劃分爲四輯，其中第二輯名爲「在旅行中開始下一次旅行」，顯然是刻意與第二部詩集《在旅行中回憶上一次旅行》相對而生。兩本詩集問世日期相隔二十年，封面色調一全白、一全黑，書寫實踐上一採取後現代遊戲觀、一探索新的寫實美學，兩者間的鮮明對比，饒富趣味。

另一個對比則是即時性與傳播力：詩人憤慨於媒體及立委將三一八佔領立法院的反服貿學生斥爲「暴民」，次日遂於臉書發表新詩〈暴民之歌〉，詩中寫道：「我們越過圍牆佔領這條街、這個廣場、這個堡壘／當別人把這裡當作提款機、當作傳聲筒、當作逃生梯／我們把這裡當作溫暖的搖籃，當作哺育稻米的農田，當作未來之歌的錄音間／我們歌唱，對，我們歌唱／我們用歌唱佔領一個原該屬於我們的國家，原該保護我們的政府，原該支持我們生存的殿堂」。此詩一經貼出後，竟迅速被轉發超過八百次，二十年前的詩人或讀者恐怕難以想像。

傳播工具與速度固然有了巨大變化，可貴的是，鴻鴻還是認爲：詩是最個人的文類，所以詩集一定要「自己動手做」。他迄今每一部詩集都是完全自編，連季刊《衛生紙+》也是由他一人主編，稿約便直言「本刊選稿無標準，端賴編者的個人品味。只有極爲特殊、不同流俗、並難以見容於其它報刊的作品，才會考慮刊登」。除了由美術編輯處理的封面設計及內頁版型，個人詩集跟《衛生紙+》都處處沾滿了「鴻鴻指紋」。這次詩人連《暴民之歌》的封面文字都想「自己動手做」，竟是用Windows內建的「小畫家」來完成。或許正是這種毫不講理、專斷獨行的編輯策略，讓季刊《衛生紙+》在鴻鴻完全主導下，成爲他自己創作的延伸，更培育出許多勇於直面及處理現實的「衛生紙詩人」。

鴻鴻誕生於一個深藍背景的外省家庭，曾跟許多同世代朋友一樣「永遠站在對的那一邊」，有過遵奉大中至正、青天白日的成長經歷。但隨著他越深入探索「現實」，越發感受到虛妄；中東之旅見聞及閱讀Edward Said等人的著作，更讓他澈底認清身處弱勢與強權間，詩人應該做出什麼選擇。他不但將精力與資源投注在詩與戲劇這兩項最爲弱勢的文類，也毫不留情地以詩抨擊，那些不問是非、只問顏色的愚忠藍軍（見《暴民之歌》所錄〈可悲的藍丁〉）。我以爲鴻鴻同時用行動與書寫，示範並提倡何謂凝視現實的街頭詩學。就像他在〈詩人節放假〉中所述：「詩人們／假放得夠多了／起來幹活吧！」

開挖詩路的人——蘇紹連詩集《非現實之城》

詩人蘇紹連七十歲了。這位少年城主從未向歲月示弱，自《孿生小丑的吶喊》到這部《非現實之城》，以一年固定推出一部詩集的速度，用堅實創作回應讀者與詩史的期待。[1]蘇紹連向來只擇詩為書寫表現的唯一文類，不寫散文、小說，專情營詩卻風格多樣。他說自己重視從日日發生的社會現實取材，關注人性的種種存在現象，所以不會有爲題材枯竭而停止創作的一天。近幾年則不再採計畫性寫作，偏向隨性自由創作；但也曾在偶然發生的信念下，集中精力寫一系列相同模式的詩，像《非現實之城》裡的卷四〈對手系列〉、卷五的〈弱者系列〉。發表是爲了證實詩人的存在，而現今，出書更是發表最直接的形式，是作品之自我篩選和集結。在創作量不斷增加下，僅投稿到詩刊、報紙副刊已不夠，出書遂成爲唯一辦法，也讓他維持一年出版一本達兩百頁以上的詩集。

我對詩人的居住環境很感興趣，唯從近期通信中發覺，他兩年前已搬離居住一生的沙鹿小鎮。所幸他並未搬離大台中，生活區域仍會從海線沙鹿跨越大肚山到市內屯區。搬離沙鹿的原因有二，一是子女另有居住地，早已放棄回到沙鹿，他跟夫人也同意搬到市區和子女同住。第二個原因是古訓「父母在，不遠遊」，他長期負責照顧住沙鹿的父母，兩人先後於兩年多前去世，詩人也就放心搬離沙鹿了。從沙鹿的透天厝移居到市區的電

1　蘇紹連：《孿生小丑的吶喊》（台北：爾雅，二〇〇一）、《非現實之城》（台北：秀威，二〇一九）。

梯大樓，室內空間變小，書房與臥室合一，不像原來住沙鹿的書房可以兼畫室，所以開始簡化生活物品，包括釋出許多收藏的好書。市區的居住空間形態，不同於沙鹿的鄉鎮情調，城市的壓迫感和人際上的疏離感也明顯成爲晚近書寫題材。

我注意到《非現實之城》第八卷「城色：視覺深度」有四首寫霧霾的詩跟攝影，住過台中的讀者一定非常有感。台中不必然是「非現實」的背景，但應當是可以聯想、指涉的現實對象之一。詩人自小在沙鹿長大，看著它從純樸小鄉鎮變成工商社會你爭我奪的政治縮影。倒是同爲海線鄉鎮的清水、梧棲、龍井，有更多人文情懷的展現。他在大肚山上，向西觀賞海岸線跟台灣海峽風景，向東觀賞盆地裡的高樓大廈及遠方中央山脈，大肚山於詩人何其重要！住在城市裡，蘇紹連更喜愛找空曠無遮蔽、呼吸無汙染、耳際無聒噪之處，所以常搭公車上大肚山，至台中都會公園舒坦身心——這裡應該也是蘇紹連最喜愛的城市靈感角落。至於書名中的「城」字，他解釋就是一個經由組構而成型的立體空間建築，有內有外，有界限範圍，有出入門口。入城內有規矩律制，出城外則接送四面八方的資訊和能量。基於上述體認，詩人把有創作策略的作品都以「城」收納，例如「無意象」和「非現實」這樣的主張。雖有《無意象之城》跟《非現實之城》兩書出版，但下一本詩集不見得會再以「城」名之。[2]

我一直認爲，蘇紹連是台灣極少數擅長自剖、論詩的純詩人（學者或學者詩人都不能算，這本來就是他們的分內工作）。《無意象之城》的「無意象詩・論」跟《非現實之城》的「從現實到非現實」都是精彩長文，旁涉與博引當代詩人詩作，用以證明自己提出的假說。可惜詩壇反應似乎略顯冷淡，「無意象」雖有製作專輯、呼籲成「派」，但今已罕見公開呼應者。他則表示：一種創作主張必得長期執行或張揚，因爲僅僅某一種

2 蘇紹連：《無意象之城》（台北：秀威，二〇一七）。

主張並不代表所有的創作方式都該如此。如果一個創作者只固守一種主張，那創作不會成長，不會拓展，反而會死亡。就像詩只主張非要意象不可，那就失去無意象的另類詩意和美感；或是像近期推廣的「截句」，對詩的表現並無新的創發，已推行兩三年那就夠了，讓願意者自行繼續寫，不願意者自行放棄。蘇紹連說創作主張若最後能內化到作品裡，就完成了主張的使命。如果創作者能意識到無意象的存在，或自己在創作時稍稍往無意象挪近，不受意象綁架，詩會無比的自由。

在《非現實之城》中作者自云，因爲寫成的詩摻合了作者個人「情志」後，詩已非原本眞實的現實，遂改稱詩爲「非現實」。我認爲蘇紹連提倡「無意象詩」來去除形體憑藉，是期盼能增添可讀性與想像空間；至於「非現實詩」援引個人情志入詩，應該是要破除表面皮相現實，直探生命根源眞實。「非現實」與「超現實」都容易受到誤解，實則它們才是詩人所欲傳達的、詩的「最眞實」吧。詩人對此表示可以同意，與其本意相當接近無偏。他也補充，自己所設想的「非現實」有兩種，一種建立於「現實」，一種建立於「虛擬」。一部作品，它的題材雖來自於現實，但經過作者的書寫成爲文學時，它就變成了「非現實」。然而因爲它建立於現實，故可追溯現實的原貌。而建立於虛擬者的「非現實」作品，它則沒有現實源頭可追溯。「非現實」作品不管有沒有現實爲根據，它都可以隱喻一切現實事務。

《無意象之城》跟《非現實之城》之間，還有一部詩攝影集《你在雨天的書房，我在街頭》（其實前兩本中，攝影都佔有相當分量）。[3]蘇紹連表示：如果詩是爲攝影作品而寫，雖然詩作應該不可離開攝影內容主題，但仍要堅持掌握詩本有的詩質；如果攝影是爲詩作而拍攝，則符合詩意是必然的原則。他也坦承，詩與攝影結合是不容易加分之事，反而常常減分。詩與攝影兩者並無明確關係，如果以創作者來講，詩是用「心眼」

---

3 蘇紹連：《你在雨天的書房，我在街頭》（新北：景深空間設計，二〇一八）。

來看現實，攝影是用「肉眼」來看現實，而兩者都是用「發現」的方式去完成作品。所以當創作者對現實有所發現，要張開其中一隻眼去觀看時，另一隻眼也可能同時張開——他相信這種連動關係，是創作者在自我訓練中養成的。攝影在詩集中，或說詩在攝影集中，都爲了加強作者的創作構思而存在。因此，作者想要傳達什麼或表現什麼才是最重要的，讓攝影扮演背景功能還是主題功能，只有由作者去決定。

從《驚心散文詩》以降，蘇紹連被評論者加過超現實、魔幻寫實等標籤，學界亦不時有人援用，藉以定位。他說自己喜愛超現實、魔幻寫實，也喜愛寫實、超寫實，還喜愛現代、後現代。正因爲他喜愛的創作技藝太多，所以貼一、兩種標籤都是片面的。蘇紹連說自己一路寫詩，有過許多轉變，甚至能在同一時期，同時轉變出各種面向。我認爲他是一直在開挖詩路的人，不會在意別人怎麼定位自己。尤其現今他看得更淡了：「位置是什麼，不是現在人給你位置，而是未來後代人給你位置。」

不要害怕安靜——羅任玲詩集《一整座海洋的靜寂》

台灣的「五年級」詩人隊伍中，羅任玲一直敢於與眾不同。從台灣師範大學畢業後，她先盡義務當了三年國中老師。最後還是覺得勉強不來，自願賠了公費、放下鐵飯碗，轉赴媒體圈服務。雖然趕上了媒體黃金年代的末班車，但她還是早早「跳車」，並在一九九九年一次偶然機會裡遷居淡水，從此開啓了全新的生命視野。詩人在淡水河畔作息起居，既震懾於大自然的力量與美，也看盡十餘年來此地如何逐步被文明給肆意霸凌。在她眼中，甫結束的新北市國際環境藝術節，正是最爲破壞環境寧靜、製造喧囂的可怕活動——雖被標舉爲「淡水奇幻之旅」，卻不知早已淪爲在地居民的詭異噩夢。而淡水河岸各種破壞環境生態的工程，更彰顯出執政者的短視與對大自然的極度不尊重。

對羅任玲來說，寫詩，從來就不是一件風花雪月的事。她從創作初期就告別了婉約、纖弱等女詩人的刻板印象，連在一九八六年九月《象群》創刊號上的少作〈寶寶，這不是你的錯〉，都毫不掩飾「有話要說」、「不得不說」的企圖。自然與文明的衝突，是羅任玲十多年來念茲在茲的創作主題。我好奇這本新書爲何再度收錄舊作〈美食主義者〉？詩人說：因爲這首詩，最能代表我「對文明與自然的一貫想法」。新書中重複收錄兩首《逆光飛行》與三首《密碼》舊作，亦是證明她關注自然與文明的衝突並非自今日始。

而面對海洋、進入靜寂，詩人想用這本書提醒讀者：現代人失去了安靜的能力——最根本的原因，就是因爲失去了跟大自然和諧共處的能力。「現代人害怕安靜的程度，已經到了令人吃驚的地步」，她語氣中滿是不捨及惋惜。書名中「靜寂」兩個字，正是用來與現世的喧囂作對比。其實在一九九八年的詩集《逆光飛行》裡，「寂靜」就出現過許多次，堪稱是羅任玲詩作中的關鍵字彙。[1]平日長居淡水的她，每逢假日為躲避觀光人潮的喧囂，反向前往台北，在市區的大街小巷安靜穿梭。為了與年邁的父母有更多相聚時光，這幾年間詩人比過往更常往返於淡海和台北之間。正因為這樣頻繁的出城／入城經驗與空間轉換，意外地豐富了她的生命體會，也讓作品的角度更加多元。

多年前的中國廬山行，使詩人的生命經驗再度起了重大轉變。那原本只是一個單純的文學營與參訪行程，卻讓她不斷叩問自己：面對死亡與自然，一代名人又如何？爭權奪利有何用？甚至連作品發表，好像也不是那麼重要了。一九九九年的淡水、二〇〇九年的廬山，相隔十年的兩次衝擊，一個是海、一個是山，歸結到最後其實都是大自然帶來的無窮啓示。

在《一整座海洋的靜寂》裡，有不少貼近作者生命成長歷程與在地觀察書寫的作品，這是前兩本詩集所罕見的。如〈月光廢墟〉與〈佐倉沙古拉〉，都與詩人的生命成長史密切相關。〈仙跡岩〉最末註釋提及「中壢事件」，那更是詩人生命歷程中重要的轉捩點。親身經歷了中壢事件的羅任玲，很早就開始思索國家機器、政治汙穢及人性黑暗，詩風自然趨向前輩詩人所評的「森冷犀利」。早在十多年前她就想用散文來寫中壢事件，但因為牽涉面太廣、太複雜而始終未完成，沒想到詩卻以節制的語言先一步誕生了。她自承比較偏愛新詩集裡〈雨鹿〉、〈風之片斷〉、〈佐倉沙古拉〉、〈夏日將盡的賦格〉、〈臥雲峰〉、〈無言歌〉、〈明日的居所〉、〈在天明時刻〉等作，因為它們在某種程度上趨近了「與大自然契合」，或者莊子所言「天地與我並生，萬物與我為一」的生命境界——這也是羅任玲對詩最終極的的追求目標。

1 羅任玲：《逆光飛行》（台北：麥田，一九九八）。

攝影是她喜歡的另一種藝術形式，也是呈現大自然的利器。她經常把攝影視爲「攝影詩」創作，《一整座海洋的靜寂》更被她當作出版一冊攝影集般對待。書中詩／影互涉，結構有序，上輯「風之片斷」著重咀嚼與大自然對話之感悟，下輯「玩具墳場」聚焦批判文明假面之荒謬。爲了做好這本書，作者幾乎親手完成印前的所有工作，整整兩個月每天工作到凌晨兩點。她不厭其煩地處理攝影與詩作結合的每個細節，嘔心瀝血只爲了讓兩者能夠更完美地呈現。本書後記原擬作爲序文，並詳述編輯過程中的苦樂；但生性低調的她，最後畢竟還是選擇了沉默。這是個明智的選擇：讓詩作與攝影自己說話，放它們跟讀者闢室密談吧。

誠如瘂弦所言：「在詩的羅任玲之外，我們還有一個散文的羅任玲。」詩人新書的自序與後記，在在提醒我們「散文的羅任玲」絕對值得期待。兩度榮獲梁實秋文學獎的散文力作，其實一直沒有收入個人著作中。這次要等多久呢？上一本散文《光之留顏》竟已是一九九四年的事。事實上，第一部詩集《密碼》與第二部《逆光飛行》相距八年；而從《逆光飛行》到這部最新詩集，更讓讀者等了十三年。一個作家，能有多少個十三年呢？但渴望安靜生活、討厭一切喧囂的羅任玲，依然堅持創作這檔事理應默默蓄積，慢慢咀嚼。

羅任玲第二部散文集《穿越銀夜的靈魂》，二〇二〇年由聯經正式出版。果然，「散文的羅任玲」終於熱身完成，再度登場了。

《文訊》的保母，文學的女兒——封德屏文集《荊棘裡的亮光》

刻意約在雜誌送廠前幾天見面，擔任社長兼總編輯的封德屏果然每句話都離不開《文訊》。眾人口中的「封姐」，迄今似乎還在壓抑自己的「作家」或「散文家」身分。雖然她曾經榮獲中興文藝散文獎，也發表過不少早該結集的文章；但以成為優秀編輯為一生志業的封姐，自述很久以前「就把自己出書、成為作家的想望，埋藏於內心、託付給夢境」。還好另一位優秀編輯前輩隱地，督促她將十一年來為《文訊》寫的「編輯室報告」，結集成《荊棘裡的亮光》在爾雅出版，副題是「《文訊》編輯檯的故事」。我以為這本書不僅是隱地慧眼替封德屏圓夢，更是還原她多情易感、筆觸溫潤的作家/散文家本色。

試圖將「編輯室報告」結集以饗讀者，已有《聯合文學》總編輯王聰威的《編輯樣》在前；但展讀封德屏《荊棘裡的亮光》，卻更令人思及林海音及其《剪影話文壇》。[1]林海音跟德屏都是資深名編，各自率領《純文學》與《文訊》以雜誌/圖書出版形式，匯聚讀者目光及作家認同。我認為兩者最大的不同處在於：第一，今日文學大環境遠不如當年（更別提《文訊》早已被黨國體制掃地出門、斷絕奶水）。第二，林海音家中客廳若是「半個台灣文壇」的文藝沙龍，封德屏跟《文訊》應該也有——但後者應會坐滿銀髮前輩跟春風少年，海

1 王聰威：《編輯樣》（台北：聯經，二〇一四）；林海音：《剪影話文壇》（台北：純文學，一九八四）。

外作者或學院新聲。他們若不是被台灣當代讀者輕忽遺忘，就是還來不及被清楚記得。

就像封德屏自己說的：「我們關心作家的生老病死」，再加上《文訊》團隊對「老」跟「少」兩端常保關懷，這份民間雜誌遂一肩挑起許多外人難以想像的工作。光是作家追思會，就曾有楚戈、商禽、紀弦、琦君、張秀亞、劉枋、尹雪曼等多場，部分還是《文訊》主動興辦、不假外援。其目的無非是在作家亡故後，能跟生前一樣榮耀，並用公開紀念會形式提醒每位文學愛好者：沒有他們，豈有我們？拒絕冷漠，抵抗失憶。我曾半開玩笑地跟她說：《文訊》堪稱台灣文學界最佳「禮儀公司」或「生命事業」。雖為一句笑談，其實正曝露出各級文化主管機關長期以來的失職與失能。

她不只一次表示，並不想讓《荊棘裡的亮光》成為老作家的追思錄。但緣於個性裡對弱勢、邊緣、非中心的關注，加上對一九五〇、六〇年代創作者的長期追蹤，這類散文終究還是成為《荊棘裡的亮光》最突出的部分。追憶故人的散文看似好寫，實則難工。寫輕了，顯得淡漠；寫重了，易成濫情。作家封德屏或親炙、或受教、或景仰這些文壇耆老，既見證過他們的昔往輝光，也感慨於當代的集體健忘。其筆端雖不免憤懣遺憾，但更多的是自勵自勉。從這個角度來看，《荊棘裡的亮光》不但內藏有許多可供深掘之台灣文學史料，亦有其勵志與（為文學而）立志的積極面。

這本書另一個重心，則是呈現文學編輯如何用軟性的方式，娓娓道來對作家、對作品、對文壇、對編輯企劃等周邊事務的想法。這位散文家「編輯檯的故事」，不妨可視為另一種專欄——短則九百、最長不超過一千兩百字，固定每月廿幾號截稿。《文訊》曾有一段被強制併入《中央月刊》的黑暗期，一九九八年夏天結束此窘境、恢復獨立發行之際，封德屏方開始於此欄正式署名。她自承雖從《荊棘裡的亮光》出版前一年的清明節便收到出版社邀約，但能正襟危坐慎重選文，不過也只有一個月時間。這精選出的一百一十三篇「編輯室報告」，第一篇是二〇〇三年二月〈何處是吾家？〉，最後一篇是二〇一四年六月〈文學之重，文學之慟〉。我認爲全書大抵集中在三個主題：除了前述的追憶資深作家、表露編輯心跡，最後就是如何帶領《文訊》絕地重生，逐步轉型。

眞正轉型的，豈止《文訊》而已？做了半輩子編輯人，豈能料到國民黨文傳會鐵了心，執意停辦這份「掛政黨、賣文學」的刊物？封德屏至此才被迫轉型爲經營者角色，開始學習怎麼「金金」計較、頁頁必究。她曾屢次提及自己的信念：「我相信每個人在面對文學時，都是『好的』」，或許就是這種樂觀與篤定，才能支撐她走到今天——從二〇〇三年二月在〈何處是吾家？〉中「仰望蒼天」嘆息，到二〇一四年五月〈不老的紀州庵〉中悲喜交集談到修復完工、受託經營的「紀州庵古蹟」，《文訊》已經成爲台灣文學史/期刊史的一則傳奇。《文訊》團隊更從二〇〇三年被國民黨拋棄時的「五人小組」，到二〇一四年《荊棘裡的亮光》問世時，雜誌社已有十三名專職，紀州庵也有十名專職，還聘雇了不少工讀生的「中小企業」了。

她能夠從總編輯一職順利過渡到經營者身分，實得益於剛出社會時，在商業雜誌的工作經驗。從一九七四年升大三暑假應徵《女性世界》助理編輯，到後來的《你我他》電視週刊、《消遣》雜誌……，這些商業刊物或許「不怎麼文學」，卻有助於磨練她處理及面對，未來那些同樣「不怎麼文學」的事務。現在的《文訊》，在定期雜誌出版、不定期圖書出版之外，同時經營著工具書、資料庫、展演策劃三大項目，並且以OT形式承辦同安街「紀州庵」文學森林。[2]最令封社長掛心的，還是「文藝資料中心」的「家」懸而未決、經費堪虞。結果這場迫切的危機，反倒促成了台灣文學史上第一次作家珍藏書畫募款拍賣會。前後兩次的拍賣會成功募得三千三百萬（扣除成本實得兩千八百萬），並且引起了媒體廣泛矚目。《荊棘裡的亮光》有多篇談及此事，所佔篇幅竟遠高過〈不開花的青春〉這類雙親顚沛流離的私記憶，不難想見作者對這些文學史料的珍愛及重視。

---

2 OT即Operation（營運）與Transfer（移轉），即政府投資興建，委由民間機構營運。一旦營運期滿，營運權便歸還政府。

封德屏不諱言，文學雜誌的處境其實比文學書更爲辛苦，「要害一個人哪是要他去辦出版社？辦雜誌社才比較快倒！」若非有資料中心的利用經營與大型展演的執行能力，再加上十多年前「專題企劃」就已成爲佔雜誌四分之一內容的每期重心，很難想像《文訊》現在的命運，遑論如何承接紀州庵文學森林的營運？

汪其楣曾在新書座談會中指出，《荊棘裡的亮光》是一本簡易的台灣文學史，更是一本好看的台灣文學史。我請作者本人「自剖」時，封德屏則相當謙虛，只說希望這本書可以讓年輕讀者，知道一些文學人，認識過往文學事。既然是在寫編輯檯的故事，我遂邀請她用過往豐富經驗，贈語新世代的文學編輯。她直言：「我是到了突然轉型爲經營者，才面臨到看報表的壓力。現在的年輕編輯則被迫要同時懂企劃、行銷、廣告、電子書，還要會看報表……這些都要求編輯一人包辦，年輕朋友如何做得來？」封德屏此時又變爲我們熟悉的封姐了（那個對文學無可救藥地樂觀的封姐）：「沒關係，只要有對文學的熱情，就能抵抗這些小問題！」

代後記
評論作爲一種創作：與《幼獅文藝》談「何謂書評」

【界定】

《幼獅文藝》編輯室：

「書評」作爲雜誌、副刊常見的一種文類，如何界定、怎麼讀寫，在多數讀者眼中，卻是較爲模糊的，似乎尚未形成某種共同的想像（一篇書評應具備什麼元素、怎樣算是好的書評等）。能否請宗翰老師先爲「書評」試作一個初步的定義，相較於其他關於文學的評寫文本，它的範疇或者輪廓爲何？

楊宗翰：

在台灣，「書評」經常與「書介」混淆，或該說「被」混淆在一起。爲何說「被」混淆？因爲專業的書評寫作者太少了，少到讓書評寫作不被視爲一種專業——一種需要訓練、培育及提供戰場實際操練的專業。寫作書評不被視爲專業，書評本身也不被視爲重要的次文類，讓這主要作爲引導讀者閱讀指南、提供書籍基礎資訊的書介有機可乘，「評」、「介」兩者遂你中有我，我中亦有你了。猶記得一九九三年至一九九九年間，台北市立圖書館曾辦了一份刊物《書評索引》，發刊詞上提及：「書評具有評論、闡述、推薦及教育的特性，對個人、家庭、學校及圖書館均有助益。就個人而言，書評可培養選書能力與作爲購書的指南；對家庭而言，書評可提供出版資訊，爲子女選擇圖書；對學校而言，書評能爲教師提供學生作爲閱讀指導的參考；對圖書館而言，書評更是採購人員選書的最佳參考工具。」此文發表距今逾二十年，這是對書評「功用」的古典界定，亦爲「評」、「介」不分之具體案例。這般「被混淆」的窘境，並非我所樂見。

我以爲所謂書評，應是其可從歷史回顧、分析歸納、系統辨析、獨特觀點等各方面切入與綜觀，最後由書評撰寫者給予討論對象「評價」，方是一篇稱職的書評。在「稱職」之餘，我心目中理想的書評應該兼顧可讀性與知識性，並在大眾媒體與專業期刊間覓得巧妙之平衡。遺憾的是，今日坊間所謂書評往往怯於評價，自甘淪爲書介等級。其實以今日資訊流通之便利、傳播管道之多元，取得圖書出版訊息何其容易，實不勞費神特別撰寫文章介紹。以台灣的文學出版品來說，書介何其多，唯恨書評少！

【媒介】

《幼獅文藝》編輯室：

書評也是媒介，連結著作品與讀者（消費者）。您過去長期參與編輯工作，從雜誌到出版社，在不同的角度間，爲我們談談書評的這項媒介特質。

楊宗翰：

報社、出版社、雜誌社我恰好都待過，時間長短不一，專兼職皆有。有段時間我既是A媒體的書評撰稿人，同時是B媒體的書評審稿者，並保持每週閱讀C媒體書評的習慣。現在改在大學專任教書，雖卸下了審稿者身分與資格，但未曾放棄文學書評之撰寫與閱讀。就我的理解，台灣能夠（或願意）刊登書評的園地，因各具不同之媒體特質，對書評最後呈現之面貌影響甚大。譬如爲學術書而撰寫的書評，大抵都刊登在發行量甚少的專業學報上。學報上的書評專欄，目標讀者跟一般媒體的書評很不一樣，但也時有精彩之作，且每篇可刊載字數能到四、五千字；一般紙本媒體（如《聯合報》副刊的「周末書房」）每篇兩、三千字就已到頂，而又以一千多字的書評最爲常見。至於文學雜誌的現今趨勢，寶貴篇幅會盡量留給創作，書評所佔的空間自然受到壓縮（如《文訊》「書的世界」還能維持每月刊出六篇、每篇約一千八百字，其他幾家相對更少一些）。最後是在虛擬空間存在的網路媒體，理論上沒有字數上限（實際上當然有，畢竟讀者耐性及眼力有限），這方面我覺得《鏡傳媒》旗下的「鏡文化」雄心最壯、表現最好。

倘若以可刊登字數而論，由多至少分別是網路媒體、專業學報、文學雜誌，以及最少的報紙副刊。但就目前的影響力觀察，由大至小恐爲報紙副刊、文學雜誌、網路媒體、專業學報。這跟報紙副刊皆有網路版（如聯合報系udn.com有「讀・書・人」）應不無關係，也印證了傳統紙媒亟思轉型，再造副刊風華之企圖。書評作爲連結作品與讀者的媒介，其實充滿了各種可能性。譬如刊登在《祕密讀者》上的書評，先是撰寫者以不具名又半具名方式（採編輯團隊名單集體呈現），或蒙面或幻影與作家們網上論劍；後又由ePub版再「進化」到印行紙本期刊，大有一舉征服各世代讀者之勢。可惜自二〇一六年年底宣告「盤整」後未見新刊問世。在傳播及延伸性上饒富爆發力的網媒，理當是刊發文學書評的重要陣地。奇怪的是：以鏡文化「週五讀書評」邀約筆陣及書評內容俱佳，但獲得的按讚數或分享量少到不可思議，是臉書神秘運算法的問題嗎？還是得投入更多的廣告經費？我只能默默在心中吶喊：臉書這個怪獸，我眞是猜不透你啊。

【詩評】

《幼獅文藝》編輯室：

您在媒體上的發表，有不少是對於現代詩集的評介，詩相對而言是更為抒情內向的文類。相較於小說或散文，能否談談您怎麼進入詩的評論工作？以您目前在學院任職、從事文學研究的角度，請為我們比較書評與學術論文的功能與異同？

楊宗翰：

我從念大學時期就發覺一件殘酷的事：好詩很多，願意替好詩說話的人卻很少。另一個就更殘酷了：壞詩遠比好詩還多，但沉默總讓壞詩跟好詩不再有區別，也間接造成現代詩屢受誤解，在讀者心中只會不斷貶值。別人不說，多半是因為既愛詩、也寫詩，不想得罪同儕詩友。我如果不寫詩，台灣不會少一個重要詩人；但若我不評詩，替好詩發言、辨壞詩之亂的筆，相信得要減去一枝。作為愛詩人如我，當然很容易判別其中輕重。我念大學跟研究所時寫過小說及散文的評論文章，但畢竟愛有等差，我終究選擇了詩。在詩人比詩作還多的台灣，寫詩評很容易萬劍穿心。我雖身無盔甲盾牌，至少用心及勇氣不落人後，也希望對得起每一位被評論的詩人及詩集。

文學書評與學術論文的異同，絕對不是在表面的篇章字數上。兩者不但發表生態及閱讀受眾有別，對學院體制內人員而言，更關鍵的是「點數」問題。說來悲哀，台灣的高等教育體制十分強調「評鑑」，大學教師或研究人員發表文章多會考慮到「有無點數」，因為事關能否順利升等或期滿被迫離職。想要好好增加點數（像不像努力蒐集超商點數換贈品的中學生？），優先考量的自然是在核心期刊上發表學術論文。書評跟翻譯都不能列入計算，連「二等公民」的資格都沒有。講句有些辛酸的玩笑話：文學教授寫論文，這叫學術研究；文學教授撰書評，這叫社會服務。在今日高教體制「唯評鑑是尙」的年代，誰願意多作無累積點數、被譏爲不誤正業的這類社會服務呢？但頑固如我，總認爲不應該以長短厚薄論英雄。但凡學者寫書評跟論文，目的都在「溝通」，欲把在學院所思所學，用不同方式（或形式）傳遞給讀者。在學院從事文學研究，卻自絕於對外溝通，於我實爲不可想像之事。換個角度想，文學書評比學術論文享有更多發表空間，當是我輩人文學者對外溝通的重要選項，豈可盲目棄守？

【未來】

《幼獅文藝》編輯室：

每個評者以至讀者對作品的解讀不盡相同，切入的角度、詮釋方向也各有差異，尤其在現今網路資訊不只「眾聲喧譁」可以形容的時代。當代的書評，該怎麼發展，有什麼轉變或前瞻的方向？

楊宗翰：

我不是預言家，但作爲長期參與書評寫作的一員，對當代書評的發展與轉變當然充滿期待。展望未來以前，或可先回顧歷史。戰後台灣最早的書評雜誌是《書評書目》，全本以三分之二的篇幅刊載書評，其餘則刊登書目，由洪建全基金會發行。《書評書目》一九七二年創辦時原爲雙月刊，第九期起改爲月刊，至一九八一年停刊，九年間共發行了一百期。感謝簡靜惠與隱地，用《書評書目》雜誌之企劃與編輯，讓台灣讀者認識「何謂書評」。書評書目也曾出版多部高質量書籍，譬如談英文翻譯的《譯評》，便嘗試確立外文翻譯之批評標準。

今日要重現彼時《書評書目》盛況並非易事，幸好還有多位對圖書有愛、對文學有堅持的朋友，在文化部支持下辦了「Openbook閱讀誌」這樣致力推廣閱讀的專業書評網站。這個比今日《中國時報》開卷版「更爲開卷」的網站創設未久，雖滿載眾人祝福，但仍待時間考驗；我所能夠談的一點心得，應是自身有參與策劃的「台北文學季」。譬如二〇一七年的台北文學季，就在既有架構下特別增設「文學閱讀與書評寫作工作坊」。這個工作坊的設置，正是想讓與會者認識書評寫作之目標及方法、台灣書評寫作的發展歷程、歐美與日本的文學書評現況、當代書評如何影響作家創作……。很高興允晨文化發行人廖志峰允諾擔任這個工作坊的召集人，並邀得主持《開卷》編務二十餘年的李金蓮、資深編輯及書評家果子離、英美文學研究者和翻譯家陳榮彬、作家與翻譯家邱振瑞四人授課。我當然知道：總共六次、共十八小時的課程，不太可能一舉培養出多少「書評家」來。但我深信這個工作坊的設立，會提醒大家正視台灣書評界的困境，並積極思考未來書評人才的培養。從當年的報名人數，是可錄取名額的數倍來看，大家對「認識書評」顯然還是很感興趣的。

【創作】

《幼獅文藝》編輯室：

對許多評論者而言，常需面對自己的書評被原書作者讀及的情形，以您創作書評的經驗，您如何以書評與作者溝通交流？又作爲寫作者，您如何看待自己的文章被他人評介？

楊宗翰：

我曾經在〈評論作爲一種創作形式〉中寫道：「詩評（或文學評論）本來就是一種『創作形式』，既不晚於、亦不低於詩（或其他文體）而自足存在。我深信詩評不是詩創作的附屬品，文論與創作間亦斷無孰尊孰卑的問題。……話雖如此，評論這種『創作形式』在台灣恆常難脫『錯位』之憾，竟被視爲創作的對立面、作家的驗屍官。精彩評論的誕生，彷彿眞得踏過作家作品的溫熱屍體，把身心靈大卸八塊、分區解剖？對嘔心瀝血的創作者來說，評論就是在敲榔頭與送花籃中二擇一，儼然是全宇宙最嚴格挑剔的帝王讀者！說到底，對評論尊之過甚抑或鄙之過低，都忽略了它畢竟還是（只是！）一種『創作形式』的事實。評論不是創作的敵人，更不是創作的僕人或主人。」[1]我雖不贊成書評家與作者在「文章發表」之外的交流／交鋒，可惜台灣太小，想不碰到面都很難。本人便遇過（不只一位）作者當面對我說：「你就是之前寫文章罵過我的人啊！」

我比較喜歡的還是紙上／網上對話，總覺得多了些時間差與空間感，畢竟「評論」還是需要距離的——思考也是。有距離，不代表在尋求安全感或庇護所，今日台灣的書評界已經太過安全，也太過安靜了。我作爲興趣雜亂、什麼都嘗一點的書寫者，一直期待能夠看到眞正向「創作形式」回歸的書評寫作。諸如《XX詩美學》或《OO詩研究》都太學院style了，註釋與格式規矩，升等或積分可期；但終究感染力薄弱，影響力堪虞，出不了學院高牆。我渴望自己寫作的文字，能夠召喚到一、兩篇採「創作形式」的書評。對話或對打，我都歡迎。

1 楊宗翰：〈評論作為一種創作形式〉，《創世紀詩雜誌》第一七五期（二〇一六年一月），頁十八—二〇。

引用書目

一、專書

王乾任：《出版產業大未來》（北縣：生活人文，二〇〇四）。
王聰威：《編輯樣》（台北：聯經，二〇一四）。
王聰威：《編輯樣Ⅱ：會編雜誌，就會創意提案！》（新北：聯經，二〇二〇）。
白萩：《蛾之死》（台北：藍星詩社，一九五八）。
白萩：《風的薔薇》（台北：笠詩社，一九六五）。
白萩：《天空象徵》（台北：田園，一九六九）。
白萩：《白萩詩選》（台北：三民，一九七一）。
白萩：《香頌》（台北：笠詩社，一九七二）。
白萩：《詩廣場》（台中：熱點文化，一九八四）。
白萩：《觀測意象》（台中：台中市立文化中心，一九九一）。
宇文正：《文字手藝人：一位副刊主編的知見苦樂》（台北：有鹿，二〇一七）。
余也魯：《雜誌編輯學》（香港：海天書樓，一九八二）。
呂興昌編：《林亨泰研究資料彙編》（彰化：彰化縣立文化中心，一九九四）。
呂興昌編：《林亨泰全集》（彰化：彰化縣立文化中心，一九九八）。
呂興昌編：《台灣現當代作家研究資料彙編22：林亨泰》（台南：國立台灣文學館，二〇一二）。
李惠秀：《相印集（下卷）椰島隨筆》（台北：秀威，二〇一二）。

見城徹著，邱振瑞譯：《編輯這種病——記那些折磨過我的大牌作家們》（台北：時報，二〇〇九）。
辛鬱：《豹》（台北：漢光，一九八八）。
里爾克（Rainer Maria Rilke）著，方思譯：《時間之書》（台北：現代詩社，一九五八）。
里爾克（Rainer Maria Rilke）著，方瑜譯：《馬爾泰手記》（台北：志文，一九七二）。
里爾克（Rainer Maria Rilke）著，李魁賢譯：《里爾克詩集（Ⅲ）》（台北：桂冠，一九九三）。
里爾克（Rainer Maria Rilke）著，馮至譯：《給青年詩人的信》（台北：聯經，二〇〇四）。
亞薇：《亞薇自選集》（台北：黎明，一九八三）。
亞薇編：《菲律濱華僑新詩選集》（馬尼拉：第一，一九五七）。
周浩正：《編輯道》（台北：文經社，二〇〇六）。
周浩正：《優秀編輯的四門必修課》（北京：金城出版社，二〇〇八）。
周浩正：《如何提高編輯力》（北京：金城出版社，二〇一五）。
周夢蝶：《孤獨國》（台北：藍星詩社，一九五九）。
周夢蝶：《還魂草》（台北：文星書店，一九六五）。
周夢蝶：《周夢蝶・世紀詩選》（台北：爾雅，二〇〇〇）。
和權：《回音是詩》（台北：秀威，二〇一二）。
孟樊：《台灣出版文化讀本》（台北：唐山，二〇〇七）。
孟樊、楊宗翰：《台灣新詩史》（新北：聯經，二〇二二）。
林亨泰：《林亨泰詩集》（台北：時報，一九八四）。
林忠民：《再生的蘭花》（台北：亞洲華文作家文藝基金會，二〇〇三）。
林黛嫚：《推浪的人》（台北：木蘭文化，二〇一六）。
封德屏：《荊棘裡的亮光：「文訊」編輯檯的故事》（台北：爾雅，二〇一四）。
封德屏：《我們種字，你收書：「文訊」編輯檯的故事二》（台北：爾雅，二〇一九）。

施穎洲譯：《世界名詩選譯》（台北：皇冠，一九六五）。
施穎洲譯：《古典名詩選譯》（台北：皇冠，一九六九）。
施穎洲譯：《現代名詩選譯》（台北：皇冠，一九七一）。
施穎洲譯：《莎翁聲籟》（台北：皇冠，一九七三）。
施穎洲譯：《中英對照讀唐詩宋詞》（台北：九歌，二〇〇六）。
施穎洲編：《菲華小說選》（台北：中華文藝，一九七七）。
施穎洲編：《菲華散文選》（台北：中華文藝，一九七七）。
柯叔寶：《奮鬥人生》（台北：黎明，一九八二）。
柯叔寶：《柯叔寶自選集》（台北：黎明，一九八五）。
洛夫：《如此歲月：洛夫詩選（一九八八——二〇一二）》（台北：九歌，二〇一三）。
洛夫：《漂木》（台北：聯合文學，二〇一四，二版）。
洛夫：《唐詩解構：洛夫的唐韻新鑄藝術》（台北：遠景，二〇一四）。
洛夫：《昨日之蛇：洛夫動物詩集》（台北：遠景，二〇一八）。
流沙河編著：《台灣詩人十二家》（重慶：重慶出版社，一九八三）。
紀大偉：《同志文學史：台灣的發明》（台北：聯經，二〇一七）。
紀弦：《紀弦回憶錄》（台北：聯合文學，二〇〇一）。
孫如陵：《副刊論：中央副刊實錄》（台北：文史哲，二〇〇八）。
徐學、楊宗翰編：《逾越：台灣跨界詩歌選》（福州：海風，二〇一二）。
格羅斯（Gerald Gross）編，齊若蘭譯：《編輯人的世界》（北京：北京十月文藝出版社，二〇一九）。
康文炳：《一次搞懂標點符號》（台北：允晨，二〇一八）。
康文炳：《編輯七力（修訂本）》（台北：允晨，二〇一九）。
康文炳：《回憶的敘事：一個編輯人的微筆記》（台北：允晨，二〇二〇）。

張香華編：《玫瑰與坦克》（台北：林白，一九八六）。
張香華編：《茉莉花串》（台北：遠流，一九八八）。
張堂錡：《編輯學實用教程——以報紙副刊為中心》（北縣：業強，二〇〇二）。
張默：《台灣現代詩筆記》（台北：三民，二〇〇四）。
張默編：《台灣現代詩編目（一九四九—一九九五）》（台北：爾雅，一九九六，二版）。
許少滄：《椰城風雨》（台北：秀威，二〇〇九）。
許芥子：《相印集（上卷）椰島抒情》（台北：秀威，二〇一二）。
連明偉：《番茄街游擊戰》（新北：印刻，二〇一五）。
陳千武：《不眠的眼》（台北：笠詩刊社，一九六五）。
陳芳明：《鏡子和影子——現代詩評論》（台北：志文，一九七四）。
陳芳明：《詩與現實》（台北：洪範，一九七七）。
陳芳明：《謝雪紅評傳：落土不凋的雨夜花》（台北：前衛，一九九一）。
陳芳明：《危樓夜讀》（台北：聯合文學，一九九六）。
陳芳明：《左翼台灣：殖民地文學運動史論》（台北：麥田，一九九八）。
陳芳明：《深山夜讀》（台北：聯合文學，二〇〇一）。
陳芳明：《後殖民台灣：文學史論及其周邊》（台北：麥田，二〇〇二）。
陳芳明：《殖民地摩登：現代性與台灣史觀》（台北：麥田，二〇〇四）。
陳芳明：《孤夜獨書》（台北：麥田，二〇〇五）。
陳芳明：《楓香夜讀》（台北：聯合文學，二〇〇九）。
陳芳明：《台灣新文學史》（台北：聯經，二〇一一）。
陳芳明：《星遲夜讀》（台北：聯合文學，二〇一三）。
陳芳明：《美與殉美》（台北：聯經，二〇一五）。

陳芳明：《台灣新文學史（十週年紀念新版）》（新北：聯經，二〇二一）。
陳栢青：《Mr. Adult 大人先生》（台北：寶瓶，二〇一六）。
陳義芝：《邊界》（台北：九歌，二〇〇九）。
陳義芝：《陳義芝詩精選集》（台北：新地，二〇一〇）。
陳義芝：《掩映》（台北：爾雅，二〇一三）。
陳義芝主編：《二〇〇四台灣詩選》（台北：二魚，二〇〇五）。
陳黎：《我／城》（台北：二魚，二〇一一）。
陳穎青：《老貓學出版：編輯的技藝&二十年出版經驗完全彙整》（台北：時報，二〇〇七）。
陳穎青：《老貓學數位PLUS》（台北：貓頭鷹，二〇一〇）。
傅瑞德：《一個人的出版史》（台北：潑墨數位，二〇一三）。
曾協泰編：《書刊編輯出版實務》（台北：台灣珠海，一九九三）。
黃威融：《雜誌俱樂部，招生中！：抒情時代的感性編輯手記》（台北：大塊文化，二〇一四）。
黃意雯主編：《一九四六年『中華日報』日文版文藝副刊作品集》（台南：國立台灣文學館，二〇一八）。
黃維樑編：《璀璨的五采筆：余光中作品評論集（一九七九—一九九三）》（台北：九歌，一九九四）。
楊宗翰：《異語：現代詩與文學史論》（台北：秀威經典，二〇一七）。
楊宗翰：《破格：台灣現代詩評論集》（台北：五南，二〇二〇）。
楊宗翰主編：《淡江詩派的誕生》（台北：允晨，二〇一七）。
楊宗翰主編：《交會的風雷：兩岸四地當代詩學論集》（台北：允晨，二〇一八）。
楊宗翰編：《大編時代：文學、出版與編輯論》（台北：秀威，二〇二〇）。
楊宗翰編：《話說文學編輯》（台北：秀威，二〇二二）。
楊牧：《傳統的與現代的》（台北：洪範，一九七四）。
楊牧：《瓶中稿》（台北：志文，一九七五）。

楊牧：《年輪》（台北：四季，一九七六）。
楊牧：《柏克萊精神》（台北：洪範，一九七七）。
楊牧：《楊牧詩集Ⅰ：一九五六－一九七四》（台北：洪範，一九七八）。
楊牧：《北斗行》（台北：洪範，一九七八）。
楊牧：《文學知識》（台北：洪範，一九七九）。
楊牧：《吳鳳》（台北：洪範，一九七九）。
楊牧：《海岸七疊》（台北：洪範，一九八〇）。
楊牧：《禁忌的遊戲》（台北：洪範，一九八〇）。
楊牧：《搜索者》（台北：洪範，一九八二）。
楊牧：《文學的源流》（台北：洪範，一九八四）。
楊牧：《一首詩的完成》（台北：洪範，一九八九）。
楊牧：《楊牧詩集Ⅱ：一九七四－一九八五》（台北：洪範，一九九五）。
楊牧：《時光命題》（台北：洪範，一九九七）。
楊牧：《涉事》（台北：洪範，二〇〇一）。
楊牧：《隱喻與實現》（台北：洪範，二〇〇一）。
楊牧：《奇萊前書》（台北：洪範，二〇〇三）。
楊牧：《人文蹤跡》（台北：洪範，二〇〇五）。
楊牧：《介殼蟲》（台北：洪範，二〇〇六）。
楊牧：《奇萊後書》（台北：洪範，二〇〇九）。
楊牧：《長短歌行》（台北：洪範，二〇一三）。
楊牧編：《周作人文選Ⅰ》（台北：洪範，一九八三）。
楊玲：《為什麼書賣這麼貴？：台灣出版行銷指南》（台北：新銳文創，二〇一一）。

瘂弦：《中國新詩研究》（台北：洪範，一九八一）。
瘂弦、張默主編：《六十年代詩選》（高雄：大業書店，一九六一）。
瘂弦、陳義芝編：《世界中文報紙副刊學綜論》（台北：行政院文建會，一九九七）。
葉珊：《水之湄》（台北：藍星詩社，一九六〇）。
葉珊：《葉珊散文集》（台北：文星書店，一九六六）。
葉珊：《燈船》（台北：文星書店，一九六六）。
葉珊：《非渡集》（台北：仙人掌，一九六九）。
葉珊：《傳說》（台北：志文，一九七一）。
葉珊譯：《西班牙浪人吟》（台北：現代文學社，一九六六）。
葛羅斯（Gerald Gross）編，齊若蘭譯：《編輯人的世界》（台北：天下文化，一九九八）。
詹冰：《詹冰詩全集》（苗栗：苗栗縣文化局，二〇〇一）。
劉永毅：《藝術大師周夢蝶——詩壇苦行僧》（台北：時報，一九九八）。
劉梓潔：《父後七日》（台北：寶瓶，二〇一〇）。
劉梓潔：《此時此地》（台北：寶瓶，二〇一二）。
劉梓潔：《親愛的小孩》（台北：皇冠，二〇一三）。
劉梓潔：《遇見》（台北：皇冠，二〇一四）。
劉梓潔：《真的》（台北：皇冠，二〇一六）。
劉梓潔：《外面的世界》（台北：皇冠，二〇一八）。
欒大維：《當兵當到菲律賓：華語教師的菜鳥日記》（台北：光文，二〇一二）。
蔡文甫：《天生的凡夫俗子——從0到9的九歌傳奇》（台北：九歌，二〇〇五，增訂二版）。
鄭鴻善編選：《菲華詩選全集》（台北：正中，一九七八）。
賴小馬：《阿彌陀佛，老師好：一位華語教師的菲常體驗》（台北：木馬，二〇一三）。

聯合報編輯部編：《寶刀集：光復前台灣作家作品集》（台北：聯合報社，一九八一）。
聯副三十年文學大系編輯委員會編著：《聯副三十年文學大系》（台北：聯合報社，一九八一）。
隱地：《出版圈圈夢》（台北：爾雅，二〇一四）。
隱地：《清晨的人：爾雅四十周年回憶散章》（台北：爾雅，二〇一五）。
隱地：《深夜的人：爾雅四十周年回憶續篇》（台北：爾雅，二〇一五）。
隱地：《一根線：從文壇因緣到出版的故事》（台北：爾雅，二〇二〇）。
鴻鴻：《土製炸彈》（台北：黑眼睛，二〇〇六）。
鴻鴻：《仁愛路犁田》（台北：黑眼睛，二〇一二）。
鴻鴻：《阿瓜日記：八〇年代文青記事》（台北：釀出版，二〇一二）。
鴻鴻：《暴民之歌》（台北：黑眼睛，二〇一五）。
懷特（Jan V. White）著，沈怡譯《創意編輯》（台北：美璟，一九九五）。
懷特（Jan V. White）著，沈怡譯《雜誌編輯》（台北：美璟，一九九五）。
懷特（Jan V. White）著，許作淳譯《設計編輯》（台北：美璟，一九九七）。
羅任玲：《一整座海洋的靜寂》（台北：爾雅，二〇一二）。
羅莉玲：《編輯事典》（台北：大村，一九九一）。
羅智成：《地球之島》（台北：聯合文學，二〇一〇）。
羅智成：《光之書》（台北：聯合文學，二〇一二）。
羅智成：《透明鳥》（台北：聯合文學，二〇一二）。
蘇拾平：《文化創意產業的思考技術——我的一百二十道出版經營練習題》（台北：如果，二〇〇七）。
蘇紹連：《雙生小丑的吶喊》（台北：爾雅，二〇〇一）。
蘇紹連：《無意象之城》（台北：秀威，二〇一七）。
蘇紹連：《你在雨天的書房，我在街頭》（新北：景深空間設計，二〇一八）。

蘇紹連：《非現實之城》（台北：秀威，二〇一九）。
龔鵬程：《台灣文學在台灣》（北縣：駱駝，一九九七）。
龔鵬程：《龔鵬程四十自述》（北縣：印刻，二〇〇二）。
龔鵬程：《龔鵬程述學》（新北：印刻，二〇一八）。
鷲尾賢也著，陳寶蓮譯：《編輯力：從創意企劃到人際關係》（台北：先覺，二〇〇五）。

二、期刊

宋冬陽：〈現階段台灣文學本土化的問題〉，《台灣文藝》第八十六期（一九八四年一月），頁一〇—四〇。
楊宗翰：〈與余光中拔河〉，《創世紀詩雜誌》第一百四十二期（二〇〇五年三月），頁一三七—一五一。
楊宗翰：〈評論作為一種創作形式〉，《創世紀詩雜誌》第一百七十五期（二〇一六年一月），頁十八—二〇。
蔡逸君：〈搜索者夢的方向——楊牧 vs. 陳芳明對談〉，《聯合文學》第一百九十二期（二〇〇〇年十月），頁三十二—四〇。

三、學位論文

黃一軒：《華族認同影響下的菲律賓華語教學》（高雄：國立高雄師範大學華語文教學研究所碩士論文，二〇一四）。
楊玲：《台灣文學出版行銷策略》（台北：國立台北教育大學語文與創作學系碩士論文，二〇〇九）。

本書作者編著書目

一、專書

1.《有疑：對話當代文學心靈》（台北：五南，二〇二三）。
2.《破格：台灣現代詩評論集》（台北：五南，二〇二〇）。
3.《逆音：現代詩人作品析論》（台北：新學林，二〇一九）。
4.《異語：現代詩與文學史論》（台北：秀威經典，二〇一七）。
5.《台灣新詩評論：歷史與轉型》（台北：新銳文創，二〇一二）。
6.《台灣現代詩史：批判的閱讀》（台北：巨流，二〇〇二）。
7.《台灣文學的當代視野》（台北：文津，二〇〇二）。

二、合著

1.《台灣新詩史》（與孟樊合著，新北：聯經，二〇二二）。

三、主編

1.《穿越時光見到你：36場歷史縫隙的世代對話》（台北：文訊雜誌社，二〇二三）。
2.《話說文學編輯》（台北：秀威，二〇二二）。
3.《大編時代：文學、出版與編輯論》（台北：秀威，二〇二〇）。
4.《交會的風雷：兩岸四地當代詩學論集》（台北：允晨，二〇一八）。
5.《淡江詩派的誕生》（台北：允晨，二〇一七）。

6.《血仍未凝：尹玲文學論集》（台北：釀出版，二〇一六）。
7.《台灣文學史的省思》（北縣：富春，二〇〇二）。
8.《文學經典與台灣文學》（北縣：富春，二〇〇二）。

四、合編

1.《台灣一九七〇世代詩人詩選集》（與陳皓合編，新北：景深空間設計，二〇一八）。
2.《輕裝詩集》（辛鬱遺作，與封德屏合編，新北：斑馬線文庫，二〇一八）。
3.《與歷史競走：台灣詩學季刊社二十五週年資料彙編》（與林于弘合編，台北：秀威經典，二〇一七）。
4.《閱讀向陽》（與黎活仁、白靈合編，台北：秀威，二〇一三）。
5.《閱讀楊逵》（與黎活仁、林金龍合編，台北：秀威，二〇一三）。
6.《閱讀白靈》（與黎活仁、楊慧思合編，台北：秀威，二〇一二）。
7.《逾越：台灣跨界詩歌選》（與徐學合編，福州：海風，二〇一二）。
8.《跨國界詩想：世華新詩評析》（與楊松年合編，台北：唐山，二〇〇三）。

五、策劃書系

1.「台灣七年級文學金典」（台北：釀出版，二〇一一）。
2.「馬華文學獎大系」（台北：秀威，二〇一一）。
3.「馬森文集」（台北：秀威，二〇一〇）。
4.「菲律賓・華文風」（台北：秀威，二〇〇九）。
5.「林燿德佚文選」（北縣：華文網天行社，二〇〇一）。

六、詩集

1.《隱於詩》（台北：聯合文學，二〇二三）。

Note

國家圖書館出版品預行編目資料

有疑：對話當代文學心靈／楊宗翰著．——初版．——臺北市：五南圖書出版股份有限公司，2023.07
面；　公分
ISBN 978-626-343-738-8（平裝）

1.中國當代文學　2.文學評論　3.文集

820.908　　　112000411

1XNB 現代文學系列

有疑：對話當代文學心靈

作　　者 — 楊宗翰
發 行 人 — 楊榮川
總 經 理 — 楊士清
總 編 輯 — 楊秀麗
副總編輯 — 黃惠娟
責任編輯 — 陳巧慈
封面設計 — 姚孝慈
出 版 者 — 五南圖書出版股份有限公司
地　　址：106台北市大安區和平東路二段339號4樓
電　　話：(02)2705-5066　　傳　　真：(02)2706-6100
網　　址：https://www.wunan.com.tw
電子郵件：wunan@wunan.com.tw
劃撥帳號：01068953
戶　　名：五南圖書出版股份有限公司

法律顧問　林勝安律師

出版日期　2023年7月初版一刷
定　　價　新臺幣350元

經典永恆·名著常在

五十週年的獻禮——經典名著文庫

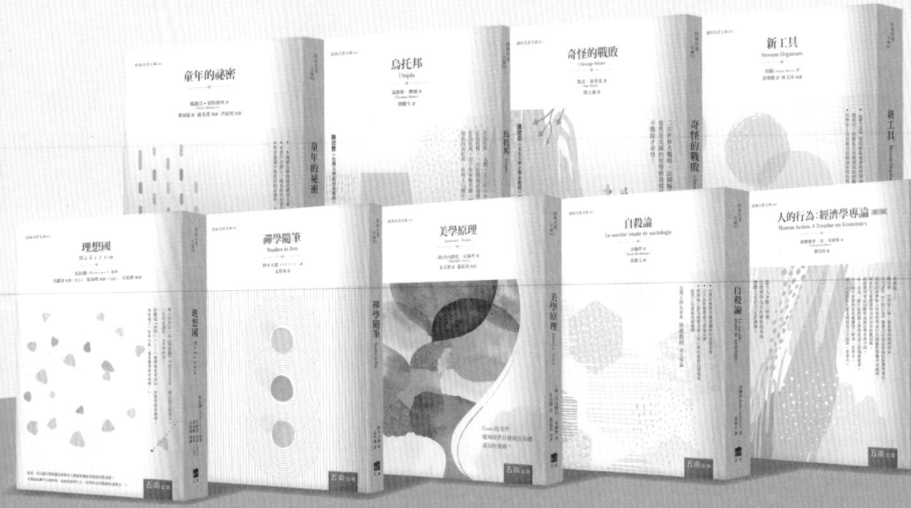

五南，五十年了，半個世紀，人生旅程的一大半，走過來了。
思索著，邁向百年的未來歷程，能為知識界、文化學術界作些什麼？
在速食文化的生態下，有什麼值得讓人雋永品味的？

歷代經典·當今名著，經過時間的洗禮，千錘百鍊，流傳至今，光芒耀人；
不僅使我們能領悟前人的智慧，同時也增深加廣我們思考的深度與視野。
我們決心投入巨資，有計畫的系統梳選，成立「經典名著文庫」，
希望收入古今中外思想性的、充滿睿智與獨見的經典、名著。
這是一項理想性的、永續性的巨大出版工程。
不在意讀者的眾寡，只考慮它的學術價值，力求完整展現先哲思想的軌跡；
為知識界開啟一片智慧之窗，營造一座百花綻放的世界文明公園，
任君遨遊、取菁吸蜜、嘉惠學子！